# Kinder des Ungehorsams

Asta Scheib

# Kinder des Ungehorsams

Roman

Weltbild

Die Erstausgabe erschien 1985 in der
Nymphenburger Verlagshandlung, München.

Besuchen Sie uns im Internet:
*www.weltbild.de*

Genehmigte Lizenzausgabe
für Verlagsgruppe Weltbild GmbH,
Steinerne Furt, 86167 Augsburg

Umschlaggestaltung: Beatrice Schmucker, Augsburg
Umschlagmotiv: AKG, Berlin
Gesamtherstellung: GGP Media GmbH,
Karl-Marx-Straße 24, 07381 Pößneck
Printed in Germany
ISBN 3-8289-7118-0

2005 2004
Die letzte Jahreszahl gibt die aktuelle Lizenzausgabe an.

# I

*»Katharina, ich habe Angst.«*

»Ich auch, Ave.«

In der Zelle ist es ungewöhnlich finster. Diese Osternacht, es ist die Nacht vom 4. auf den 5. April des Jahres 1523, diese Nacht schickt nur wenig Licht durch das kleine, vierteilige Zellenfenster. Es ist kalt. Zu kalt für die Jahreszeit. Ist das die Strafe? Katharina fühlt, wie sich das Zittern ihrer wieder bemächtigen will. ›Dort wird Heulen und Zähneklappern sein.‹ Nur jetzt nicht den Kopf verlieren. Nicht diese Nacht.

»Mir ist kalt«, flüstert Ave.

Katharina rollt sich geräuschlos aus dem Bett. Sie hat es gelernt. Ohne Laut schlüpft sie zu Ave, die ihr das Deckbett öffnet wie eine Kammertür. Die Tür eines Schlupfwinkels. Zärtlich umschlingen sie einander. Wie schon in vielen Nächten vorher. Doch in dieser Nacht tragen sie Schleier, Chorkleid und Gürtel. Bereit zur Flucht.

Ave preßt ganz fest Katharinas Hand: »Glaubst du, daß uns der Teufel holen wird?« Katharina, heftig: »Wenn wir hier bleiben, holt uns der Teufel bestimmt.«

Beide liegen wieder still, lauschen. Seit vier Uhr in der Frühe sind sie wach. Wie jeden Morgen, wenn vom Dachreiter die Ave-Glocke zum Angelus Domini ruft. Meist noch wie betäubt vom Schlaf huschen sie aus dem Dunkel des Dormitoriums durch die Kreuzgänge zum Gotteshaus. Die Psalmen, Tag um Tag beschworen, gleiten von allein über die Lippen: »Ich darf wandeln vor dem Herrn im Lande der Lebendigen.«
Die anderen Nonnen sitzen schon im Chor. Im Kerzendämmer der Kirche scheinen sie wie schwarzköpfige Tauben auf- und niederzuschweben. Wie leises Rauschen von Wassern wogt es: »Gott merk auf meine Hilfe, Herr, eile mir zu helfen.«
Das ist Katharinas Tagesbeginn gewesen. Seit fast zwanzig Jahren. Bis zur heutigen Nacht.
»Hilf mir, Herr!« Wieder legt sich die Angst heiß und schwer auf Katharina. Heute noch, gleich, wenn das Zeichen ertönt, wird sie mit Ave und den anderen aus dem Kloster entfliehen. Der Plan, bis ins kleinste Detail festgelegt, erscheint Katharina jetzt wahnwitzig. Todesstrafe steht auf die Entführung und Flucht von Nonnen. Was, wenn Leonhard Koppe den Mut verliert? Er ist Ratsherr und Schösser in Torgau. Ein Steuerbeamter des Kurfürsten, der Ordensfrauen hilft, aus dem Kloster zu entkommen. Wird er sein Wort halten?
»Katharina, hörst du es?«
Ave hat sich aufgerichtet im Bett. Auch Katharina

lauscht jetzt angespannt. Ein Käuzchen schreit im Klostergehölz. Das sind sie. Koppe, sein Neffe Leonhard und Wolf Dommitzsch, ebenfalls Ratsherr in Torgau.
»Schnell!« Katharina nimmt Aves Hand.
Beide schleichen aus der Zelle. Da kommen Veronika und Else aus der Nachbarzelle. Schräg gegenüber huschen Magdalene und Laneta schon zur Tür, die zum Garten hinausgeht. Wenn das Dormitorium nicht im Hinterkloster läge, wenn vom Dormitorium nicht eine Tür zum Klostergarten hinausführte, wenn der Klostergarten nicht ans Klosterholz angrenzen würde, wenn, wenn, wenn ...
Alle neun sind sie jetzt im Garten, Ave Grosse ist schon drüben im Gehölz, alle rennen und stolpern in ihren weiten schwarzen Chorkleidern die wenigen Meter bis zum Wäldchen. Gott sei Dank. Offenbar hat niemand sie gesehen. Schweigend marschieren sie jetzt, so schnell es eben geht, durch das dichte Gehölz. Es ist finster im Wald. Sie bräuchten eine Fackel. Doch das wäre Aberwitz. Katharina zieht Ave hinter sich her. Sie sucht den Weg durch das dichte Unterholz. Jetzt sind sie schon am Weiher. Die Oberfläche des Wassers glitzert grausilbrig durch die Bäume. Weiter. Sie wissen, daß sie erst in Koppes Planwagen sicher sein können. Jede Sekunde kann im Kloster ihr Verschwinden entdeckt werden. Kann die Glocke läuten, den Torwächter Thalheim alarmieren.

Alle würden erwachen. Die Leute im Brauhaus, im Backhaus, im Schlachthaus. Die in der Schmiede und die in der Mühle. Der Vorsteher in der Probstei mit dem Vogt und dem Schreiber. Die beiden Beichtväter – alle würden als erstes das Wäldchen durchsuchen.
Schneller, noch schneller. Durch die Bäume sieht Katharina das kleine Haus des Holzhackers und Hellenheißers. Er, der mit seinen rußigen Händen die Klosteröfen zum Glühen und Bullern bringt, er würde die anderen irreführen ... Sein Haus liegt ruhig im Dunkel. Auf dieser Höhe des Waldes liegt auch das Klostergut mit dem Vorwerk und den sechs kleinen Höfen, die dazugehören. Hier leben die Ackerknechte, die Kuh- und Schweinehirten, die Käsemütter und Mägde, die dem Kloster dienen. Eine große Schafherde gehört dem Kloster und mindestens sechzig Stück Rindvieh. Dreißig Pferde und hundert Schweine. Im Moment sind nur vierzig Schweine da, denn die Schweinepest hat gewütet. Alles, was man im Umkreis des Klosters sieht, gehört den geistlichen Jungfrauen. Der Kranz von Dörfern, Gütern und Vorwerken rund um das Kloster ist der lebensspendende Rahmen. ›Gebt dem Kaiser, was des Kaisers ist und Gott, was Gottes ist.‹ Katharina weiß, daß mit dem Weizen und Roggen, mit der Gerste, den Erbsen und Rüben, daß mit Hanf, Flachs und Hopfen auch viel und immer mehr Bitterkeit und Gift ins Kloster geliefert werden. Die

zinspflichtigen Bauern geben die Butter, die Eier, die Hühner und Kapaunen nicht mehr gutwillig ab. Es gibt immer neue Anzeichen für Aufruhr und Haß gegen die Nonnen und die Geistlichkeit.

Jetzt, da Katharina atemlos durch den Wald hetzt, jetzt, da sie die Häuser der Bauern still und schutzlos im Dunkel liegen sieht, fällt ihr wieder der Sonnabend im Februar ein. Die Schwestern sitzen im Refektorium. Die ehrwürdige Mutter teilt die Suppe aus. Alle löffeln schweigend. Da, von der Propstei her kommend, zuerst ein Raunen und Poltern, dann laute grobe Stimmen, grobes Schreien. Alles übertönend der Torsteher Thalheim. »Raus, Pack, raus hier!«
Katharina sieht, wie das Gesicht der Domina für einen Moment starr wird. Dann erhebt sich die Ehrwürdige Mutter. »Bleibt ruhig, Kinder, ich komme gleich zurück.«
Doch da kommen sie schon herein, voran Ulrich Schmid und Hans Galster sowie der bucklige Jobst Weißbrod und Lazarus Ebner. Katharina sieht, daß sie ihre besten Kleider tragen. Und jetzt drängen sich Katharina Ebnerin und Klara, die Hausfrau des Galster, zwischen die drei Männer, die vor der Ehrwürdigen Mutter stehen. Die Stimmen der Frauen zittern von lang aufgestauter Wut und gleichzeitiger Angst: »Laßt uns vom Pachtzins ab, Ehrwürdige Mutter!«
Fast scheint es, als sei die Ebnerin selbst erschrok-

ken über ihren Mut. Doch die Galsterin setzt rasch hinzu: »Wir wollen Euch auch keine Hühner und Hennen und Eier mehr geben.« Die Ebnerin: »Und unsere Männer sollen nicht länger zum Dienst gezwungen werden. Ihr habt uns geschunden und geschabt.«

Jetzt schieben sich die Männer vor die Frauen. Doch ehe sie etwas sagen können, hat die Domina sich wieder gefaßt: »Ich habe nicht die Macht, dem Kloster das Seine zu mindern. Es befremdet mich, daß Ihr mir das zumutet. Doch – laßt mich sehen, wie es die anderen Klöster jetzt mit ihren Untergebenen machen. Ich habe im übrigen nicht das Gefühl, als ob ich Euch so unerträglich beschwere, daß Ihr solchen Aufruhr machen und die anderen auch gegen Uns aufwiegeln müßt. Ich bitte, damit aufzuhören, wenn nicht das Kloster und damit wir alle ins Unglück kommen sollen.«

Erst sind die anderen stille. Dann jedoch reden alle durcheinander. Männer und Weiber: Sie reden von Adam und Moses. Davon, daß alle, die sich im Kloster wohlsein lassen, auch arbeiten sollen und nicht nur Bauern. Und daß sie für das Kloster nun nicht mehr den Mist breiten, mähen und schneiden wollen. Daß sie das Korn nicht mehr einfahren und dreschen wollen. Sie wollen für das Klosterbier keinen Hopfen mehr pflücken. Sie wollen nicht mehr Flachs und Hanf raufen und rösten. Sie wollen nicht mehr Kraut stechen und hacken. Sie wollen nicht mehr Holz für die Non-

nen schlagen. Nicht mehr den Mühlgraben von Schlamm und Eis freimachen. Nicht mehr die Hunderte von Schafen scheren.
Die Leute reden sich immer mehr in Wut.
Noch bevor die Domina etwas entgegnen kann, baut sich der Torwächter Thalheim zwischen der Ehrwürdigen Mutter und den Bauern auf: »Ich bin ein einfacher Mann und kann nicht einen Buchstaben schreiben. Wie Ihr alle. Ich weiß auch nicht viel aus der Bibel zu vermelden. Aber eins will ich Euch sagen. Ihr irrt! Es steht geschrieben: Gebt dem Kaiser, was dem Kaiser gehört und Gott, was Gott gehört.«
Und gemeinsam mit dem inzwischen dazugekommenen Vogt und den Schreibern kann er die Bauern zurückschicken.
Dieses Mal noch gehen sie, zwar scheltend, weg. Doch zu Oculi am 19. März sind sie wieder da. Und am Montag nach Lätare, dem 27. März, kommen sie mit Pferd und Wagen zurück. Sie nehmen das Korn, den Most, das Bier und viel Trockenfleisch mit. Der Hofmeister meldet es zornbebend der Domina. Die Ehrwürdige Mutter kommt aus der Klausur, bedeutet der Priorin und der Subpriorin, sie in den Klosterhof zu begleiten. Katharina, Laneta, Ave und Else laufen hinter den Schwestern her. (In der Aufregung verbietet es ihnen niemand.) Im Klosterhof sind eine Anzahl Bauern mit ihren Weibern dabei, Säcke, Flaschen und Schüsseln wegzutragen. Der Torwächter

Thalheim brüllt: »Ihr kommt allesamt an den Galgen, Ihr elendes Gesindel! Wartet, bis der Herr Abt davon erfährt und der Kurfürst! Alle werdet ihr hängen!« Da tritt die Galsterin ganz nah vor die Domina. Ihr ausgemergeltes Gesicht ist hochrot. Sie schreit: »Wir wollen nicht mehr jeden Tag Kraut essen! Wir wollen unsere Fische, unsere Hühner und unsere Butter selber haben! Und am Sonntag anstatt Wasser unseren Most, den wir gekeltert haben! Alles gehört uns! Und der Teufel holt nicht uns, sondern Euch! Der Luther hat es gesagt!«
Die Ebnerin schreit womöglich noch lauter: »Wir wollen Herrin sein genau wie Ihr! Und wenn Ihr unsere Männer töten laßt, wollen wir Euch würgen. Geht Ihr doch hinaus auf die Felder und in die Ställe, geht! Zieht unsere kratzigen Joppen an und melkt die Kühe! Wir wollen dafür im Kloster sitzen und beten und warme Pelze tragen! Wir wollen Euch zu den Huren treiben, Eure weißen Kleider wollen wir über Euren Köpfen zusammenbinden! Und dann sollen die Männer über Euch herfallen! Ihr sollt Kinder haben und Wehen gleich uns!«
Wie weiß das Gesicht der Ehrwürdigen Mutter ist. Sie sagt kein Wort. Dreht sich schließlich um und geht. Alle gaffen mit offenen Mäulern der Domina hinterher. Auch die Bauern und ihre Weiber verlassen den Klosterhof.
Die Subpriorin hat rote Flecken am Hals: »Da

könnt Ihr es sehen, Kinder, das sind die Früchte des Neuen Evangeliums. Niemand mehr gehorsam sein, sich aufbäumen und empören an allen Orten, sich zusammenrotten, geistliche und weltliche Obrigkeit berauben und erschlagen.«
»Bitte, schweig«, sagt die Mutter Äbtissin.
Nie wird Katharina das weiße Gesicht der Ehrwürdigen Mutter vergessen.
Warum war keine Wut in ihren Augen? Warum hat sie die Bauern nicht verfolgen lassen? Warum hat sie nicht einmal den Abt Peter unterrichtet? Wieder hat Katharina den Gedanken, daß die Domina ...

Nein, der Gedanke ist absurd. Katharinas eigene Angst, ihre ständigen Selbstzweifel haben ihr diesen Gedanken eingegeben. Wenn die Ehrwürdige Mutter die Flucht ihrer Nonnen entdeckt, wenn sie erkennt, daß neun ihrer Kinder das Gelübde brechen. ›Süße Mutter Gottes, hilf!‹
Die Mädchen taumeln jetzt endlich aus dem schützenden Wald heraus. Vor ihnen liegt die Straße nach Grimma. Hier soll Leonhard Koppe mit dem Wagen warten. Doch, wo ist er? Alle drängen sich um Katharina, keuchend von der Anstrengung des Marsches, zitternd vor Angst. Was, wenn Koppe nicht kommt? Wenn er im letzten Moment Luthers Bitte doch nicht entspricht? Laneta von Gohlis beginnt laut zu schluchzen. Still. Da sind doch Schritte. Im undeutlichen Licht

der Nacht wird die Gestalt eines Mannes sichtbar, der sich bisher im Gebüsch verborgen hielt. »Ich bin Koppe. Im Namen Luthers. Macht rasch.«
Zwei Männer, der junge Koppe und Wolfgang Dommitzsch, führen jetzt vorsichtig einen Planwagen aus dem Dunkel des Waldrandes. Sie helfen den Mädchen hinauf. Auf einer dicken Schicht Stroh, über das Säcke gebreitet sind, drängen sich die völlig Ermatteten und Verängstigten aneinander. Die drei Männer steigen auf den Kutschbock. Sie ziehen die Plane auch vorne fest zusammen.
»Heilige Mutter Maria, danke.«
Sie schluchzen, weinen und beten durcheinander. Dann ist es still. Nur das Ächzen und Ruckeln des Wagens, das Klappern der Hufe. Else von Canitz erbricht.
»Sie kotzt sich den Teufel aus dem Leib«, sagt Ave.
»Keinen Streit jetzt«, fleht Veronika von Zeschau. Alle sind müde, und sie möchten eigentlich nur schlafen. Doch das Rütteln und Holpern ist zu stark. Und auch die Angst.

Ostermontag in Torgau.
Ob ich in der Welt ein anderer Mensch werde? Katharina weiß nicht, ob sie diesen Satz geträumt hat. An der Grenze zwischen Schlaf und Erwachen, da, wo Freude, aber auch Angst und Trauer die Seele so heftig erschüttern, daß man Geträumtes und Wirkliches nicht zu trennen vermag, da

hat sie das Fegefeuer gesehen. Oder was ist es sonst gewesen?
Katharina kann aus ihrem Traum nicht erwachen. Obwohl sie das will, hält er sie fest. Sie hat von Martin Luther geträumt. Durch die Erzählungen Margaretes und Veronikas, deren Oheim ihn des öfteren gesehen hat, ist in Katharinas Kopf ein Bild von dem berühmten Reformator entstanden. Sie hat gehört, daß er blitzende Augen haben soll, einen hageren Körper, von Sorgen und Studien erschöpft. Daß er mit seiner scharfen, deutlichen Stimme seine Feinde widerlegt. Sie sagen, er tue das unbesorgter und bissiger, als das für einen Theologen schicklich sei. Sie sieht im Traum Martin Luther zu Pferde über den Friedhof des Klosters reiten. Sein Pferd ist fahl im Nachtlicht, doch es hat reiches Zaumzeug. Luther sprengt über die Grabsteine. Er hat das Schwert gezogen. In seinem Gefolge ein Heer von Toten, die mit ihren Leichentüchern bekleidet sind. Katharina sieht, daß Ave, Veronika, Margarete, Else und die anderen zu den Toten gehören. Sie sind mit Äxten, Sensen und Knüppeln bewaffnet. Ihre Totenköpfe lächeln. Sie selber, Katharina, trägt eine Lanze. Soldaten und Bauern sind am Wege, sie bitten um Erbarmen. Katharina fühlt noch im Erwachen Angst. Bedeutet der Traum, daß sie alle mit Luther sterben müssen? Unruhig wälzt sich Katharina auf ihrem Strohsack. Die anderen sollen jetzt auch wachwerden. Sie hat nicht länger

Lust, sich Gedanken zu machen. Wäre sie doch nur mit Ave allein geflüchtet. Jetzt hat sie die anderen am Hals. Katharina vergißt für einen Moment, daß ohne Veronika und Margarete von Zeschau vermutlich alles beim alten geblieben wäre. Hätte nicht deren Oheim, der Edelmann Wolfgang von Zeschau, immer wieder Luthers Schriften ins Kloster geschmuggelt, woher hätten sie dann die Wahrheit erfahren? Erst letztes Jahr ist er, der Prior des Augustiner-Klosters Grimma, mit einer Anzahl Ordensbrüdern ausgetreten. Er ist jetzt Spitalmeister des Johanniterhospitals zum Heiligen Kreuz in Grimma. Er hat seine Nichten regelmäßig besucht und niemals mit leeren Händen.

Was für ein Tag, als er die erste Flugschrift mitbrachte! Vier Schriften sind es, die Margarete von Zeschau aus der Besucherstube mitbringt. Sie hat die Rollen im weiten Ärmel ihres Kleides mühelos verborgen. Sie sind schon geschickt im Verbergen. Im Suchen nach Verstecken, wo sie mit brennenden Wangen und Ohren lesen: *Den Sermon von den guten Werken. An den christlichen Adel deutscher Nation, von des christlichen Standes Besserung. Von der babylonischen Gefangenschaft der Kirche. Von der Freiheit eines Christenmenschen ...*

Zu dieser Zeit ist Luther ihnen allen schon vertraut. Er sitzt mit im Chor beim Angelus, er hält die Tischlesung, er lobt Gott in der Non. Alle wissen, daß der Bann des Papstes drohend über Luther hängt. Offiziell darf im Kloster sein Name nicht erwähnt werden. Katharina weiß jedoch, daß die Domina in der Klausur die Schriften Luthers studiert. Und Katharina weiß auch, wo diese Schriften aufbewahrt werden. Jedesmal, wenn die Ehrwürdige Mutter mit der Priorin und der Subpriorin nach Torgau gefahren ist, um mit dem Ratsherrn abzurechnen und für das Kloster einzukaufen, dann hat Katharina mit klopfendem Herzen und hämmernden Schläfen von dem großen Kampf gelesen, den ein Mönch begonnen hat und der sich jetzt mit ungeheurer Gewalt entwickelt. Die höheren Stände und der gemeine Mann haben sich gleichermaßen erhoben, um mit dem Mönch zu streiten.

Martin Luther. Katharina hat viele Bilder von ihm in ihrem Kopf. Sie wandeln sich. Sie kennt aus Luthers Schriften den kleinen Martin, wie er in der Stube seines Elternhauses sitzt und sich mit einer lateinischen Fibel abmüht. Er weiß, daß es gemeine Rutenschläge setzt, wenn er nicht konjugieren kann. Martin fürchtet sich vor der Schule. Er kann seine Gedanken oftmals nicht zusammenhalten. Deklination, Syntax, Metrik, Schläge, Angst, Jammer.

*Vater,* ich hab Euch lieb. Die Schläge tun weh, Vater. Ich will morgen besser lernen, Vater. Mutter, wird mich der Alp holen, wird er mir das Herz abdrücken? Erzähl mir von den guten Wichtelmän-

nern, Mutter, kann ich auch so ein Tarnkäppchen haben? Dann können mich die bösen Hexen nicht finden und verzaubern, nicht wahr, Mutter, dann können sie mir nichts tun. Mutter, ist es denn wahr, hat die Klara Nutzlin unsere Schwester verhext? Hat sie sich darum zu Tode geschrien? Hat sie den Hagel geschickt und den Kühen die Milch abgesogen? Mutter, kann sie in der Nacht durch die Luft reiten? Mir die Luft abwürgen, *Mutter?*
Katharina weiß, was den kleinen Luther geängstigt hat in den Nächten und an dunklen Tagen. Sie selbst hat mit pochendem Herzen den Schilderungen Schwester Angelas gelauscht, die ihr den Hexenwald in allen Winkeln ausmalte: Da hokken sie am Boden, junge und alte Hexen, mit prallen oder hängenden Brüsten. Sie zerstoßen giftige Kräuter im Mörser, bereiten Zaubertränke, mit denen sie Mensch und Vieh verderben. Mit schauerlichen Gesängen und mit schrillem Gelächter reiten sie nackt durch die Lüfte. Sie holen kleine Mädchen, um sie zu Hexen zu machen und auf ewig der Hölle zu weihen.
Angst, blinder Gehorsam, Strafe. Das ist auch Katharinas Kinderwelt. Sie ist fünf Jahre alt und starrt auf die hölzerne Tür, deren Riegel gerade zugeschoben wird. Sie darf nicht hinaus. Sie will auch nicht. Da draußen hockt die Angst in allen Winkeln. Da ist es dunkel, kalt. Mutter ist nicht mehr da. Ihr faltenreicher Rock raschelt nicht mehr durchs Haus. Ihr Schritt klingt nicht mehr

auf den Dielen. Ihre weichen Arme nehmen Katharina nicht mehr auf. Mutter liegt im Vorderhaus. Sie lassen Katharina nicht hinein zu ihr. Seit zwei Tagen nicht mehr. Katharina darf sich wie immer zu den Hühnern in den Hof hocken. Sie hört aber nichts von deren Lärm. Die Sonne zeichnet Schatten auf den Sandboden, doch in Katharina wird es nicht warm. Mutter. Da ist so ein Schweigen im Haus. Dann wieder ein Wispern, das rasch vor Katharina verstummt.

Und jetzt rattert und holpert da draußen der Rollwagen ab. Katharina könnte hochklettern an dem hölzernen Sims, sich hineinhocken in die tiefe Fensternische. Sie könnte hinausschauen. Katharina will es und will es nicht. Sie möchte weinen. Doch da ist ein Stein in ihr. Der liegt oben im Hals und läßt die Tränen nicht hinaus.

Die andere Frau mit den anderen Röcken schläft nun beim Vater. Sie hat keine weichen Arme. Aber harte Hände. Sie kleidet Katharina für die Fahrt an.

»Du wirst ins Kloster reisen«, sagt der Vater. »Das ist ein großes Haus mit vielen Frauen und Mädchen. Und Gott wohnt da.«

Katharina kennt Gott. Manchmal geht er mit seinen großen Stiefeln im Himmel umher, und dann donnert und blitzt es. Katharina hat sich früher davor nicht gefürchtet. Mutters warmer weicher Rücken war die Antwort auf alle Fragen, der Schutz vor aller Furcht.

Katharinas neues Kleid kratzt auf der Haut, der Gürtel drückt. Nur dies Unbehagen spürt sie, als man sie auf den Wagen hebt. Der Vater sitzt stumm, die Frau auch. Katharina müßte dringend auf den Lokus. Die Frau hat sie vor der Abreise daran gemahnt. Jetzt drängt das Wasser in Katharinas Blase, doch sie wird nichts sagen. Ihr ist schwindlig vom Schütteln des Wagens, vom Juckreiz, vom Drang in der Blase. Katharina preßt fest die Lippen zusammen. Verstohlen klemmt sie einen Fuß zwischen die Schenkel. Niemand kann es sehen unter dem langen Rock.
Die Kutsche ruckt und rüttelt Katharina in einen Halbschlaf, aus dem sie hochfährt, als es ihr heiß die Beine herunterrinnt. Katharinas Herz klopft, ihr Kopf scheint zu platzen. Sie schaut zum Vater, doch der ist eingenickt, sein Kopf pendelt haltlos hin und her. Aber die Frau. Sie hat es gesehen. Sie schaut Katharina an mit dem Blick, den sie immer hat, wenn der Vater nicht dabei ist. Die Frau schaut und schweigt und hat einen schmalen Mund. Katharina rückt sich in der unangenehmen Nässe zurecht. Sie wird von nun an nicht mehr für die Frau beten. Nie wieder.

Über all diesen Erinnerungen ist Katharina nochmal eingeschlafen. Sie hat von ihrer Mutter geträumt, wie es ihr häufig geschieht. Katharina erwacht jedesmal mit einem starken, schmerzlichsüßen Gefühl der Liebe. Sie ist dann weich und

sanft gestimmt ... In der Schlafstube ist es inzwischen taghell geworden. Gerade ist die Magd hereingekommen, um den Ofen zu reinigen und neu anzuzünden. Das junge Mädchen trägt über einem derben braunen Hemd eine hellere Schürze. Um den Kopf hat sie ein rotes Tuch gebunden. Jetzt stemmt sie die Fäuste in die Hüften:
»Habt Ihr im Kloster auch immer so lange geschlafen?«
Undeutlich vor sich hinschimpfend, macht sie sich am Ofen zu schaffen. Kehrt den Ruß heraus, daß es nur so poltert und staubt.
Alle sind jetzt wach. O Gott, was wird der Tag uns bringen? Else von Canitz jammert vor sich hin. Katharinas weiche Stimmung verfliegt sofort. Der Teufel soll sie alle holen. Alle, außer Ave natürlich.
Die anderen mit ihrem ständigen Geheul, Geplärr und Gezänk sind ihr lästig. Besonders aber Else. Falsch wie die Schlange im Paradies. Ständig von Hysterie heimgesucht. Sie stopft unmäßig viel Essen in sich hinein. Dann speit sie wieder alles aus. So geht das dauernd. Keine will bei ihr schlafen. Else sollte auch nicht mit. Doch sie hat alles belauscht. Katharina sieht Else an. Die unruhigen Augen der Neunzehnjährigen sind jetzt stark gerötet. Ihre Nase auch. Sie ist offenbar erkältet. Katharina selbst fühlt sich ebenfalls fiebrig. Der Lauf durch den Wald gestern, schweißüberströmt hat sie auf dem Wagen gehockt. Die kalte Luft.

Katharina hat einen dumpfen, schweren Kopf. Das fehlt gerade noch, daß sie jetzt krank wird! Laneta neben ihr hustet, und Margarete klagt über heftige Halsschmerzen. Der Ratsherr Koppe wird sich bedanken. Neun entlaufene Nonnen in seinem Haus, und alle krank.

»Herzige Osterlämmer seid Ihr.«

Die Magd sagt es im Hinausgehen. Sie gibt die Tür Walpurga, Leonhard Koppes Hausfrau, in die Hand. Walpurga fragt, wie die Jungfrauen geschlafen haben. Und jetzt sollten sie dann zum Frühmahl in die Stube kommen. Walpurga Koppe trägt über einem weißen Hemd ein weichfallendes Überkleid aus feinstem blauen Tuch. Dazu hat sie eine weiße Haube mit Seidenlitzen ziemlich tief in die Stirn gebunden. Sie sitzt am unteren Ende des eichenen Eßtisches. Linkerhand verbreitet der dunkelgrüne Kachelofen behagliche Wärme. Er ist sechseckig und hat wunderschön verzierte Reliefkacheln. Katharina lobt die Schönheit des Ofens und Walpurga Koppe sagt stolz, daß ein berühmter Ofensetzer aus Italien ihn erst vor einem Jahr gebaut habe.

Der Ratsherr Leonhard Koppe ruft zu Tisch. Die Mädchen sehen ihn eigentlich erst jetzt, bei Tageslicht, richtig. Koppe ist ein stämmiger Mann in den Fünfzigern. Sein bartloses Gesicht ist fleischig. Der Mund energisch. Die Kinder und das Gesinde schauen ihm nach den Augen.

Die Kinder drücken sich jetzt leise auf die Sitzbänke. Es ist jedoch ein eher fröhliches Stillesein, Katharina sieht verstohlene Blicke, unterdrücktes Lachen. Koppe gibt das Zeichen zum Tischgebet, das der jüngste Sohn mit angestrengt niedergeschlagenen Augen runterleiert. Katharina spürt plötzlich starken Hunger. Das gewürzte Brot ist gut. Es gibt sogar weiße Semmeln. Dazu Mandelmilch und Milchrahm. Auch Brei von Grieß und Körnermus. Da schreit eins der Kinder auf. Es hat sich einen Zahn ausgebissen. Im Brot war ein Stein. Walpurga Koppe fragt streng die Magd, die am Tisch bedient:

»Hast du wieder das Mehl nicht gesiebt? Ich hab dir tausendmal schon gesagt, daß du es dreimal sieben mußt, um die Mahlsteine zu entfernen. Du unnützes Ding! Sollen uns allen die Zähne ausfallen?«

»Noch einmal, und du kannst dich packen.«

Der Ratsherr beendete mit dieser Drohung den Wutausbruch seiner Frau.

Katharina gönnt der vorlauten Magd von Herzen den Ärger. Zumal auch sie auf einen dicken schwarzen Stein gebissen hat. Glücklicherweise nicht sehr fest. Auch Ave Grosse kaut vorsichtig an einem Bissen und legt dann wortlos ein Steinchen neben ihren Teller.

Nach dem Frühmahl wird es weitergehen nach Wittenberg. Doch, was sollen die Mädchen anziehen? So, in ihrer Ordenstracht, können sie als entlaufene Nonnen unmöglich bleiben. Walpurga

Koppe klagt, daß es ihr nicht gelungen sei, Kleider für die Mädchen zu besorgen. Niemand will etwas geben. Sie selber hat vielleicht für eines der Mädchen ein Gewand, aber das ist auch alles. Also bleiben die weißen Chor-Kleider. Gürtel und Schleier legen alle ab. Komisch genug sehen sie aus mit ihren stoppelig kurzen, filzigen Haaren. Mitleidig sagt Walpurga:
»Wollt Ihr den Schleier fürs erste nicht tragen?«
Die Mädchen schauen auf Katharina. Sie knüllt ihren Schleier, wirft ihn heftig zu Boden. Sie schreit fast:
»Dieser Schleier besonderer Heiligkeit steht uns nicht an. Luther hat ihn uns vom Kopf gerissen.«
Alle schweigen. Die Magd kommt und bringt für die Mädchen warme Tücher und Decken. Damit können sie sich notdürftig verhüllen, als sie zur Weiterreise nach Wittenberg wieder auf den Planwagen steigen.
Nahe beim Haus des Koppe liegt die Torgauer Kirche. Gern wäre Katharina hineingegangen, um Gott für die geglückte Flucht zu danken. Doch das ist noch zu gefährlich. Die Torgauer Kirche steht unter dem Patronat des Klosters Marienthron, und noch weiß niemand, ob die Mutter Äbtissin ihre entlaufenen Nonnen nicht verfolgen läßt. So schickt Katharina einen wortlosen Dank zum Gotteshaus. Sie kann nicht wissen, daß sie dort, wo ihr eigentliches Leben beginnt, dreißig Jahre später begraben werden wird.

Als der Planwagen in Wittenberg ankommt, erregt er großes Aufsehen. Gottlob ist der Weg von Torgau nach Wittenberg nicht so weit wie der vom Kloster Marienthron nach Torgau. Trotzdem sind die Mädchen wie zerschlagen. Sie fühlen sich schmutzig. Lanetas und Elses Köpfe sind hochrot vom Streit. Sie haben mal wieder richtiggehend gerauft. Doch jetzt schweigen alle still; schauen beklommen auf die gaffenden Leute, die den Wagen umstehen. Immer mehr kommen hinzu. Studenten in Uniform, den Dolch im Gürtel. Es sind Jungen von höchstens 12 Jahren und Männer um die Vierzig. Drei Doktores im roten Barett beaufsichtigen die Studenten. Marktfrauen lassen ihr Gemüse und die Hühner im Stich und rennen herbei. Die Studenten benutzen die Gelegenheit, sie zu bestehlen. Handwerksburschen kommen und halten Maulaffen feil.
Die Mädchen klopfen sich in tödlicher Verlegenheit das Stroh aus den Röcken.
»He, Ihr, sucht Ihr die Freiheit oder sucht Ihr Freier?«
Einer der Studenten hat es gerufen, und alle lachen.
»Der Luther sagt, die Heiligen Jungfrauen sind in Wahrheit Satansjungfrauen.«
Wieder lachen alle.
Leonhard Koppe, der die Mädchen so rasch es geht zum Haus des Lucas Cranach führt, wird wütend. Er geht auf den Schreier los:

»Du bist so dumm und verlogen, Dich sollte man an den Bratspieß eines Klosters stecken und Dir den Arsch rösten.«

Verloren sitzen die Mädchen in der reichgeschnitzten, holzvertäfelten Wohnstube des Lucas Cranach. Seine Frau Barbara eilt mit einer Dienstmagd herbei. Sie reicht den Ankommenden Wasser, Wein und Brot.
Lucas Cranach ist ein hochgewachsener, feingliedriger Mann in den Fünfzigern. Er hat hellgrüne, lebendig glitzernde Augen, die Katharina sofort anrühren. Obwohl sie sich fiebrig und elend fühlt, schaut sie sich den berühmten Maler genau an. Er hat dichtes, braunes Haar, durch das sich helle Fäden ziehen. Über der starken Stirn sind ein paar Fransen abgeschnitten, ansonsten reicht das Haar bis weit über die Ohren. Ein kräftiger Schnauz- und Backenbart sowie starke dunkle Brauen unterstreichen noch sein vitales Aussehen.
Wie beneidet Katharina Cranachs Frau, die mit ruhigen, sicheren Bewegungen die Gäste bewirtet. Barbara Cranach mag etwa fünfunddreißig sein. Sie ist groß und füllig. Vielleicht sogar schwanger? Jedenfalls trägt sie das reichste und schönste Kleid, das Katharina bislang gesehen hat. Es ist dunkelblau. An den Ärmeln und am Saum hat es weiße Spitzen. Dieses Überkleid ist etwa wadenlang und läßt ein Unterhemd aus feinstem hellblauen Tuch sehen, bestickt mit dunklen Sternen.

Eine schöne Frau in einem schönen Haus. Ein Mann, der sie um die Schulter nimmt und ins Gespräch einbezieht.

Katharina fühlt heißen Neid und kalte Wut. Wie sieht sie selber dagegen aus. Angespuckt vom Pöbel, ohne Familie, ohne Haus, ohne einen Groschen steht sie da. Es tröstet sie nicht, daß es den anderen ebenso geht. Jede von ihnen hat mündlich oder brieflich die Eltern angefleht, sie um Christi Willen aus dem Kloster zu holen. Und wo das nicht anging, solle man ihnen doch wenigstens das Geld und Kleidung schicken. Nicht eine der Familien tat dergleichen. Katharina hat die wenigste Hoffnung gehabt. Ihr Vater ist verstorben. Die Stiefmutter daheim ist völlig verarmt, bringt sich und die Söhne (Katharinas Halbbrüder Hans, Klemens und Florian) mehr schlecht als recht durch.
Katharina zieht selbstzerstörerisch immer wieder Bilanz: Was bin ich? Eine entlaufene Nonne (was für viele Leute gleichbedeutend ist mit Hure), eine Adelige ohne Besitz, dazu schon vierundzwanzig Jahre alt. Das hat doch der Teufel gesehen! Katharina möchte sich die Haare einzeln ausraufen, mit den Füßen stampfen, das schöne Geschirr, die böhmischen Gläser vom Tisch fegen – der Teufel soll das Kloster, Wittenberg, die ganze Welt holen. Sie, Katharina, will mit ihm zur Hölle fahren und gegen alle wüten, die sie in diese Lage ge-

bracht haben. Zuerst wird sie die Dämonen auf den Vater hetzen. O du harter, steinerner Vater. Wie unglaublich bist du mit deinem Kind umgegangen. Wie konntest Du dein eigen Fleisch und Blut so wegwerfen und es dem Klosterleben überantworten? Ja, wenn es noch so wie früher wäre, als man Kinder liebevoll im Kloster erzog, bis ein guter Mann sie zur Ehe begehrte, ja, dann hätte ich es wohl verstanden, daß du mich ins Kloster gestoßen hast. Aber nichts davon. Du hast meine unmündige Jugend auf ewig an die Kette gelegt. Sag, war es wegen der Ehre? Wegen Deiner oder wegen meiner? Es wäre mir eine größere Ehre gewesen, wenn Du mir einen Mann gegeben hättest und wäre es auch ein Handwerker gewesen. So gering wolltest du aber nicht geachtet werden, nein! Ach, wie bist du doch dumm. Weißt du nicht, daß das Hineinstoßen ins Kloster erst recht allen Menschen gezeigt hat, wie arm du bist?
Du wolltest mich nicht in einen armen, ehelichen Stand geben, sags doch gleich. Du dachtest, daß dein Kind in seinen Begierden ausbricht und sich mit Schande und Sünde einem Stallknecht oder einem Viehhirten unterwerfe. Ja, wenn es nur so gekommen wäre. Nun ist aber weit Ärgeres geschehen... Und jetzt sage mir du, wem soll ich meine Not klagen? Darf ich meinem Beichtvater trauen? Wirst du jetzt vor Gott verantworten, Vater, daß ich mein Gelübde gebrochen hab? Sag Gott, deine Tochter sei nicht aus Holz oder Eisen. Sag

ihm, ich hätte zu den ewigen Messen und Psalmen, zu dem Beichten, Singen und Kasteien keine Lust mehr gehabt. Sag ihm, ich will in die Messe gehen, wenn ich Sehnsucht nach Gott habe. Ich will singen, wenn mein Herz sich zu Gott hebt. Und der Striemen auf meinem Rücken sind auch genug.

Weißt du denn nicht, Vater, wieviel Feindschaft es gibt hinter Klostermauern, wieviel Nachstellung, Verfolgung und Verleumdung? Ich weiß nicht, was du weißt. Ich weiß aber eines, Vater: Wenn ich dich sicher in der Hölle wüßte (und ich wette, du sitzt drinnen), wenn ich es sicher wüßte und ich könnte dich mit einem Ave-Maria herausbitten, Vater, ich wollte dich noch tiefer hineinbeten, weil du mich in diese elenden Verhältnisse gebracht hast.

»Um Christi Willen, Jungfer, Ihr seid ja krank!«

Barbara Cranach ist zu Katharina getreten, faßt ihr ans Handgelenk. »Sie hat hohes Fieber. Sie muß sich hinlegen. Ruft den Doktor Schurf!«

Katharina weiß, das Fieber in ihrer Seele, die Hitze, die aus dem Haß kommt, dies Fieber ist viel gefährlicher und vor allem verwerflicher als Erkältungsfieber. Katharina kann sich bis zur Ohnmacht in Haßgedanken hineinsteigern. Das weiß sie seit ihrem neunten Geburtstag.

Es ist der 29. Januar 1508. Katharina lebt damals noch im Kloster zu Brehna.

Nach der Mittagshore wird die Neunjährige zur Äbtissin gerufen. Katharina sieht die Ehrwürdige Mutter zum erstenmal in ihren Privaträumen. Da sitzt sie an einem Schraubstock, in den eine kleine Holzfigur eingeklemmt ist. Die Domina hat schon ein Gesicht aus dem Holz herausgemeißelt und arbeitet jetzt am Faltenwurf. Sie wendet sich Katharina zu mit ihrem abwesend freundlichen Lächeln.

»Höre, mein Kind, deine Eltern und ich haben beschlossen, daß du morgen ins Kloster Marienthron nach Nimbschen gebracht wirst.«

Katharina hat nur einen Gedanken, nur eine Frage: »Und Clara?«

Die Äbtissin hebt die Brauen. »Clara? Clara Preußer bleibt. Dr. Johann Preußer hat dem Kloster gerade wieder eine Passionstafel gestiftet.«

Die Ehrwürdige Mutter sagt es mehr zu sich selbst. Sie wendet sich wieder ihrer Schnitzarbeit zu und erläutert Katharina: »Ein Höherer lenkt unsere Wege. Alles kommt von Gott.«

Gott. Clara, Clara, Gott. Warum? Warum? Warum? Katharina begreift nichts, will nichts mehr begreifen, nicht die Ehrwürdige Mutter, nicht Gott. Sie weiß nur: Clara, ihre einzige Freundin in Brehna – sie wird ihr genommen! Katharina will nichts mehr hören, nichts mehr sehen, nichts mehr fühlen. Sie schreit, schlägt mit dem Kopf gegen die Wand, wirft sich zu Boden und schreit.

Schwestern kommen, nehmen Katharina vom Bo-

den hoch, rennen mit ihr zur Heiltumssäule. (Fast jedes Kloster besitzt eine solche heilkräftige Säule.) Hier sind einige der kostbaren Reliquien des Klosters aufbewahrt: Splitter vom Kreuz Christi und von seiner Dornenkrone. Ein Fetzen von des Heilands Schweißtuch. Haare der Heiligen Jungfrau. Reste ihres Schleiers. Das Heiltum hat schon oft Wunder gewirkt. Kranke gesund gemacht. Eine Bäuerin, die ihren siebenjährigen Sohn im Zorn zum Teufel gewünscht hatte, bringt ihn, der nicht mehr stehen kann, sich brüllend und schäumend windet, eilends hierher. Ein anderes Kind, schrecklich zerrauft und entstellt, vermag als einziges Wort nur mehr »Teufel« zu sagen und wird hier geheilt. Auch Erwachsene, die unter einem Zauberbann stehen, werden hierher gebracht.
Die Schwester Küsterin hat jetzt alle Mühe, die schwere, schreiende Katharina dreimal um die Säule zu tragen. Doch ihr Glaube und die angstvollen Fürbitten der Schwestern, die jeden ihrer Schritte begleiten, machen sie stark. Schon beim zweiten Gang um das Heiltum beruhigt sich Katharina, und nach dem dritten Gang liegt sie erschöpft im Arm der Küsterin. ›Dich Gott, loben wir, Dich Herr preisen wir.‹ Die Nonnen singen es in glücklichem Triumph.

Es hat geschneit. Alles ist weiß, so weiß. Das Kloster Marienthron hebt sich wie eine Burg aus der stillen und hügeligen Landschaft. Die Straße, die

von der Stadt Grimma nach Süden führt, zieht sich von einer schroff abfallenden Höhe bald wieder hinab in sanfte Auen. Im weiten Bogen begrenzen waldige Hügel im Westen und der ruhig dahinströmende Fluß im Osten die Wiesen und Felder, die dem Kloster reichen Ertrag geben.
Jetzt ist der Wagen mit Katharina schon an dem großen Klostergut mit dem riesigen Obstgarten angelangt. Schwester Benedikta erzählt Katharina gerade, daß die Äbtissin von Marienthron, die Ehrwürdige Mutter Margarete von Haubitz, blutsverwandt ist mit Katharinas Mutter.
Deshalb nimmt sie dich auch in Marienthron auf. Aus Gnade und Barmherzigkeit und um deiner Mutter willen.
Gnade und Barmherzigkeit. Das hört Katharina noch öfter. Dankbarkeit. Dir fehlt die Gabe der Dankbarkeit. Mit der gelegentlichen Teufelsbesessenheit ist Katharina auch stigmatisiert. Die Schwestern, die – je nach Charakter und Temperament – die jungen Novizinnen tyrannisierten, aber in jedem Fall absolut dominierten, hatten bald fast ausnahmslos einen mit Abscheu gemischten Respekt vor dem neuen Klosterzögling. Katharina hatte rasch begriffen, daß ihr vom Kloster Brehna ein besonderer Ruf vorausgeeilt war. Sie begriff auch, daß sie den Chorfrauen (einschließlich der Ehrwürdigen Mutter) unheimlich war. Instinktiv tat sie alles, um dieser Rolle immer wieder gerecht zu werden. Es fiel ihr auch keines-

wegs schwer, auf Verbote (die sie grundsätzlich ungerecht fand) mit Anrufungen des Teufels zu reagieren. Ebensowenig Mühe hatte sie, in der Liturgie durch unübersehbare Anzeichen tiefster Verzückung aufzufallen. Sie hatte nicht die geringste Scheu, den anderen Mädchen von den Lichtgestalten zu erzählen, die sie nachts in der Zelle heimsuchten. Oder sie erzählte vom Teufel, der ihr immer wieder androhe, in sie zu fahren. Katharina verpflichtete die ängstlich horchenden Mädchen zu allerstrengstem Stillschweigen. Nur so konnte sie sicher sein, daß alle Chorfrauen die Geschichten erfuhren. Lediglich Ave, die anfangs auch ängstlich und scheu zuhörte, wurde von Katharina aufgeklärt und eingeweiht. Katharina empfahl Ave, mitzumachen bei diesen Geschichten. Doch das wollte Ave unter keinen Umständen. Sie bewunderte Katharinas Kaltblütigkeit. Und sie hatte auch rasch begriffen, daß Katharina auf diese Weise den zahlreichen gottähnlichen Autoritäten, die das Kloster regierten, nicht so absolut ausgeliefert war. Sie, Ave, wurde als Freundin des Teufelskindes (wie manche Nonnen Katharina nannten) ebenfalls verabscheut.
Das Kloster Marienthron ist durch eine strenge Hierarchie geprägt. Die absolute Königin von Gottes Gnaden ist die Äbtissin, die Ehrwürdige Mutter. Sie ist von Christus gesandt und beauftragt, an der Spitze des Konvents zu stehen. Sie regiert das Kloster und hat alle damit verbundenen

Rechte und Pflichten. Sie ist für alle Angehörigen des Klosters Mutter und Herrin zugleich. Als Gottvermählte trägt sie den Ring, das Symbol ihrer Treue, als Gottbeauftragte hält sie den Stab, das Symbol ihrer Amtsführung. Als Gottgeopferte schmückt sie das Kreuz, das Symbol ihrer Glaubenskraft und ihrer Leidensbereitschaft.
Der Ehrwürdigen Mutter zur Seite steht die Priorin. Sie hat die Äbtissin und den Konvent zu beraten und ist für die Zucht im Hause verantwortlich. Die Subpriorin hat sie zu vertreten, die Novizenmeisterin sorgt für die Heranbildung der jungen Novizen. Die Bursaria hat die Finanzen des Klosters zu regeln, die Kastnerin ist für den ganzen Betrieb auf dem Getreidekasten verantwortlich, sie hat mit den Bauern zu verhandeln. Die heiligen Gewänder und Gefäße hat die Sakristanin in ihrer Obhut. Die Sorge für die kirchliche Musik obliegt der Chorregentin und Kantorin. Die Vestiaria beschafft die Kleider für die Nonnen, die Küchenmeisterin bestellt den Tisch, die Refektormeisterin hält Ordnung im Refektorium. Die Gärtnerin zieht Gemüse und Obst, und die Weinkellnerin keltert den Meßwein.
Nicht nur für die jungen Novizinnen, auch für die Menschen, die in der Umgebung des Klosters leben, ist Marienthron die absolute Autorität. Hierhin wallfahren die Leute, erhoffen sich Gottes Segen und vor allem Vergebung ihrer Sünden. Kloster Marienthron hat auch viele Heiltümer.

Die zwölf Altäre der Klosterkirche sind reich an kostbaren Reliquien. In goldenen, reichverzierten Kapseln und Schreinen gibt es Holzstückchen von der Krippe zu Bethlehem, vom Kreuz Christi und vom Kreuz eines Schächers, Partikel aus der Dornenkrone Jesu, Teile von der Säule, an die sie ihn gebunden hatten, einen Splitter vom Tisch des Abendmahls, ein Stück vom Schweißtuch des Herrn, Stoffstücke vom Gewand der Heiligen Jungfrau, vom Kleide Maria Magdalenas, von der Kutte des Heiligen Bernhard, des großen Erneuerers des Zisterzienserordens. Schier endlos ist die Reihe der übrigen Heiligen, deren Fürbitte sich das Kloster zugewendet hat, indem es Gebeine, zum Beispiel einen Armknochen oder einen Zahn des Heiligen, erworben hat. 367 Reliquien besitzt das Kloster Marienthron.

Die Menschen aus der Umgebung wallfahren hierher. Damit es sich noch mehr für sie lohnt, hat das Kloster reichen Ablaß eingekauft. Wer zu Weihnachten, Ostern oder Pfingsten nach Marienthron pilgert, wer dort seine Knie beugt und betet, an Bittgängen im Kreuzhof oder auf dem Friedhof teilnimmt, der kann für schwere Vergehen Ablaß auf vierzig Tage erhalten. Für läßliche Sünden Ablaß auf ein Jahr. Am meisten Ablaß gibt es, wenn das Kloster seine eigene Kirchweih begeht. Diesen Tag nennen die Leute deshalb aplas. Da gibt es einen großen Jahrmarkt und reichen Gewinn für das Kloster.

Katharina schaut ebenso gebannt wie die Wallfahrer aus der Umgebung auf die Reliquienschreine. Ihre kindliche Phantasie verleiht den einzelnen Partikeln Flügel, die Katharina an die Orte ihrer Sehnsucht bringen: Zur Krippe in Bethlehem, wo sie das Kind Jesus anschaut und behutsam streichelt.

Zum Kreuz Christi, wo sie mit dem Gemarterten heiße Tränen vergießt. Sie fühlt schaudernd, wie sich die Dornenkrone in ihre Kopfhaut gräbt. Und des Heilands Schweißtuch. Wie gerne hätte Katharina ihm gleich Veronika das kühle, weiche Tuch gereicht, das seinen Schmerzensschweiß aufnahm. Wie Spinnweb so fein ist der Schleier der süßen Jungfrau Maria. Golden ihr Haar. Sicher hat Gott sie auch auserwählt, weil sie so überirdisch süß und schön ist.

Jesus Christus und die Gottesmutter. Sie sind Katharina nahe. Seit Katharina im Kloster Marienthron lebt, hat sie von der Gottesmutter ein klares Bild. Am Ende des langen Kreuzganges nämlich, da, wo er zum Kapitelsaal und zum Refektorium abbiegt, steht eine Skulptur der Madonna mit dem Jesusknaben. Maria hat langes, in der Mitte gescheiteltes Haar, ihr Gesicht ist fröhlich und verständnisvoll. Und der Jesusknabe zupft ungeniert im Haar seiner Mutter. Ein Bild fröhlicher Liebe. Und der Gekreuzigte, der im Kapitelsaal in der Fensternische hängt, prägt ihr Christusbild. Er und kein anderer. Dabei gibt es viele Madonnen und viele Gekreuzigte in Marienthron. Die Madonna im Strahlenkranz etwa, die am Altar der Klosterkirche hängt. Oder die Bauernmadonna, die einen winzig kleinen, aber schon erwachsenen Christus im Arm hält. Sie schaut zu Recht vorwurfsvoll. Auch die Heilige Anna Selbdritt, der Heilige Simeon mit dem Jesusknaben, eine steinerne Pieta oder die riesige Abendmahlsgruppe in der Pfortenkapelle – all diese Gestalten bleiben im Hintergrund.

Wenn Katharina an Winterabenden schnell, schnell durch die dunklen Kreuzgänge huscht, ist die fröhliche Maria bei ihr. Oder wenn sie gar im Winter ins alte Refektorium gesperrt wird. Das passiert nicht selten. Dieser Riesensaal mit seinen gewaltigen Kreuzbögen kann im Winter nicht benutzt werden, da er keinen Ofen hat. Durch drei tiefe Fensternischen fällt lediglich bis zum Nachmittag das Tageslicht. Wenig genug. Hier hockt Katharina oft. Wegen unerlaubten Lachens. Wegen Übertretung des Schweigebebots. Wegen unerlaubter Blicke. Wegen vorgetäuschter Krankheit. Wegen Unpünktlichkeit. Es gibt allzuviel Gründe zur Strafe. Der Klostertag hat viele Fallen. Alle Kandidatinnen und Klosterschülerinnen fürchten das verlassene Refektorium. Vor allem abends, wenns dort stockfinster ist und die Bösen einschweben. Da hilft nicht einmal Schreien.

Niemand kann es durch die dicken Wände hören. Niemand will es auch hören. Da kriecht das Ent-

setzen aus den Nischen und Gewölben. Da lauern die bösen Engel, um das sündige Kind vollends zu verführen. Hexen – o ja, auch kleine Mädchen sind Hexen, sie reiten auf ihren Besen durch die Lüfte. Abtrünnige Mönche sitzen rittlings auf ihrem Wanderstab, greuliche Hunde lecken nach dir mit langen Zungen, giftzähnige Vipern schlängeln sich heran, dich zu würgen.
Wenn das Entsetzen zu groß wird, dann hilft nur noch eines. Clara Preußer, Katharinas einzige Freundin aus Brehna, hat es ihr gezeigt. Man muß die Hand, möglichst mit weichem verknülltem Stoff, dorthin legen, wo es streng verboten ist. Dann muß man sachte drücken, hin- und hergleiten, dazu mit dem Kopf schlagen, rascher, fester, ganz angespannt soll alles sein, bis es warm wird, heiß sogar und schließlich ganz süß. Dann kommt die Lähmung, die Gleichgültigkeit gegen alle Schrecken. Dann kommt der Schlaf. Irgendwann, aber er kommt sicher, ganz sicher.
Katharina hat rasch gelernt. Es ist notwendig gewesen. Einmal wird sie nicht rechtzeitig gewahr, daß die Novizenmeisterin leise die Tür öffnet, um das Ende des Kerkers anzukündigen. Ihr Lamento ist für Katharina schlimmer als die Schläge auf den nackten Rücken. Schlimmer als der neuerliche Arrest, verschärft durch Fasten. (Als Katharina schon erwachsen ist, befällt sie diese Erinnerung manchmal völlig unvermittelt. Und jedesmal – es entzieht sich aller Kontrolle –, jedesmal ent-

schlüpft Katharina ein Laut der Beschämung.) Katharina will niemals wieder ein Kind sein. Nicht in der schlimmsten Not wünscht sie sich ihre Kindheit zurück.

12. April 1523. Wittenberg. Es ist neun Uhr am Morgen. Katharinas sechster Tag in der Welt. Bereits vor zwei Tagen ist sie erwacht aus ihren Fieberträumen. Barbara Cranach hat ihr eine Hühnerbrühe kochen lassen und Weizenmus mit Butter, Sahne und Zimt. Katharina erholt sich rasch. Ihre erste Frage gilt den anderen Mädchen.
»Ave. Wo ist Ave?«
Barbara Cranach berichtet, daß Ave bereits seit zwei Tagen in der Apotheke arbeitet, die zum Hause gehört. »Sie macht das geschickt«, sagt Barbara.
Katharina ist nicht überrascht. Schließlich hat Ave im Kloster genug geübt, gemeinsam mit dem Doktor Hochholzner hat sie eine Aderlaßstube eingerichtet, hat Tränke und Salben hergestellt. Das Kloster. Es holt Katharina schon wieder ein.
»Hat die Domina inzwischen – ?«
»Nein, nein.« Barbara Cranach beruhigt Katharinas aufgeregte Frage: »Nein, Katharina, aus dem Kloster kommt kein Laut.«
Jetzt ist sich Katharina ganz gewiß, daß die Domina auf ihrer Seite ist. Daß sie vielleicht sogar von dem Fluchtplan gewußt hat.
O Ehrwürdige Mutter.

Barbara Cranach zeigt Katharina ein Flugblatt. Es ist ein offener Brief Luthers, den dieser an Leonhard Koppe in Torgau geschrieben hat, um sich öffentlich zu seiner Mithilfe bei der Flucht der Nonnen zu bekennen. Luther schreibt:

›Warum Nonnen mit Gottes Segen das Kloster verlassen können: Es ist ein neues Werk, das wir beginnen. Land und Leute sollen darüber informiert werden. Und wenn jemand dem Ratsherrn Leonhard Koppe Übles nachredet und ihn einen Räuber nennt (oder einen Narren, der sich von dem verdammten, ketzerischen Mönch in Wittenberg fangen läßt), so will ich, Luther, ihn einen seligen Räuber nennen. Wir sagen das deshalb deutlich, weil wir diese Entführung für gottgefällig halten und weil sie deshalb nicht das Licht scheuen muß. Wir sagen es auch deshalb, damit die Ehre der Jungfrauen und ihrer Verwandten nicht von giftigen Zungen geschmäht werde. Es gibt Leute, die behaupten, die Jungfrauen hätten sich von losen Buben entführen lassen. Sie sind aber von Leonhard Koppe und den Seinigen mit aller Zucht aus dem Kloster geleitet worden. Außerdem ist es uns wichtig, anderen ein Beispiel zu geben. Wir wissen, daß viele Eltern ihre Kinder lieber aus dem Kloster zurückholen würden. Sie wissen, daß dort nur Menschenwerk getrieben und ihnen das Wort Gottes nicht lauter und rein gepredigt wird. Aber –

darf man sein Gelübde denn brechen? So fragen die einen. Und – man soll kein Ärgernis geben, sagen die anderen. Dazu sage ich: Gott will keine Gelübde, die unchristlich und schädlich sind. Ärgernis hin, Ärgernis her. Not bricht Eisen und hat kein Ärgernis. Deshalb übernehme ich die Verantwortung, der ich das Unternehmen angeraten habe. Ich übernehme die Verantwortung für Koppe und die Seinigen, die es ausgerichtet haben. Und für die Jungfrauen, die der Erlösung bedurft haben. Aber auch für alle, die ihrem Beispiel nachfolgen wollen. Ich bin ganz sicher, daß wir alle damit vor Gott und der Welt untadelig bestehen können.‹

Am Schluß des offenen Briefes stehen die Namen der neun Jungfrauen:

Magdalene von Staupitz – Else von Canitz – Veronika und Margarete von Zeschau – Ave und Margarete von Schönfeld – Katharina von Bora – Ave Grosse – Laneta von Gohlis.

Katharina erfährt, daß Luther auch sonst keineswegs untätig geblieben ist. Er hat an Spalatin, den Hofkaplan des Kurfürsten Friedrich von Sachsen, geschrieben, daß er bei Hofe um Geld und Kleidung für die Mädchen bitten möge. Auch Nikolaus von Amsdorf, Theologieprofessor in Wittenberg und Luthers Freund, schreibt an Spalatin: ›Die Mädchen tun mir leid, sie haben weder Schuh noch Kleider.‹

Das stimmt. Als Katharina, von Barbara fürsorglich gestützt, in die Wohnstube tritt, sitzen ihre Gefährtinnen immer noch in ihren Chorkleidern da. Doch die Stimmung ist zuversichtlich. Der Herzog hat angekündigt, daß er Tuch und feines Leder für die Fräuleins schicken läßt. Aufs Schneidern und Schönarbeiten verstehen sich ohnehin alle, außer Ave und Katharina, die dafür aber große Kunstfertigkeit im Bemalen feiner Stoffe erlangt haben.

»Jetzt müssen wir nur noch unser Haar mit ein wenig Mist düngen«, sagt Ave von Schönfeld.

»Und dann gehen wir auf den Markt und kaufen uns einen Mann«, kündigt Veronika an.

»Ja, hast du denn Geld?«

Nein. Geld hat keine. Aber dank Luthers Bemühen haben sich jetzt für die meisten der Mädchen Freunde oder Verwandte gefunden, die sie bei sich aufnehmen wollen.

Magdalena von Staupitz, die sanfte, stille, kluge Magdalena, hat die meisten Bewerber. Sie ist die Schwester des Generalvikars Johann von Staupitz. Sein Name gilt in Wittenberg.

Katharina hat jedesmal, wenn Staupitz seine Schwester im Kloster besucht hat, Magdalena mit Fragen bestürmt. Wer kennt schon Luther so gut wie Johann von Staupitz. Die Berichte Magdalenas zeigen Katharina den jungen Luther, der als Schüler in Magdeburg fasziniert erlebt, wie

die ausgemergelte Gestalt des Fürsten von Anhalt, der als Barfüßermönch lebt, mit dem Bettelsack auf dem Rücken durch die Straßen geht.
Katharina erfährt, wie Luther in den Jahren zwischen 1502 und 1505 die Examina der artistischen Fakultät ablegt. Sein Vater redet ihn jetzt nicht mehr mit Du, sondern mit Ihr an. Das tut dem Sohn gut. Luther sitzt freiwillig in Vorlesungen über die antiken Klassiker. Virgil und Plautus begleiten ihn auch ins Kloster. Aber erst später. Luther beginnt im Sommersemester 1505 zunächst einmal mit dem Studium der Rechte. Bis er jäh unterbrochen wird: Luther hat seine Eltern besucht. Auf dem Rückweg von Mansfeld nach Erfurt gerät er in ein schweres Gewitter. Ein Unwetter wie Weltuntergang. Luther ist allein im schwefliggelben Licht. Dicht neben ihm schlägt ein Blitz in den Boden, so, daß es Luther hinschleudert. Katharina, die selber in schweren Gewittern Todesängste aussteht, kann gut verstehen, daß Luther voller Angst der Heiligen Anna, Beschützerin der Bergleute, geschworen hat, sein Leben künftig Gott zu weihen. Katharina erfährt, daß es noch mehr Geschehnisse gibt, die den jungen Studenten verzweifelt Halt suchen lassen. Einmal verletzt er sich – ebenfalls auf einer Reise – so schwer mit der Spitze seines Degens am Oberschenkel, daß er zu verbluten droht. Dann reißt die Pest, die 1505 in Erfurt wütet, zwei liebe Kommilitonen von seiner Seite. Zwei Profes-

soren der juristischen Fakultät sterben kurz nacheinander. Beide sind wenig unter dreißig Jahre. Soviel Todesnähe. Katharina kennt diese Tage und Nächte voller Angst. Zweimal hat sie während ihrer Zeit in Nimbschen erlebt, wie die Pest mit ihren Schrecken das Kloster in den Krallen hatte. Die Seuche wütete unter den Nonnen. Tagelang läutete die Todesglocke. ›Verzweiflung macht den Mönch‹, so sagen sie. ›Verzweiflung macht die Nonne.‹ Witwen klopfen ans Klostertor, Mütter, die um ihre Kinder weinen. Sie suchen Schutz bei Gott, der ihnen als einziges geblieben ist.
Katharina kann sich leicht vorstellen, wie der junge Luther schwermütig durch Erfurt geht. Er sagt es auch später zu Staupitz: ›Als ich ein junger Magister war, wo ich durch die Anfechtung der Traurigkeiten immer traurig einherging, widmete ich mich darum sehr der Lektüre der Bibel.‹
Das kann Katharina ebenfalls gut verstehen. Sie, deren Leben im Kloster ein ständiges Auf und Ab zwischen Hingabe und Abscheu ist, sie verfiel auf diesen Gratwanderungen auch oft in tiefe Verstimmungen, die bis zum Lebensüberdruß gingen. Doch sie, Katharina, hatte sich dann an Ave oder Laneta geklammert. Wen aber hatte Luther?
Katharina weiß, daß auch für Luther die landläufige Meinung gilt: Der sicherste Weg in den Himmel und zu Gott führt durch das Kloster. Luther sagt auch später: ›Wegen meinem Heil gelobte ich.‹

Dieser Entschluß entfremdet ihn wieder dem Vater, dem er doch unbedingt gefallen will. Hans Luther duzt seinen Sohn wieder. Auch seine Mutter wendet sich ab. ›Hast du noch nie gehört, daß man Vater und Mutter ehren soll?‹
Trotzdem tritt Luther am 17. Juli 1505 ins Kloster ein.
Katharina kann förmlich hören, wie Luther als Novize die Worte gierig aufnimmt: ›Wenn du die Regel hältst, verspreche ich dir das Ewige Leben.‹
Das Ewige Leben. Darum dreht sich alles. Im Kloster der Augustiner in Erfurt und im Kloster Marienthron der Zisterzienserinnen in Nimbschen. Das wollen sie alle, die Männer und Frauen, die ihr Leben Gott weihen; das Ewige Leben oder wenigstens nicht die Ewige Verdammnis.
Katharina glaubte, daß sie das Kloster niemals verlassen wird. Luther glaubte das auch: ›Ich war der Welt rein abgestorben. Bis daß es Gott Zeit dünkte.‹
Katharina begreift deshalb auch, daß Luther im Anfang einzig und allein um Gott kämpft. Luther will verzweifelt, daß Gott ihm gut sein möge. Daß er auf seiner, Luthers, Seite sei. Luther will, daß Gott Gott ist und der Mensch Mensch. Und daß Gott den Menschen vor seinem Angesicht gelten lassen möge.
O, Katharina begreift gut, woher Luther seinen Todesmut und seine Kraft genommen hat. Kein Mensch kann seinen inneren Untergang so radi-

kal erleben wie der Mensch, der im Kloster um Gott kämpft. Gewiß gibt es Augenblicke seliger Helligkeit, in denen einem Gott und die Wahrheit nahe scheint. Aber es gibt mehr Stunden tiefster Verzweiflung.

Wachen, Beten, Lesen, Fasten, Kasteien, Beichten, Messe feiern bis zur Erschöpfung, bis zur völligen Leere. Ängste vor Dämonen peinigen die vibrierenden Nerven. Katharina erfährt, daß Luther so schreckhaft war, daß er schon zusammenfuhr, wenn nur ein paar Blätter zu Boden fielen.

Für Katharina gab es Zeiten, wo sie den Namen Gottes oder Jesu Christi nicht mehr hören konnte. Wo sie den Anblick des Gekreuzigten nicht mehr ertrug. Wo sie am liebsten weggelaufen wäre aus Laudes, Prim, Terz, Sext und Non. Wo sie wie Luther dachte: ›Du bist nicht Gott, sondern der leidige Teufel! Und wollte ich, daß gar kein Gott wäre!‹

Ein Leben ohne Gott – wäre dann keine Furcht, keine Angst, keine bittere Verzweiflung, keine Schwermut? Katharina weiß es nicht. Aber sie versteht sehr gut, daß Luther sich seinem Generalvikar Staupitz selbstquälerisch und voller Skrupel zeigt. Staupitz versucht, ihn herauszuhelfen aus seiner Verzweiflung. Er weist Luther zurecht: Humpelwerk und Puppensünden!

1512 promoviert Luther zum geschworenen Doktor der Heiligen Schrift, wie er sagt: ›Ich, Doktor Martinus, bin dazu berufen und gezwungen, daß ich mußte Doktor werden, ohne meinen Dank, aus lauter Gehorsam, da habe ich das Doktoramt müssen annehmen und meiner allerliebsten Heiligen Schrift schwören und geloben, sie lauter und treulich zu predigen und zu lehren. Über solchen Lehren ist mir das Papsttum hinweggefallen.‹

Katharina weiß, daß Luther schon in Rom war. Daß die Heilige Stadt ihn enttäuschte. Priester lesen die Messe als trieben sie Gaukelspiel. Ehe Luther beim Evangelium angekommen ist, hat sein Nebenpfaffe die Messe schon zu Ende gebracht. »Passa, passa, passa«, schreit er Luther an. »Immer weg! Komm, davon!« Den Papst sieht Luther nicht.

Staupitz macht Luther zum Professor an der Universität Wittenberg. Er tut aber noch viel mehr für ihn. Er zeigt Luther den Gekreuzigten, erinnert ihn daran, daß Gott die Menschen liebt. Staupitz weist Luther den Weg aus seinen Ängsten zum Evangelium.

Damals weiß Katharina noch nicht, daß Luther ihr helfen wird, ebenfalls nach Wittenberg zu gelangen. Daß sie beide dort bis an das Ende ihres Daseins leben werden.

16. April 1523. Die Sonne schickt helle bunte Bahnen durch die Butzenscheiben der Cranachschen Malerwerkstatt. Zwei Gesellen des Malers bereiten die Platte für einen Kupferstich vor, der

Luthers Kopf darstellt. Konzentriert arbeiten sie mit dem Stichel. Cranach nimmt die Vorlage für die Druckplatte, eine Bleistiftzeichnung, nochmal prüfend in die Hand: Er vergleicht sie mit einer weiteren Zeichnung, die Luther mit Lippen- und Backenbart zeigt.

»Ist das auch Luther?« fragt Katharina. Sie kommt, um dem Maler und seinen Gesellen eine Kanne Bier zu bringen.

»Ja«, sagt Cranach, »das ist unser Luther, als er im letzten Jahr als Junker Jörg auf der Wartburg saß und um sein Leben fürchten mußte.«

Katharina schaut das Bild an. Sie hat Luther bislang noch nicht persönlich gesehen. Er hat zwar seine Schützlinge schon besucht, doch da lag Katharina noch im Fieber. Sie nimmt jetzt die beiden Zeichnungen in die Hand: Das also ist Martin Luther. Katharina hat inzwischen in ihrem Kopf so viele Bilder von Luther, daß diese beiden Zeichnungen sie verwirren. Das kräftige dunkle Haar, das in kurzen Locken um Luthers Kopf steht. Ziemlich eng beieinanderstehende dunkle Augen, ein fast zartgeschnittener Mund. Auch die Nase ist gut modelliert. Luther sieht aus wie ein Ritter oder wie ein Ratsherr – aber nicht wie ein Mönch.

»Er sieht nicht aus wie ein Mönch.« Katharina sagt es laut. Lucas Cranach lacht: »Er ist wahrlich kein glatzköpfiger Pfaffe, er ist ein Professor und was für einer.«

Der Geselle sieht Katharina belehrend an: »Luther ist unser Nationalheld. Und der Held von Wittenberg.«
Das weiß Katharina. Um so höher rechnet sie es Luther an, daß er sich die Sorgen so vieler Mönche und Nonnen zu eigen macht. Überall aus den Klöstern entlaufen jetzt Nonnen. Aus Beutitz im Amte Weißenfels, aus Wiederstedt im Mansfeldischen, ringsum im Lande beginnt das Auslaufen. Der Mittweidaer Bürger Heinrich Kelner, der eine Nonne aus dem Kloster Sornzig entführt hat, wird in Dresden enthauptet. Seine Leiche schimpflich über den Pfahl gesteckt. Trotzdem entlaufen aus Sornzig immer mehr Jungfrauen, obwohl Herzog Georg von Sachsen dagegen wütet.
»Die Ansteckung ist eben mächtiger als die Abschreckung«, sagt Cranach, als die Kunde von der Enthauptung ins Malerhaus dringt.
Und Luther hilft, wo er kann. Trotz seiner Armut. Sein Gehalt ist gering, er verdient nur neun Gulden, doch er gibt, was er hat.
Katharina und die anderen Mädchen wollen ihn nicht länger belasten. Sie arbeiten im Haus und vor allem im großen Garten der Cranachs. Hinaus trauen sie sich ohnehin nicht. Die Pöbeleien bei ihrer Ankunft sitzen tief. Außerdem schämen sie sich ihres Aussehens.
Am Sonntag gegen elf Horen sind die Ratsherren von Wittenberg gekommen, um die Mädchen zu visitieren. Es kommen Magister Philipp Reichen-

bach, Johann Hohndorf, Hieronymus Krapp und Benedikt Pauli. Sie tragen Kappen, reichgefältelte Hemden unter pelzverzierten Schauben. Johann Hohndorf, der Jüngste und Lebhafteste, ruft dem sie begrüßenden Cranach zu: »Wißt Ihr schon, unser Schloßprobst will eine Falkin zur Ehe nehmen.«

»Unser Justus Jonas, wirklich?« Barbara Cranach will wissen, welche der Töchter des Edlen Erich Falk es denn wäre.

»Ich glaube, die Katharina.«

Magister Reichenbach, ein noch junger Mann mit blondem Lockenkopf und langer spitzer Nase, meldet mit Seitenblick auf die entlaufenen Nonnen: »Ein Barfüßermönch ist jetzt Schuster. Er hat die Tochter des Schmieds genommen. Ein anderer ist Bäcker geworden, hat ebenfalls eine Frau genommen. Ein Augustiner ist jetzt Schreiner, auch er hat eine Frau genommen.«

Benedikt Pauli schneuzt sich kräftig: »Ja, so ist das jetzt allenthalben. Mönche und Pfaffen lassen ihre Platten verwachsen und nehmen Frauen.«

Hieronymus Krapp, scherzhaft: »Und die geistlichen Fräulein wollen wohl auch nicht länger darben.«

Katharina fühlt, wie ihr das Blut in die Schläfen steigt. Sie versucht, sich zu beherrschen, doch ihre Stimme klingt heller und lauter, als sie es eigentlich will:

»Ich rufe Gott und mein eigenes Gewissen als

Zeugen an, daß uns nicht der Mutwille oder die Begierde aus dem Kloster getrieben haben – so wie es hier die Leute auf den Gassen schreien. Sie sagen, wir liefen weg von unserem Orden aus Überdruß der klösterlichen Stille. Damit wir in fleischlicher Freiheit leben und unserem Mutwillen und der weltlichen Begierde Luft machen können. O nein, so ist es nicht! Wir haben ehrenhafte große Beschwerden. Unser Gewissen hat untrügliche Befehle auf Grund des göttlichen Wortes. Und wir lassen uns deshalb von niemandem Leichtfertigkeit, Frevel oder sonstiges ungeziemendes Vorhaben nachsagen. Und schon gar nicht sind wir wegen irgendwelcher Männer losgezogen.«
»Nun, nun, nun, Jungfer Katherin«, Lucas Cranach will Katharina, die sich in Wut geredet hat, besänftigen. Die Ratsherren sind verblüfft, starren Katharina an. Und sie redet, allerdings jetzt ruhiger, weiter: »Nein, es ist so: In den letzten Jahren sind uns die Schriften Martin Luthers ins Kloster gekommen. Noch ehe sie von geistlicher und weltlicher Obrigkeit verboten wurden. Anfangs war uns diese Lehre überaus seltsam und befremdlich. Es war da vieles entgegen den Gesetzen und Ordnungen, die man uns gelehrt hatte.
Doch dann haben wir untereinander, wenn auch in aller Heimlichkeit, darüber disputiert. Und wir haben tief in unseren Seelen gespürt, daß Martin Luthers Lehre die hellsten und klarsten Sprüche

der Heiligen Schrift enthält. Wir hatten plötzlich alle eine Wißbegierde, diese Schriften immer wieder zu lesen. Und je mehr wir das taten, je mehr verstanden wir, wie ausgezeichnet dieser hochgelehrte, erleuchtete Mann die Heilige Schrift handhabt. Wie er ganz rein und sauber mit ihr umgeht. Wie er die dunklen Texte durch Heranziehen anderer verständlicher Sprüche erleuchtet und klar macht. Wir haben begriffen, daß Luther im Handhaben der Schrift die größte Meisterschaft besitzt. Daß auch wir geistlichen Frauen, die wir im Lateinischen und in der Schrift wohl unterwiesen sind, alles leicht begreifen können. Wir waren bald davon überzeugt, daß die neue Lehre eine wahre, starke, ganz christliche Grundlage hat.
Deshalb ist uns Luthers Lehre lieb geworden. Sie ist tief in unser Herz gedrungen. Wir haben auch mit großer Dankbarkeit gesehen, daß Gott sich aus väterlicher Barmherzigkeit unseres Elends erbarmt hat. Er sah uns in Hunger und Durst nach der Wahrheit umherirren. Und jetzt hat er uns das lebendige Wasser der reinen göttlichen Lehre geschenkt.«
Die Mädchen schauen mit Bewunderung, in die sich aber auch Verlegenheit mischt, auf Katharina. Nur Ave sagt mit leuchtenden Augen: »Ja, so wie es Katharina sagt, so ist es.«
Die Ratsherren wenden sich stumm ab. Sie sehen einander mit gefurchter Stirn an.
Dann wenden sie sich einander zu, so daß sie fast

wie im Kreis sitzen. Sie reden jetzt miteinander über ihre Amtsgeschäfte: »Der Rat zu Wittenberg hat den Barfüßern und Augustinern gesagt, sie sollen die Klöster räumen. Auch alle Dirnen sind aus der Stadt vertrieben. Lebt einer in Unehe, muß er entweder das Weib ehelichen oder aber von ihr lassen. Der Rat hat vierzehn Männer eingesetzt, die alle armen Leute davon zu unterrichten haben, daß den Mönchen kein Almosen mehr zu geben ist. Der Rat gibt jedem nach seiner Notdurft. Einem alten Priester sechs Gulden, ein junger soll ein Handwerk lernen.«

Die Mädchen haben verstanden. Die Visitation ist beendet. Barbara Cranach führt sie hinaus.

»Habt Ihr im Kloster das freie Reden so gut gelernt?« Barbara fragt es mit halbem Lächeln.

Die Mädchen schweigen. Auch Katharina bleibt stumm. Sie spürt, daß ihr Verhalten unpassend war. Aber sie begreift nicht, warum. Sie weiß nur, daß sie den Cranachs, die hochherzig an ihr handeln, daß sie diesen Menschen offenbar mißfallen hat. (Den anderen sowieso, aber das ist ihr nicht so wichtig.) Traurig sagt sie zu Barbara Cranach: »Ich habe der Köchin versprochen, zu Mittag feine Butterwecken zu backen.«

»So geht nur. Damit sie so köstlich sind wie gestern die Rosinenkuchen.« Barbara lächelt bei diesen Worten Katharina aus den Augenwinkeln an.

Die Cranachsche Küche hat einige Ähnlichkeit

mit der Klosterküche in Marienthron. Nur ist sie nicht so groß. Doch auch hier gibt es in der Mitte den mächtigen Herd. In der Kaminecke steht ein Tonofen zum Brotbacken. Auf den Simsen der Wände ist reichlich Geschirr. Schüsseln aus Ton, Kannen mit Schnaupen und Henkeln. Bratschlitten in allen möglichen Größen, große Teigkörbe, Mörser, Stößel. Anna, die Köchin, arbeitet mit vier Kochmägden und einem Burschen, der die Öfen versorgt und Kraut hobelt. Die Mädchen zerstoßen gekochtes Hühnerfleisch im Mörser und passieren es dann durch ein Sieb, um eine sämige Suppe daraus zu machen. Die Köchin zeigt Katharina stolz eine Schüssel mit Oliven. Für einen Gewürzkuchen werden Mandeln geschält, Datteln und Feigen kleingeschnitten. Irgend etwas in Katharina läßt sie verschweigen, daß sie dies alles aus der Klosterküche gut kennt. In Marienthron wurde gut gegessen. Gefülltes Backwerk, ob süß oder mit Gemüsen, kann Katharina genauso kunstfertig herstellen wie sie Fleisch spickt und zubereitet. Sie weiß die teuren Gewürze wie Zimt und Nelken, Weinbeeren, Anis oder Ingwer sorgsam anzuwenden. Ebenso Äpfel, Zwiebeln oder Honig. Sie weiß, wie man Fisch delikat zubereitet, ja sogar, wie man Bier braut.
Katharina zeigt der Köchin, wie sie rasch die Butter zerhacken und möglichst schnell unter das dreimal gesiebte Mehl kneten muß. Die Köchin sieht respektvoll zu, wie Katherina flink hantiert.

Und sie berichtet inzwischen dem adligen Klosterfräulein, das sich noch nicht in die Kirche traut, wie es da neuerdings zugeht: »Die Pfarrkirche ist jetzt alle Tage zu. Nur Sonntag hält man eine deutsche Messe darinnen und predigt. Heut war es wieder der Doktor Luther. Er trägt jetzt keine Kutte mehr, sondern einen schwarzen Rock und ein Barett mit Aufschlägen. Zuerst hat er uns Psalmen singen lassen. Dann hat er das Evangelium ausgelegt. Er hat dann gepredigt vom Glauben und von der Hölle, aber ich bin eingeschlafen. Und wie ich wieder wachgeworden bin, hat er gerade Wein in zwei großen Bechern gesegnet und den Kommunikanten zu trinken gegeben. Wenn sie ausgetrunken haben, hat er neuen gesegnet. Und er hat gesagt, es sei nicht nötig, zu beichten, und man könne auch nach dem Essen kommunizieren. Es käme auf den starken Glauben an, nicht auf die Nüchternheit, hat er gesagt. Es sind aber auch welche zum Abendmahl gegangen, die die Nacht vorher mit Saufen und Buhlen zugebracht haben. Ich habe sie gesehen.«

Die anderen Mägde haben aufgehorcht. Eine stellt den Salzstößel zurück in den Mörser und berichtet, daß jetzt alles Alte bekämpft werde: »Da hat ein altes Weib ihre Würzkräuter in der Schloßkirche in den Weihzuber gesteckt. Sie hats gründlich naßgemacht. Da sind Studenten in die Kirche gekommen, die wollten ihr die Würzkräuter nehmen. Da hat das Weib ihnen damit in die

Augen gesprengt. Da ist einer zu ihr hingelaufen, hat sie umfangen, die Kleider von ihrem Hintern aufgenommen und sie entblößt. Dann hat er sie mit den bloßen Lenden in den Weihzuber gesetzt. Jedermann, der das gesehen hat, hat gelacht.«
Auch in der Küche lachen alle. Katharina wischt sich die bemehlten Hände ab. Sie geht hinunter in die Apotheke, zu Ave. In der Offizin riecht es stark nach Kräutern, die es frisch oder getrocknet in Körben und irdenen Gefäßen gibt. Ave zerstößt Sennesblätter im Mörser, pulverisiert Mohn, Arnika und Knabenkraut.
Die Leitung der Cranachschen Apotheke hat Basilius Axt, ein junger Doktor der Medizin. Lucas Cranach neckt Ave bereits damit, daß Axt vor lauter Liebe bald nicht mehr den Fingerhut vom Salbei unterscheiden könne. Er wird noch im Gefängnis enden, sagt Cranach.
Katharina ist nicht überrascht, daß Ave umworben wird. Sie selbst hat um die Liebe des Mädchens gekämpft. Katharina vergißt nie den Tag, an dem Ave ins Kloster gekommen ist.

Ostersamstag 1514. Katharina hat am frühen Nachmittag, bei der Non, plötzlich Übelkeit und Schwindel gespürt. Sie erinnert sich seufzend, daß ihr Mond fällig ist. Sie darf in ihre Zelle, um sich hinzulegen. Katharina friert, wie so oft. Ihre Beine sind eiskalt. Als sie sich ausstreckt, bekommt sie einen Krampf in den Waden. Ein Schmerz, der

Katharina ob seiner Sinnlosigkeit jedesmal wütend macht.

»Das ist die Strafe für dein hoffärtiges Gemüt.« Adelheid, die Novizenmeisterin, sagte das.

Juta, die Krankenwärterin, hatte Katharina geraten, die Füße sofort fest auf den kalten Boden zu stemmen.

»Verflucht. Jesus, verzeih.« Katharina weiß nicht, warum ihr die Flüche immer näher sind als die Psalmen.

›In Demut bete ich Dich, verborgne Gottheit an.‹ Katharina will demutsvoll sein. Und gehorsam. Und treu vor Gott. Es gelingt ihr nicht. Nichts gelingt ihr. Die Zahl ihrer Sünden wächst von Tag zu Tag. Sie schläft oft während des Gebetes. Sie zeigt keine Reue. Gibt Widerworte. Züchtigung mit der Rute, Essensentzug bis auf Wasser und Brot machen sie trotzig, aber auch elend.

Katharina träumt immer wieder den gleichen Traum. Sie sitzt auf einer sehr kleinen Insel, kaum zwei Meter im Quadrat, diese Insel liegt in einem unermeßlichen Meer. Die Wogen gehen hoch, die Insel schwankt. Ganz weit, am Horizont, sieht Katharina die Umrisse einer Burg. Sie hat eine süße, schmerzliche Sehnsucht, dort zu leben. Doch sie weiß, niemals kann sie diese Burg erreichen. Und Katharina schaut in den Himmel und sieht da in einem Glorienschein die Mutter Äbtissin auf goldenem Thron. Die Chorfrauen sitzen zu beiden Seiten im goldenen Chor. Die Domina ruft:

Höre, Tochter, und siehe und neige Dein Ohr... Und das Rufen der Domina wird ein Brausen. Das Meer rollt und brüllt. Katharina kann die Domina und die Chorfrauen nur noch sehen, aber nichts mehr von dem hören, was sie ihr sagen. Die Mutter Äbtissin mit den Schwestern ist weit, weit. Unerreichbar. Katharina klammert sich fest auf der schwankenden Insel. Sie weiß, daß sie träumt, doch sie will erwachen.

Träume. Sie sind ein Fenster zum Jenseits, sagt Schwester Mechthildis. Sie ist verwirrt im Geist, sagen die anderen. Schwester Mechthildis ist alt, unglaublich alt. Mehr als achtzig Jahre zählt sie. Sie sitzt an kalten Tagen im Siechenzimmer, den Rosenkranz in den Händen. Ihre blassen, rotgeränderten Augen scheinen alles zu erfassen. Im Sommer durchwandert sie das kleine Klostergärtchen. Sie schaut dann lange unbewegt auf die Sonnenuhr, die an der Südwand des Klostergebäudes aufgemalt ist. Oder sie reißt Blätter und Blüten ab von den Büschen. Sie legt sich die Pflanzen aufs Haar, und dann lacht sie manchmal und tanzt. Dann führen die Schwestern sie behutsam hinein. Es ist ein Geheimnis um Mechthildis. Früher war sie Priorin, eine hochgebildete Frau. Sie stammt aus dem kursächsischen Fürstenhaus. Das Kloster Marienthron verdankt ihr, die Latein und Deutsch geschrieben hat, sämtliche Choralbücher und Breviere.

Unleserliche oder unverständliche Texte in alten

Büchern hat Mechthildis (vor allem, weil es auch oftmals an Papier fehlte) sorgfältig ausgewaschen und neu beschriftet. Löchrig gewordenes Pergament hat sie meisterhaft mit farbiger Seide auszubessern gewußt. Trotz ihrer zeitweiligen Verwirrung und ihres körperlichen Verfalls wird ihr Wort immer noch gehört in Marienthron. Die Ehrwürdige Mutter besucht Mechthildis oft. Sie hängt, das wissen alle, mit großer Liebe und Bewunderung an der alten Priorin. Es heißt von Mechthildis, daß sie als Markgräfin Elisabeth von Meißen-Landsberg geboren und mit fünfzehn Jahren dem jungen Herzog Boleslaus von Schweidnitz in Schlesien anverlobt wurde. Einen Tag vor der mit großem Pomp vorbereiteten Hochzeit verunglückte der siebzehnjährige Herzog auf der Jagd. Seitdem, so heißt es, hat die junge Markgräfin Elisabeth keinen Bewerber mehr angeschaut. Da sie ungewöhnlich schön war, versuchten viele, ihre Hand zu gewinnen. Als ihr Vater sie schließlich gegen ihren Willen vermählen wollte, hatte Elisabeth sich geweigert und verlangt, daß man sie ins Kloster gehen lasse. Wenn es Boleslaus nicht sein kann, hatte Elisabeth gesagt, dann kann es nur Jesus Christus sein. Und so wurde die junge Markgräfin bereits mit sechzehn Jahren eingekleidet, nach einem Jahr legte sie schon das ewige Gelübde ab. Sie hieß jetzt Schwester Mechthildis.

Die jungen Schwestern und die Novizinnen haben

eher Scheu vor der Alten. Sie wissen, Mechthildis hat Gesichte. Sie kann den Tod voraussagen.
Im Winter 1513 ist Katharina schwer erkrankt. Sie hat Essen und Trinken erbrochen. Von Tag zu Tag wird sie elender. Die Siechenmeisterin, ihre Muhme Schwester Magdalena, bringt ihr Tee und dünnes Getreidemus. Katharinas Magen kann nichts behalten. Am sechsten Tag nimmt ihr der Beichtvater die Beichte ab und spendet ihr die Letzte Ölung. Katharina glaubt, wie alle im Kloster, daß sie sterben werde. Sie bittet, daß Schwester Mechthildis sie besuchen möge. Die alte Nonne kommt. Katharina fragt: »Hast du mich mit der Kerze gesehen, Mechthildis?«
»Nein, Kind. Ich habe nichts gesehen. Und ich habe die ganze Nacht gewacht.«
Da weiß Katharina, daß sie nicht sterben wird. Denn Schwester Mechthildis sieht jede Nonne, die sterben muß, am Vorabend ihres Todes im Dormitorium. Die Sterbende sitzt dann mit einer erloschenen Kerze vor ihrer Zelle. Eine weiße Lichtgestalt, die sich nur Mechthildis zeigt. Jeden Sterbefall im Kloster sagt Mechthildis voraus. Sie hat sich noch niemals geirrt.
Katharina hat zu Mechthildis gesagt: »Ich habe Angst vor dem Tod, Mechthildis.«
»Du mußt Dein Herz dem Leben öffnen, Kind, dann wird der Tod dein Bruder.«
»Ich träume immer von meiner Mutter, Mechthildis. Werde ich sie wiederfinden bei Gott?«

»Vertraue Deinen Träumen, Kind, in ihnen ist das Tor zur Ewigkeit verborgen.«
Katharina begreift Mechthildis Worte nicht. Doch ihr Herz ist getröstet.
Das Tor zur Ewigkeit. Katharina schaut durch das Fenster ihrer Zelle. An das Dormitorium grenzt der Klostergarten, dahinter liegen die Felder des Klostergutes. Katharina sieht einen Bauern auf dem Feld hinter dem Pflug gehen. Der Bauer scheint schon alt, Katharina sieht seinen weißen Bart. Er trägt einen grauen Überrock über der blauen Tunika. Links hält er den Pflugsterz, in der rechten Hand hat er die Peitsche, mit der er seine beiden Ochsen antreibt. Der Bauer geht gekrümmt. Er muß sich mühen, den Sterz tief in den karstigen Boden zu stemmen. Auf anderen Feldern sieht Katharina Männer und Frauen, die Obstbäume beschneiden und die Erde aufhacken. Wie schon so oft wünscht sich Katharina, sie könnte aus ihrem Zellenfenster hinausfliegen, sich über die hügelige Landschaft schwingen, weit, weit weg. Doch wohin? Wer würde sie aufnehmen? Katharina sehnt sich, und sie weiß nicht, wonach. Sie ist unglücklich, und sie weiß nicht, warum.
Vom Dachreiter ruft die Glocke. Sechs Uhr nachmittags. Seufzend geht Katharina ins neue Refektorium. Es ist kleiner und heimeliger als das alte, nicht mehr benutzte. Auf den langen Tischen stehen Zinnteller in schnurgerader Reihe. Je ein Be-

cher und ein Löffel sind gedeckt. An der Stirnwand des Raumes, für alle sichtbar, hängt der Gekreuzigte. Katharina zwängt sich verdrossen auf ihren Platz. Die Bank ist hart. Jedesmal, wenn Katharina sich bewegt, spürt sie, wie das Blut zwischen ihren Beinen herausläuft. Katharina haßt den Mond. Die blutigen Tücher, die ständig rutschen.

›Zum Teufel damit.‹ ›Jesus, Dir leb ich.‹

Die Ehrwürdige Mutter kommt mit der Priorin und der Novizenmeisterin. Sie bringen zwei Mädchen in weltlicher Kleidung. Margarete und Ave von Schönfeld. Ave.

Katharina vergißt alles Mißliche. Sie sieht eine schmale Gestalt, wohl etwas jünger als sie selbst. Ein feiner schlanker Hals, dichtes dunkles Lokkenhaar, eine zierliche Nase. Das Schönste sind die Augen. Groß sind sie und blau, von dunklen, ungewöhnlich dichten Wimpern gerahmt. Ave schaut lebhaft, scheinbar ohne jede Scheu und Schüchternheit, umher. Die Novizenmeisterin Adelheid führt beide Kandidatinnen an Katharinas Tisch. Sie weist Ave den Platz Katharina gegenüber an. Katharina schaut Adelheid, die sonst mit ihr eher in Fehde liegt, so lieb an, wie sie es nur eben vermag. Adelheid ist von diesem Blick verwirrt.

Katharina ist selig. Ave, die Neue, hat Hunger. Das kann jeder sehen. Ihre Suppe samt dem Brotfladen ist schnell verschwunden. Unauffällig schiebt Katharina ihren Fladen rüber. Aves Augen werden noch blauer. Ihr Blick senkt sich tief in den Katharinas. Deren Herz beginnt zu jubeln. Sie weiß, daß sie nun nicht mehr länger allein ist in Marienthron. Laut und freudig betet sie später in der Komplet:

> Ich will den Herrn allezeit preisen / immer sei sein Lob in meinem Mund / Meine Seele rühme sich des Herrn / die Armen sollen es hören und sich freun / Ich suchte den Herrn und er hat mich erhört / er hat mich all meinen Ängsten entrissen / Der Engel des Herrn umschirmt alle, die ihn fürchten und ehren / Und er befreit sie / Behüt uns Herr wie Deinen Augenstern / Im Schatten Deiner Fittiche beschütze uns.

Katharina meinte mit dem *uns* Ave und sich selber.

Nach der Komplet bricht im Kloster die Stille an, das große Schweigen. Die Schwestern Schönfeld werden in getrennten Zellen wohnen. Ave zieht zu Laneta von Gohlis. Katharina weiß, daß für heute genug der Freude ist. Doch sie weiß auch, daß Ave bei ihr in der Zelle wohnen soll. Noch ahnt sie zwar nicht einmal, wie sie das verwirklichen kann, aber ihr wird, ihr muß etwas einfallen. Seit Katharina von Clara Preußer, ihrer Kindheitsfreundin, getrennt ist, hat sie niemandem ihr Herz geöffnet. Sie hat es sich nicht gewünscht. Heute dagegen ist Aves Zuneigung auf sie gefallen wie ein Strahl der Sonne.

Am nächsten Morgen läutet die Totenglocke. Schwester Mechthildis ist in der Nacht gestorben. In ihrem weißen Chorkleid, auf dem Kopf einen Kranz von Rosmarin, in den Händen den Rosenkranz, so liegt sie im Kapellenzimmer. Katharina fühlt sich traurig und elend. Warum hat sie Mechthildis nicht öfter besucht? Erst jetzt spürt sie, wie lieb sie die Schwester hat. Betend hält sie mit den anderen die Totenwache. Vier Tage und Nächte abwechselnd. Katharina möchte die feinen, jetzt wächsernen Hände streicheln. Doch sie hat es im Leben nicht getan, so wird sie es jetzt, im Tode, auch nicht tun. Mit wehem Herzen betet sie:

> Meine Seele dürstet nach Gott / nach dem lebendigen Gott / wann darf ich kommen / und Gottes Antlitz schauen.

Der Herr hat Katharina Ave gegeben, Mechthildis hat er genommen. Ja, Katharina weiß es jetzt, wo Tränen ihr in die Kehle steigen. Sie weiß, daß Mechthildis ihre Freundin war.
Der Begräbnistag ist da. Noch einmal nimmt Katharina Abschied von der wächsernen Puppe, die Mechthildis jetzt ist. Acht Chorfrauen bringen den Sarg in die Kirche. Um neun Uhr hält Vater Abt Peter von der Pforte das Requiem. Die Schwestern tragen den Sarg, Lichtträgerinnen begleiten ihn, im langen Zug folgt betend der ganze Konvent. Kanzel und Hochaltar der Klosterkirche sind schwarz verhangen. Die großen gelben Ker-

zen am Hochaltar haben schwarze Totenköpfe als Schmuck. An der Tumba, um die auf hohen Leuchtern 36 Kerzen brennen, stehen je drei Knaben aus dem sächsischen Fürstenhaus. Sie tragen lodernde Fackeln. Der Sarg von Mechthildis ist mit einem Kreuz und einem Kranz Blumen geschmückt, auf schwarzem Kissen liegt der Abbatialstab.

Die Gebete schwellen auf und ab. Katharina fühlt sich elend und schwindlig. Sie starrt auf den Sarg, sieht aber Mechthildis vor ihrer Zelle sitzen. Als Lichtgestalt mit der erloschenen Kerze.

Viele weltliche Leute sind in der Kirche. Mitglieder des Fürstenhauses. Zu Ehren von Mechthildis werden heute arme Frauen gespeist und mit Geld beschenkt. Dreißig Tage lang werden auch für Mechthildis im Kloster regelmäßig Speisen aufgetragen und dann an Arme verschenkt.

Die Mutter Äbtissin leidet sehr unter dem Verlust Mechthildis. Katharina sieht, wie bei der Trauerfeier ihr Gesicht verzogen ist von Schmerz. Katharina will, daß dieser Schmerz für sie, Katharina, hilfreich sein möge. Sie ersucht bei der Domina um eine Unterredung. Sie wird ihr schon am nächsten Morgen nach der Sext gewährt. Katharina weiß, daß sich heute oder niemals ihr Wunsch erfüllen wird.

Die Ehrwürdige Mutter sitzt an ihrem Schreibtisch. Sie lächelt, als Katharina hereinkommt. Die Äbtissin hat ein Lächeln, bei dem sie die Augen-

brauen seltsam zusammenzieht, eine Geste, die jedes Lächeln in eine stumme Frage verwandelt. Es sind diese Augenbrauen, die das Gesicht der Domina prägen. Dicht sind sie und dunkel. Wie zwei klare starke Bögen stehen sie über den intelligenten Augen, die Zuverlässigkeit und Wärme ausstrahlen. Die Ehrwürdige Mutter ist neben Ave so ziemlich der einzige Mensch, dem Katharina gefallen möchte. Gleichzeitig hat sie aber große Scheu. Es fällt ihr schwer, sich vorzustellen, daß die Domina draußen in der Welt ihre Tante wäre.
»Du willst mich sprechen, mein Kind?«
»O Ehrwürdige Mutter ...«
Katharina weint. Die Domina schaut sie an, fragt dann leise: »Mechthildis?«
Katharina nickt stumm, obwohl sie weiß, daß es nicht um Mechthildis geht oder jedenfalls nicht nur. Sie schämt sich, weil sie die Liebe der Domina zu der Verstorbenen ausnutzen will, ihre Erschütterung über den Tod der mütterlichen Freundin. Katharina weiß, wie allein die Äbtissin ist. Wie sie sich bemüht, trotz aller Strenge und Disziplin gerecht zu sein gegen alle. Auch gegen Katharina, die sich so schwer einfügt in den engen Rahmen von Demut, Gehorsam und Entsagung.
Seit Katharina im Kloster lebt, hat sie viele Beweise der Hochherzigkeit dieser Frau bekommen. Als dem Klosterboten die Frau stirbt, nimmt die Domina das vierjährige Töchterchen zu sich, ebenso erzieht sie die Waise eines Handwerkers, der an

der Pest starb. Auch ein Findelkind, das eines Morgens vor der Pforte liegt, behält die Domina im Kloster. Eine arme Frau aus dem Dorf, die ein fürchterliches Geschwür im Gesicht hat, läßt sie ins Kloster holen und mit Kräutern behandeln. Den Schwaigersleuten, deren Hof in Flammen steht, schickt sie den Beichtvater mit geweihten Sachen, damit er sie ins Feuer werfe. Als im Dorf eine tote Frau gefunden wird und kein Pfarrer sie beerdigen will, sorgt die Äbtissin für ein Begräbnis und läßt der armen Seele eine Messe lesen. Einmal wendet sich ein Verfolgter an sie und fleht, ihn zu verbergen. Die Domina läßt beim Hofrichter nachfragen, ob er nicht begnadigt werden könne. Ihrer Fürbitte gelingt es, daß er verschont bleibt.

O ja, Katharina fühlt sich sehr gering gegenüber dieser großen Frau. Doch, wenn auch ihr Wunsch egoistisch ist, sie hat kommen müssen. Unter Tränen bittet sie die Domina, daß Ave, die neue Kandidatin, in ihrer, Katharinas, Zelle wohnen möge. Eine Weile schweigt die Domina. »Ich werde mit der Priorin und mit der Novizenmeisterin reden«, sagt sie dann. Und: »Ich habe stets versucht, zu vergessen, daß Du das Kind meiner seligen Schwester bist. Du wirst ihr von Tag zu Tag ähnlicher.«

Die Mutter Äbtissin wendet sich ab. Katharina geht. Ihr Wunsch wird sich erfüllen, das weiß sie. Die Freude darüber will sich aber nicht einstellen.

Viel Zeit ist seitdem vergangen. Soviel Zeit. Jetzt ist Katharina draußen in der Welt. Sie ist frei. Und doch sind ihre Gedanken ständig in Marienthron. Sie hat zwar das Chorkleid ausgezogen, doch hat sie damit das Kloster nicht abgestreift.
Ave, mit der sie darüber spricht, sagt, daß es ihr ebenso ergehe: »Um das Kloster zu vergessen, müßten wir uns wohl häuten«, sagt Ave.
Heute, am 23. April 1523, werden die ehemaligen Nonnen zum erstenmal mit Barbara Cranach in die Stadt und auf den Markt gehen. Alle Mädchen sind aufgeregt. Noch nie waren sie in einer Stadt.
Magdalena von Staupitz erzählt, während sich alle ankleiden, wie sie einmal von einer Nonne zum besten gehalten worden ist: »Mit sechs Jahren bin ich ins Kloster gekommen. Bis zu meinem zehnten Jahr hab ich es nicht verlassen, nicht einmal aufs Klostergut oder ins Dorf konnte ich gehen. Da hat sich einmal ein großer Ziegenbock in den Klostergarten verstiegen. Ich hab eine Nonne, die gerade dazukam, gefragt, was das denn sei. Da hat sie gesagt, das sei eine Weltfrau, die in Sünde gelebt hat. Deshalb habe ihr der Teufel Hörner wachsen lassen. Sie hat mir das ganz ernsthaft gesagt, und ich habs auch lange geglaubt.«
Alles lacht. »Im Kloster heißt es auch, die Weltfrauen trügen Halsausschnitte, so daß man ihre Brüste beinahe bis zur Hälfte sehen könne.«
»Das ist bei Hofe so«, sagt Barbara Cranach. Sie hilft Ave, ein blaues, feines Tuch kunstvoll auf

dem Kopf zu einer losen Haube zu verschlingen. Den Schapel, einen Kranz von Laub oder Blumen, den junge Mädchen gerne tragen, wollen sie sich noch aufheben, bis ihr Haar wieder gewachsen ist. Alle haben die verfilzten Stoppeln in der Cranachschen Badestube oft mit Kräutersud gewaschen. Jetzt erholt sich das Haar langsam von dem ständigen Druck des Schleiers. Es glänzt, beginnt sich zu ringeln, je nachdem.
Katharina findet Aves Lockenkopf am schönsten, Ave hingegen bewundert Katharinas zwar feines, aber sehr dichtes Haar, das sich wie eine dunkelbraune Kappe um den Kopf legt. Katharina hat sich ein Netz geknüpft aus feiner, roter Seide. Sie macht es an einem bestickten Band fest, und Ave knüpft es ihr im Nacken fest. Die Mädchen, noch vor drei Wochen eine weiße Schar in schmuddeligen Chorkleidern und mit verfilzten Stoppelköpfen, haben sich in Bürgersfrauen oder Bürgermädchen verwandelt. An Barbara Cranachs Kleidern haben sie die Form ihrer neuen Gewänder nachgeschnitten. Der Fürst hat ihnen flandrisches Tuch geschickt und einige einfache weiße Hemden. Aus dem Tuch haben sie sich Leibchen mit kurzen Ärmeln und Überröcke genäht, die sie in der Taille mit Gürteln zusammenraffen.
Als die Mädchen den Hof des Cranachschen Hauses verlassen, sind sie bereits auf dem Wittenberger Marktplatz, da das Haus des Malers unmittelbar am Markt liegt. Es herrscht Aprilwetter. Für

einen Moment kommt die Sonne wie zufällig heraus, um dann wieder hinter Wolken, die der Wind jagt, zu verschwinden. Die Stadt Wittenberg erscheint den Mädchen groß und geheimnisvoll. Sie beherbergt um die viertausend Seelen in ihren Mauern. Lucas Cranach hat Katharina gesagt, daß die Stadt aus 387 Häusern besteht. Doch überall wird gebaut. An den Häusern, besonders an den Toren der Stadt, lehnen Leitern, liegen Holz- und Lehmhaufen. Leitern und Stangen behindern die Bauernfuhrwerke, die mit Pferden oder Ochsen bespannt durch die Tore einfahren. Die meisten Leute laufen trotz des noch kühlen Wetters barfuß. Oder sie gehen in Holzpantinen. Kleine Kinder balgen, spielen mit Reifen und Armbrüsten. Manchmal schauen unter ihren Kitteln nackte Hintern raus. Es fällt Katharina auf, daß die Bauern und ihre Frauen, die neben ihren Fuhrwerken oder Eseln gehen, meist gnomenhaft klein und gebückt sind. Sie sehen abgearbeitet aus, gucken scheu auf die Erde. Meist tragen sie an langen Stangen auch schwere Körbe oder Ballen. Eine Bauersfrau reitet barfuß auf dem Pferd, vor und hinter ihr klammert sich ein kleines Kind an der Mutter fest. Der Bauer trägt ein langes Schwert, aber seine Leinenjoppe ist geflickt, das Unterhemd schaut in Fetzen heraus.
Barbara Cranach führt ihre Gäste zum Schloß. Wittenberg ist die kursächsische Residenz des ernestinischen Fürsten Friedrich III. Der Fürst hat

auf dem Gelände der alten Burg der vormals herrschenden Askanier das Schloß völlig neu erbauen lassen. Barbara erzählt den Mädchen, daß ihr Mann Lucas und der Maler Albrecht Dürer aus Nürnberg die großen Prunksäle ausgestattet haben. Bald danach läßt der Fürst die Schloßkirche bauen. Die Mädchen wollen hineingehen, aber die Tür ist verschlossen. »Mit dieser Tür hat eigentlich alles angefangen, nicht wahr?« fragt Laneta.
»Ja. Hier hat Luther seine Thesen angeschlagen.« Barbara Cranach sagt, viel wichtiger sei gewesen, daß er sie an den Erzbischof Albrecht von Mainz und an viele Bischöfe geschickt hat: Luther hat ja mit ihnen disputieren wollen. Er hat inständig gebeten, sie sollten ihre verlogenen Ablaßprediger, vor allem den Tetzel, zurechtweisen. Doch der von Mainz hat Luther gar nicht geantwortet. Er hat die ganze Sache nach Rom weitergeleitet.
Barbara bleibt vor den Mädchen stehen, sie erinnert sich lebhaft: »Das hättet Ihr erleben sollen: Ehe vierzehn Tage vergangen waren, hatten diese Thesen das ganze Deutschland und in vier Wochen fast die ganze Christenheit durchlaufen. So als wären die Engel selbst Botenläufer und trügen sie vor aller Menschen Augen. Es glaubt kein Mensch, was für ein Gerede davon entstand. Die Thesen wurden bald vom Lateinischen ins Deutsche übersetzt, und ihre Botschaft gefiel jedermann sehr gut. Ausgenommen den Ablaßpredi-

gern und dem Erzbischof und all denen, die die Macht des Papstes täglich genießen.«

»Alles, was Martinus schreibt«, so fährt Barbara nach einer Weile fort, »alles, was von ihm kommt, wollen die Leute lesen. Als er in Leipzig disputiert hat, berichteten sofort Flugschriften in ganz Deutschland darüber. Auf der Frankfurter Herbstmesse wurden binnen weniger Tage eintausendvierhundert Exemplare abgesetzt.«

»Ja«, bestätigt Ave Grosse, »auch wir im Kloster haben ja seine Flugschriften bekommen.«

»Und wie kommen die Schriften unters Volk?« Veronika von Zeschau will es wissen. »Die Leute können doch gar nicht lesen.«

»Wer nicht lesen kann, läßt es sich eben von einem Studenten vorlesen, oder er geht in die Schule, da wird man es ihm schon erklären. Und kaufen kann jeder die Schriften, für wenig Geld. Überall, auf dem Markt, vor der Kirchentüre, wenn die Messe aus ist, auch an den Stadttoren werden sie verkauft. Und es gibt Umträger, die sie überall feilbieten.«

Barbara Cranach ist in der Stadt sehr bekannt. Heute wird sie um so mehr beachtet, als sie mit ihren neun Schützlingen von der Schloßkirche zum Rathaus geht. Auch hier wird gebaut. Ein neues Rathaus soll entstehen. Alles ist eingerüstet. Überhaupt lassen viele reiche Bürger und Professoren ihre Lehmhäuser jetzt durch neue aus Stein ersetzen. Schöne Bürgerhäuser entstehen mit brei-

ten Toreinfahrten, schöngeschmückten Giebeln. Doch in den Gassen stehen noch viele kleine Häuschen aus Lehm, mit Stroh gedeckt und recht armselig.
Katharina ist bald schier erdrückt von allem. Die engen, dunklen Gassen kennt sie noch gar nicht, allein der Marktplatz mit seinem Treiben genügt schon, sie zu verwirren und zu ermüden. Überdies muß sie dauernd ihre Röcke raffen. Sobald sie in den Schatten eines Hauses tritt, dessen Erker oder Türmchen tief in die Gasse reinragt, muß sie gewärtig sein, in Abfälle, Holz, Steine oder Kot hineinzutreten. Pfui Teufel. Wie sehen die Schuhe aus. Katharina ist mit einemmal alles zu laut und zu bunt, was sie doch so sehr ersehnt hat. Die vielen Menschen. Bäcker, Tuchmacher, Fleischer, Kürschner, Schmiede, Böttcher, Leineweber, alles rennt geschäftig und bietet seine Ware an. Dazwischen Studenten in bunten Wämsern und geschlitzten Hosen. Sie stehlen den Marktfrauen Rüben und Eier oder betteln: Einen Groschen für einen armen Studenten.
Barbara Cranach kauft ein Schlachtschwein für einen Gulden. Der Fleischer wird es sofort in die Cranachsche Küche bringen. Die anderen Mädchen sind ebenso verwirrt und erschöpft wie Katharina. Alle sind froh, als das Tor zum Cranachschen Hof wieder hinter ihnen zufällt.
In der großen Wohnstube sitzt Luther. Katharina, die ihn zum erstenmal persönlich sieht, ist zu-

nächst verwirrt. Das also ist er! Dieser dunkellockige Mann, der mit Cranach, Bugenhagen und Bürgermeister Pauli lebhaft diskutiert und scherzt, das ist also Martin Luther. Seine dunklen, aufmerksamen Augen schauen jetzt Katharina an. Er erkundigt sich, ob sie wieder vom Fieber genesen sei. Katharina, die ihm für seine Hilfe zur Flucht danken will, sieht, daß er auf Ave zugeht, um sie zu begrüßen. Sie sieht auch später, daß Luther jedesmal aufmerksam wird, wenn Ave redet oder wenn sie angesprochen wird. Katharina sieht auch, daß Luther, obwohl er sich lebhaft an der Unterhaltung beteiligt, dann wieder ganz still dasitzt. Erschöpft wirkt und sorgenvoll. Katharina kann sich fast nicht vorstellen, daß dieser eher mittelgroße, freundliche, sehr jung wirkende Mann ein derart starkes Feuer in der Welt entfacht hat. Daß er Fürsten, Bischöfe, Könige, Kaiser und den Papst dazu zwingt, sich mit seiner Lehre auseinanderzusetzen. In diesem Moment wird Katharina klar, daß Luther allein dies alles nicht zuwege bringen konnte. Ein Mensch allein ist dazu viel zu schwach. Martin Luther muß die Kraft zu seinem Werk von Gott bekommen haben.

Luther entschuldigt sich bei den Cranachs und bei den Mädchen, daß er sich so lange nicht hat sehen lassen: »Glaubt mir, für meine Arbeit brauche ich zwei Schreiber und Kanzlisten. Ich tue fast nichts am Tag als Briefe abfassen. Ich bin Klosterpredi-

ger, Vorsteher bei Tisch, ich bin Studienaufseher, Vikar, was soviel heißt wie Prior über elf Klöster, Kontrolleur unserer Fischteiche bei Litzkau, Anwalt in Sachen der Herzberger Mönche zu Torgau, ich lese über Paulus Kolleg, sammle Material über den Psalter.« Luther seufzt.
Die Mädchen bekunden ihm ihre Dankbarkeit. Jede erzählt Luther, wie sich in der Zwischenzeit ihre Zukunft, ihr Fortkommen geklärt hat.
Magdalena von Staupitz reist morgen schon ab nach Grimma. Die dortigen Augustinermönche haben zu Ehren und Dank dem lieben Bruder Dr. Johann Staupitz ihr dort ein Haus geschenkt. Else von Canitz begleitet sie. Ihr haben ebenfalls Verwandte in Grimma ein Heim angeboten. Laneta von Gohlis wird zu ihrer Schwester nach Colditz fahren. Ave Grosse reist zu ihren Brüdern auf das Gut in Trebsen. Veronika und Margarete fahren zu ihrem Oheim Wolf von Zeschau. Margarete und Ave von Schönfeld siedeln über in das Haus des Magisters Reichenbach. Ave wird weiter in der Cranachschen Apotheke arbeiten.
Und Katharina?
»Dich will niemand.« Else von Cranitz sagt es leise, doch jeder hat es gehört.
Katharinas Wangen brennen. Sie weiß, daß sie ärmer ist als jeder Bauer da draußen auf dem Markt. Ja, wo soll sie hin? Sie hat diesen Gedanken Tag und Nacht. Die Köchin hat es angedeutet. In der Stadt reden die Leute über die adligen Fräulein.

Vor allem über Katharina von Bora. Hoffart, sagen sie. Stolz und Hoffart. Keiner der reichen Bürger will Katharina in sein Haus nehmen.
In die Stille sagt Cranach, als sei das lange beschlossen: »Nun, Katharina von Bora bleibt in unserem Haus. Wir können sie nicht mehr entbehren, nicht wahr, Barbara?«
Barbara Cranach lächelt zustimmend.
Das ist für Katharina Antwort auf alle Not.

## II

Lucas Cranachs Haus ist das schönste Bürgerhaus Wittenbergs. Cranach der reichste Mann. Er ist kurfürstlicher Hof-Maler, Ratsherr und Kämmerer, Apotheker und Weinhändler. Zeitweilig auch Bürgermeister. So viele Ämter. Dabei malt Cranach meistens. Katharina ist neidisch, wenn sie ihn in seinem großen Atelier sitzen sieht. Er hat eine gestickte Kirgisenmütze auf dem Kopf, der graue weite Malerkittel ist über und über mit Farbspritzern bedeckt.

Cranach und seine Gehilfen stellen die Farben selbst her. Mit einer Scheibe werden sie mittels Pflanzen oder Mineralien auf einem Stück Marmor angerieben und dann mit Gummi arabicum angefeuchtet. Das ist notwendig, damit sie auf dem Kalbspergament oder der Leinwand haften und haltbar bleiben. Katharina kann sich kaum sattsehen an den Farben. Außer Schwarz und Weiß gibt es noch die kostbaren Blautöne. Dafür werden Kobalterze verwendet, die es in Sachsen gibt, für das Grün Malachitsteine aus Ungarn, auch Blätter der Iris werden zerstampft zum

Grün. Zinnoberrot entsteht aus Quecksilber mit Schwefel, Mennige durch Erhitzen von Bleiweiß. Ein tieferes Rot entsteht aus Ocker. Gelbtöne entwickeln sich aus einer Schwefelverbindung mit Arsen. Violett wird aus dem Heliotrop gewonnen. Schwarz aus dem Ruß oder einem pulverisierten schwarzen Stein.

Brennend gern hätte Katharina in der Malerwerkstatt mitgearbeitet. Doch sie hat anderes zu tun. Barbara, die sich neben ihrem großen Haushalt um die Apotheke und den Weinhandel kümmert, braucht besonders jetzt, wo sie schwanger ist, Katharinas Hilfe.

Und jetzt muß Katharina rasch auf den Markt. In der Küche fehlen Kalbsknochen und Gewürze für die Sülze, außerdem braucht Barbara Nadeln, Garn, Schnur und weiße Leinwand. Rasch begrüßt Katharina in der Apotheke Ave. Sie ist schön. Ach, Ave... Sie steht mit Dr. Axt vor dem Bildnis einer anatomischen Kopfstudie. Katharina hat noch nie gesehen, wie es im Innern des Menschenkopfes ausschaut. Nicht viel anders als in den Schweins- und Kalbsköpfen, die sie aus der Küche kennt. Dr. Axt erklärt, daß im Hirn des Menschen die Vorstellungskraft wohnt, die Einbildungskraft. Mit dem Kopf denkt der Mensch, erinnert er sich an Vergangenes, kann er sehen und hören, schmecken und riechen.

Dr. Axt rollt jetzt ein Pergament auf, das einen ganzen Menschen zeigt. Vielmehr zwei. Einen von vorn, einen von hinten. Der von vorn ist offenbar ein Knabe, jedenfalls ist sein gesamter Körper, auch die Schamgegend, verdeckt von den Figuren der zwölf Tierkreiszeichen. Das Bild zeigt den Einfluß der Sternbilder auf den menschlichen Körper. Der Mensch wird in Kategorien eingeteilt. Man unterscheidet vier Temperamente. Sanguinisch oder vollblütig, phlegmatisch oder lymphatisch, cholerisch oder gallig, melancholisch oder dunkelgallig.

Dr. Axt erklärt, daß die Wissenschaft weiter unterscheidet nach der Disposition des Menschen für Hitze und Trockenheit. Nach dem Verhältnis von Männlichkeit und Weiblichkeit in ihrem Charakter. Außerdem wird unterschieden nach ihrer Beziehung zu den vier Himmelsrichtungen. Daraus ergeben sich dann die Hauptgruppen innerhalb der Tierkreiszeichen: Widder, Löwe und Schütze sind heiß und trocken, cholerisch, männlich und östlich. Stier, Jungfrau und Steinbock sind kalt und trocken, melancholisch, weiblich und westlich. Zwilling, Wassermann und Waage sind heiß und feucht, männlich, sanguinisch und südlich. Krebs, Scorpion und Fisch sind kalt und feucht, phlegmatisch, weiblich und nördlich. Katharina ist am 29. Januar geboren. Also ist sie Wassermann.

Doch sonst? Was weiß Katharina von ihrem Körper? Bislang nur, daß sie alle achtundzwanzig Tage ihren Mond hat. Sie war dreizehn, als er sie

überraschte. Wie war sie in panischer Angst! Wieso kommt Blut gerade dort her? Bei Nasenbluten legt man sich hin, und es hört auf. Katharina legte sich also hin, doch es hörte nicht auf. Und es schnitt in ihrem Bauch wie mit Messern. War sie krank, würde sie sterben? Endlich kam die Siechenmeisterin und brachte ihr den Gürtel und die Leinenstücke. Zeigte ihr, wie man sie am Gürtel festmacht. »Du bist jetzt kein Kind mehr«, sagte Muhme Lene, die Siechenmeisterin.
Katharina weiß nicht, ob ihr diese Angst immer noch im Nacken sitzt. Jedenfalls fürchtet sie sich jeden Monat wieder vor dem Blut, das da oft in großer Menge aus ihr herausquillt.
Unreines Blut, sagen sie.
Wieso unrein? Und wieso quillt es nur bei Frauen? Außer dieser lästigen Funktion ihres Körpers weiß Katharina kaum etwas von sich. Erst im Cranachschen Haus sah sie sich zum erstenmal nackt. Im Kloster hat es keine Spiegel gegeben. Jedenfalls nicht für die Nonnen. Cranachs jedoch haben einen Wandspiegel aus Venedig. Nach dem ersten Bad (und seitdem öfter) hat Katharina sich lange angeschaut. Ihre Brüste sind hoch und voll, sie hat eine schmale Taille und lange Beine. Sie ist größer als Ave und die anderen Mädchen – bis auf Magdalena von Staupitz, die lang und ausgesprochen dürr ist. Im Kloster ist es Sünde gewesen, seinen Körper anzuschauen. Weil es Lust macht. Und Lust ist Sünde.

Sünde ist auch, nachts in der Zelle eng umschlungen mit Ave auf einer Bettstatt zu liegen. Sich nackt an der Haut und an der Wärme Aves zu trösten. Zu spüren, wie ihre Brustwarzen sich aufrichten, hart werden. Darüber zu lachen ist auch Sünde.

Du sollst nicht Unkeuschheit treiben. Dafür gibt es Schläge mit der Rute. Auf den nackten Hintern, überall hin.

Fasten bei Wasser und Brot in der Zelle. Das wird dir die Begierden austreiben.

Weit gefehlt. Sie werden alle ins Fegefeuer kommen für ihre unkeuschen Träume. Zumindest alle, die im Kloster Keuschheit gelobt haben. Den weltlichen verzeiht es Gott. Sie müssen ja auch Kinder und Geldsorgen haben.

Wer kann schon die Gelübde halten? Vielleicht hat es der Heilige Benedikt gekonnt. In der Einsamkeit der Berge, wo das Schweigen ein ununterbrochenes Gespräch mit Gott ist. Doch warum verließ er immer wieder seine Klöster? So wie Robert von Molesme und der Heilige Bernhard aus ihren Klöstern aufbrachen, um in der Einsamkeit von Citeaux zur Reinheit der Lehre Benedikts zurückzufinden? Benedikt lehrte Armut, strenge Einfachheit. Im Leben, in der Liturgie. Er lehrte Liebe zum menschgewordenen und gekreuzigten Herrn. Er lehrte die Verehrung Mariens.

Warum führt der Beichtvater Katharina dann in das dunkle Gewölbe, wo die Bierfässer lagern?

Warum streichelt er sie, die erst neun Jahre ist, auch dort, wo man nicht hinfassen darf? Warum schenkt er Katharina eine Bienenwabe? Warum schaut er sie oben im Konvent niemals an? Katharina ist sein Streicheln nicht widerwärtig. Aber jedesmal, wenn er es tut, hat Katharina Sehnsucht nach den anderen, die oben sind. »Du darfst es niemandem sagen, mein Kind.« Das weiß Katharina ohnehin. Kommt sie nun in die Hölle?
Katharina hat es nie jemandem erzählt. Auch Ave nicht. Ave hätte gefragt. Und Katharina hätte zu viel erzählen müssen.
Einmal, sie liegen eng beieinander (Obwohl es für sie längst streng verboten ist. Aber alle Mädchen tauschen nächtens die Zellen. Das ist ein Huschen und Kichern in der großen Stille. Manchmal wird es entdeckt, dann gibts Züchtigung und Fasten. Wenn schon.) ... als sie flüsternd über ihre bevorstehende Flucht sprechen, fragt Ave: »Wie ist es wohl, nackt bei einem Mann zu liegen?«
Sie haben darüber eher dürftige Informationen. Eine adlige Witwe, Ursula von Wolffen, die vor kurzem die Gelübde abgelegt hat, weiß nicht viel Gutes über das Eheleben zu berichten. »Wie bin ich froh, daß ich es hinter mir hab.«
»Warum, warum?« Die jungen Nonnen hören nicht auf, sie zu fragen. Ursula berichtet:
»Mein Ehemann hat viel Wein und Bier getrunken. Dann ist er grob geworden. Er hat Geschirr zerschlagen. Er hat mich geschlagen. Das Gesinde

auch. Er war immer sehr grob, wenn er mit mir geschlafen hat. Er hat mit der Magd geschlafen und mit der Köchin. Er hat gesagt, ich sei eine Hexe, die ihre eigenen Kinder verhext habe.«
Ursulas Kinder sind gestorben, als sie noch sehr klein waren. Ursulas Mann ist im Trunk die Stiege hinabgestürzt.
Ursula ist siebenundzwanzig. Sie will im Kloster bleiben.
Von anderen Schwestern hören sie, daß es in der Welt Männer gebe, die wahre Teufel seien. Nicht nur, daß sie mit ihren Mägden schlafen. Sie schwängern ihre eigenen Mütter und Schwestern, ja sogar ihre Töchter. Diesen Unholden ist die Hölle sicher. Aber hier auf Erden passiert ihnen selten davon Unheil, weil niemand sie anklagt.
Die Frauen dagegen müssen auf der Hut sein. Wenn sie einen Mann gegen sich aufbringen, kann er sie als Hexe denunzieren. Und dann Gnade Gott.

Hexe, du Hexe. Das ist mehr als ein Schimpfwort. Das ist ein Todesurteil. Ja, gibt es denn wirklich Hexen? Katharina, nunmehr achtzehn, kann es kaum glauben. Doch sie wird von den Schwestern belehrt: Die unheiligen Engel, die Dämonen, die sich im niedrigen Lufthimmel herumtreiben, haben übernatürliche Mittel, den Menschen zu schaden und ihren Geist von Gott abzuziehen. Sie können in die Zukunft sehen, Krankheiten, Unwetter oder Mißernten erzeugen. Sie können sich sogar in die Träume des Menschen einschleichen. Und so gibt es schlechte Weibsleute, die, durch die Einflüsterungen des Satans verführt, auch bekennen, daß sie zur Nachtzeit gemeinsam mit unzählbaren Frauen auf gewissen Tieren reiten. Sie fliegen herum zur Buhlschaft. Oder sie töten kleine Kinder (oder Erwachsene). Sie kennen den Zauber, der krank macht und den Männern die Manneskraft nimmt. Sie verwirren den Geist, vergiften das Vieh oder die Früchte auf dem Feld. Sie brauen Zaubertränke und kennen Gifte, tragen Amulette, die sie selber schützen und anderen Verderben bringen. In jedem Fall sind die Hexen mit dem Teufel im Bunde.

Der Teufel. So wie Katharina weiß, daß Gott der Inbegriff aller Wahrheit und alles Guten ist, so weiß sie auch, daß der Teufel und die Dämonen der Inbegriff alles Bösen sind. Wer sich des Teufels und seiner Helfershelfer erwehren will, muß sie durchschauen. Das ist deshalb so schwer, weil die Dämonen und der Teufel von Gott abgefallene, unheilige Engel sind. Sie verfügen aufgrund ihres unendlich langen Lebens über einen Erfahrungsreichtum, den Menschen niemals haben können. Ihnen stehen viele übernatürliche Mittel zu Gebote, womit sie den Menschen schaden können. Doch, wie unfaßlich ihr Treiben auch sein kann, auch die Dämonen unterliegen den Gesetzen, die Gott gegeben hat. Und das ist die Hoffnung der Menschen: Die Dämonen können den Menschen durch ihre Gaukelei wohl den Sinn trüben, doch sie können sich niemals direkt des menschlichen Willens bemächtigen. Wo der Mensch in der Wahrheit des Glaubens lebt, haben Dämonen ausgespielt. Fester christlicher Glaube, verbunden mit menschlicher Vernunft, bricht den magischen Bann der Dämonen. Sie erbleichen vor der göttlichen Wahrheit, ihr Blendwerk löst sich wie Nebel auf.

Jetzt, bei Tageslicht und auf dem belebten Wittenberger Marktplatz, fürchtet Katharina die Dämonen ohnehin nicht. Mächtiger werden sie in der Dunkelheit, in den Geräuschen der Nacht, in den Tagen des Fiebers und der trüben Gedanken. Denn die Sinne sind offen für Lug und Trug, für sündhafte Gedanken, für Hinwendung zum Teufel.

Katharina weiß zu gut, wie oft in Zeiten der Demütigung, des heißen Zorns ihr der Teufel mit allen seinen Dämonen im Nacken gesessen ist. Und es war ihr gerade recht... Und erst ihre Träume. Sie verfolgen Katharina bis in ihren Alltag, und manchmal kann sie Tag und Traum nicht trennen. Doch alle Ängste und Visionen vom Teufel haben Katharinas unverbrüchliche Liebe zu Gott, zu Christus und Maria nicht beeinträchtigen können. Für Katharina ist die Welt ein Tempel Gottes, in dem der Teufel höchstens dann und wann auf dem Abtritt hockt.

Katharina hat sich von Ave einen Tiegel Wundsalbe herrichten lassen. Jetzt überquert sie rasch den Marktplatz mit seinem Lärm und biegt in die schmale Gasse, die zum Haus des Leinewebers führt. Es ist ein Giebelhaus aus Fachwerk mit Lehm wie alle Häuser der Gasse. Katharina tritt in den weiten Hausflur, der das ganze Erdgeschoß einnimmt und als Wohnstube gilt. An der Stubendecke hängt am Ofenrick Leinen zum Trocknen. An den Wänden der Stube sind Bretter, auf denen Näpfe, Schüsseln, Töpfe und Krüge stehen. An Holzpflöcken hängen die Kleider der Familie. Hansjörg, der Weber, trägt einen Ballen Leinen nach draußen auf den Verkaufstisch, um für Katharina zwanzig Ellen abzuschneiden.
Am großen Webstuhl hockt der älteste Bub des Webers. Geschickt läßt er das Schiffchen hin und hersausen. Katharina tritt zu dem mächtigen Bett in der Ecke der Stube. Es ist ein einfaches Brettergerüst, mit Bettstücken belegt. Alles müßte dringend gewaschen werden, denkt Katharina. Doch die Webersfrau ist krank, sie hat Geschwüre an den Beinen, die Katharina jetzt mit der Salbe bestreicht. Die vier Kleinsten der Familie kuscheln sich eng an die Mutter. Oder sie plagen das Jüngste, bis es heult und die Mutter es ihnen wehrt.
Katharina ist froh, als sie wieder heraus kann aus der dumpfigen Bude. Die Webersfrau ist mit der Köchin von Cranachs verwandt. Früher, sagt die Köchin, ist sie ein schönes Mädchen gewesen. Ka-

tharina kann sich das nur noch schwer vorstellen, wenn sie an das eingefallene, müde Gesicht der Webersfrau denkt. Es gibt viel kranke Leute in der Welt. Das sieht Katharina jeden Tag mehr. Besonders in den dunklen Gassen hustet und wimmert und stöhnt es mannigfach.
Katharina hat sich inzwischen an das laute Treiben auf dem Markt gewöhnt. Es ist der Gesang der Welt. Die Kirchenglocken läuten zur Mahnung an den Krieg mit den Türken, die Gesänge der Scholaren und der Kinderchöre hallen in den Gassen. Das Vieh der Bauern auf dem Markt blökt und grunzt und stinkt. Aus den Wirtshäusern klingt das Randalieren und Grölen der Saufbrüder. Nur rasch vorbei, Betrunkene machen Katharina Angst. Lieb ist ihr dagegen das Funkenstieben und Eisenklirren der Schmiede. Das Hobeln und Pochen, der Geruch nach Leim und geschnittenem Holz, der aus der Schreinerwerkstatt dringt. Das Rattern der Webstühle beim Tuchmacher. Katharina wird bedrängt von den Ausrufern, die ihre Ware anpreisen: »Hierher, schöne Jungfer, hierher, ihr Leute. Kauft gemalte herrliche Rösser, feine Puppen, Lebkuchen, Oblaten, Kartenspiele. Schnur fürs Unterhemd, Nadeln, Bürsten und Kämme, Fingerhüte, Taschen. Hier, ihr Leute, kauft meine heißen Speckkuchen, kommt, ihr Herren und Frauen, versucht meinen heißen Speckkuchen, heiße Fladen hab ich auch ...«

»Hierher, wer einen wehen Zahn hat! Ich breche alle kranken Zähne aus, ohne Schmerzen, hierher!«
Eine Gruppe Studenten kommt heran. Sie streiten und puffen sich mit den Handwerksgesellen, die in den Türen lungern.
»Guldenfresser, Faulpelze, Strohköppe.«
Als die Studenten Katharina sehen, ziehen sie das Barett. »Gnad und Friede, Katharina von Siena, Gnad und Friede, Jungfer Katherin ...«
Katharina grüßt zurück, schaut aber geradeaus. Warum gibt man ihr in Wittenberg den Namen einer Heiligen? Einer Frau, die vor hundert Jahren gelebt hat, die leidenschaftlich ihre kirchenpolitischen Ziele verfocht. Warum gibt man ihr, Katharina, diesen Namen? Überall nennt man sie so. Auch Cranach zuweilen, und selbst Luther hat sie neulich mit diesem Namen angeredet.
Doch sie fragt niemanden. Schließlich kann sie sich die Ursache ja denken. Es hängt mit der Visite der Ratsherren zusammen. Die Frau schweige in der Gemeinde ... Katharina bereut jedoch nichts. Was sie gesagt hat, hat sie gesagt.
Als sie ins Haus zurückkommt, hört sie von Barbara, daß Luther bei Cranach sei. Er hat die Nachricht mitgebracht, Ulrich von Hutten sei gestorben.
»Jetzt sind sie beide hin, erst der Sickingen und jetzt auch der Hutten«, sagt Barbara.
»Wo ist er gestorben?«

»Auf der Insel Ufenau, das ist im Züricher See, hat Luther gesagt.«
»Der Hutten ist doch ein junger Mann...«
»Ja. Fünfunddreißig Jahre ist er geworden.«
»Er ist gestorben, weil er zu schlechten Frauen gegangen ist.« Barbara rührt heftig im Brotteig. Katharina holt aus allen Zimmern die Unschlittlampen. Sie müssen gefüllt und mit neuen Dochten aus Werg versehen werden. Vorsichtig trägt sie die Lampen wieder auf die Simse, stellt sie behutsam in Mauernischen. Ihre Gedanken sind bei Ulrich von Hutten. Katharina spürt eine seltsame Trauer. Sie hat viel gehört von dem geistreichen Ritter, der (auch im Kloster aufgewachsen) bereits mit neunzehn Jahren aus der Hand des Kaisers Maximilian den Dichterlorbeer bekam. Ein Ritter, ein Streiter für die Sache Gottes. Und jetzt weiß Barbara von ihm nur zu sagen, daß er elend gestorben sei. Hat er aber nicht strahlend gelebt? Als in Lüttich und Löwen, in Köln und Mainz Luthers Bücher verbrannt werden, schreibt Ulrich von Hutten:

> ›Hier brennt des frommen Luthers Schrift, / weil, Gott, sie dein Gesetz betrifft, / und weil es ist dein Wahrheit bloß, / wie sie aus deinem Munde schoß, / Hier brennen, Gott, viel gute Wort, / hier wird des Herren Lehr' ermord't ...‹

Hutten wettert gegen die falsche papistische Lehre, dagegen, daß die Wahrheit verkauft werde,

das deutsche Volk beraubt. Daß man jetzt Luther Gewalt tue, weil er das Recht predigt.
Und Hutten bietet seine Hilfe an:

>›... so will ich, was ich hab an Gut, nicht sparen, noch mein eigen Blut... / Gott den Gerechten nie verließ, / verlaß dich drauf, es ist gewiß. / Ich habs gewagt.‹

Er hat es gewagt und hat verloren. Katharina weiß, daß Luther einen offenen Brief an Hutten geschrieben hat, in dem er ihm seinen Zorn mitteilt: Ich will nicht, daß mit Gewalt und Blutvergießen für das Evangelium gestritten wird. Durch das Wort ist die Welt überwunden, ist die Kirche erhalten worden. Aber auch der Antichrist wird, wie er ohne Hand angefangen hat, so auch ohne Hand durch das Wort vernichtet werden.
Das ist natürlich wahr. Katharina hat viel gehört von Kriegsgreueln, nichts (außer der Pest) schreckt sie so sehr wie die Angst vor einem Krieg. Sie hat gehört, wie die Soldaten morden und Brände legen, wie sie Häuser und Gärten plündern. Wie sie ohne Mitleid morden, schwangere Frauen, Greise, Kinder ...
Ulrich von Hutten. Vor das schöne Männerbild mit dem Lorbeerkranz auf dem Haupt schieben sich Schatten kriegerischer Grausamkeit. Lorbeer und Harnisch – der Kranz ist nur schmal, doch der Harnisch ist groß und schwer. Als Katharina mit dem Unschlitt-Licht in die Wohnstube geht,

kommt ein Mann zur Tür heraus. Katharina hat ihn noch nie gesehen. Er ist groß, jung, hat helles Haar, das bis auf die Schultern fällt. Seine dunklen klugen Augen schauen Katharina überrascht an: »Ihr seid Katharina von Siena, nicht wahr?« Hat je ein Mensch sie derart angeschaut? Ihr ist, als stünde sie plötzlich im Licht, ihr ist warm und wohl. Katharina weiß nicht, wie lange sie so dagestanden sind und sich angeschaut haben. (Später hat sie immer wieder versucht, sich diese ersten, kostbaren Sekunden zu vergegenwärtigen, um sie für immer zu bewahren.) Sie hat zunächst seinen Namen nicht recht verstanden. Hieronymus Baumgärtner. Drei Jahre, von 1518 bis 1521, hat er in Wittenberg studiert. Damals und jetzt, bei einem Besuch seines Freundes Philipp Melanchthon, lebt er in dessen Haus. Heut morgen hat er der Familie Cranach einen Besuch abgestattet.

Von jetzt an kommt er immer häufiger. Wenn Katharina auf den Markt geht, sucht sie ihn in allen Gesichtern. Sie trägt nun auch ihr langes Haar offen, manchmal hält sie es mit einem bunten Band über der Stirn zurück. Sie, die nach wie vor in der Küche beim Zubereiten der Speisen hilft, mag selber kaum essen – so abgelenkt ist sie in ihren Gedanken. Sie muß achtgeben, fast hätte sie den Löffel Honig jetzt ins Zugemüse gerührt anstatt in die Mehlspeise. Katharinas Gedanken sind bei Hieronymus. Morgens, wenn sie erwacht, wird sie gewahr, daß es ihn gibt.

Hieronymus. Katharina kann oftmals nicht die Zeit abwarten, bis er wieder bei ihr ist. Unvermittelte Gedanken an ihn (die sich schier unheimlich vermehren) schicken warme Wellen durch ihren Körper. Oft auch sind es kurze, fast schmerzhafte Blitze. Wenn Hieronymus dann da ist, wird Katharina ruhig, sie fühlt lange gar nichts – oder alles. Sie stehen beieinander, nah, einer den anderen fest umschließend. Katharina ist kaum kleiner als Hieronymus, gerade soviel, daß sie ihren Kopf an die weiche Haut seines Halses oder (wenn sie sich ein wenig reckt) an seine Wangen schmiegen kann. Ruhe, Duft, Wärme, Daheimsein. Und Freude. Sie spürt durch die Kleidung seinen kräftigen Rücken, ihre Hände wandern und suchen und finden. Katharina schaut Hieronymus an. Das schönste sind seine Augen. Blaugrün oder grünblau, je nachdem. Leuchtend, warm, tief – niemand sonst hat solche Augen. Die Lider seitlich ein wenig schwer, das gibt dem Gesicht einen nachdenklichen, manchmal leise traurigen Zug. Jetzt schaut Hieronymus zur Tür, von der offenbar ein Geräusch zu hören ist. Katharina sieht sein Profil, die sanfte Nase, – niemand ist so schön wie er. Als Hieronymus sie wieder mit seinem leuchtenden Lächeln umfängt, ist sie nur Liebe.

Wenn sie allein ist, fragt sie sich oftmals, woher diese unnennbare Freude kommt. Aus seinen Händen, dem weichen Mund. (Hieronymus hat makellose Zähne, Katharina kennt sonst keinen erwachsenen Menschen, der nicht schadhafte Zähne hat. Ihre eigenen sind glücklicherweise auch gesund, aber sie stehen vorn ein wenig unregelmäßig, leider.) An Hieronymus dagegen ist alles schön. Er sagt, daß er ein dicker Junge gewesen sei, viel gehänselt. Der Gedanke daran tut Katharina sofort weh. Sie sagt Hieronymus, daß sie ihn auch lieben würde, wenn er so dick wäre wie Kurfürst Friedrich.

Schon als Katharina Hieronymus zum erstenmal gesehen hat, ist sie zu Ave in die Offizin gerannt.

»Hast du ihn gesehen, Ave?«

»Katharina, du bist ja rein närrisch.«

Ave freut sich mit Katharina. Manchmal sitzen sie wieder wie früher beisammen, heimlich, in Aves oder in Katharinas Kammer. Als Novizen im Kloster hat jede die Trauer und Einsamkeit der anderen geteilt. Mit Leib und Seele haben sie einander getröstet. Früher waren sie ineinander verliebt, jetzt liebt jede einen Mann. Soviel Fremdes, Geheimnisvolles, Süßes. Eine sagt der anderen, wie schön sie sei. Besonders Katharina will immer wieder von der Freundin hören, daß sie süß und jung aussehe. Ave ist erst neunzehn, aber sie, Katharina, wird nächsten Januar bereits fünfundzwanzig. Hieronymus ist kaum ein Jahr älter. Oftmals, vor allem sonntags nach der Kirche, sieht Katharina angstvoll auf die jungen Bürgerstöchter, die im Schmuck des Schapel auf der Empore sitzen. Sie sind fünfzehn, siebzehn oder acht-

zehn Jahre alt und warten auf einen Ehemann. Katharina späht dann verstohlen zu Hieronymus. Doch ihr stark klopfendes Herz kann sich beruhigen: Hieronymus scheint nur Augen für sie, Katharina, zu haben. Inzwischen wissen alle davon. Barbara und Lucas Cranach freuen sich mit ihr.
»Ich muß die Jungfer jetzt schleunigst malen, ehe sie der Baumgärtner nach Nürnberg holt«, sagt Cranach.
Auch Luther weiß, daß Baumgärtner um Katharina wirbt. Er ist erfreut, einverstanden und wohl auch erleichtert. Im übrigen ist er stets in Eile. Er arbeitet an seiner Schrift: *Von weltlicher Obrigkeit, wie weit man ihr Gehorsam schuldig sei.* Auch verfaßt er eine neue Ordnung des Gottesdienstes.

Außerdem bedrückt Luther tief, daß in Brüssel zwei Anhänger der Reformation verbrannt werden. Es ist ihm davon berichtet worden:
›Am Tag des 1. Juli läuft alles auf dem Brüsseler Markt zusammen. Es kommen auch edle Magister aus Löwen. Brüder des Minoritenordens tragen in feierlicher Prozession die Kreuzesfahne. Ferner nehmen teil die Professoren der Theologie, die Äbte mit Bischofsmützen und Krummstäben. Alle nehmen auf der großen Tribüne Platz, die vor dem Rathaus errichtet ist.
In der elften Stunde werden sie über den Markt geführt. Es sind ihrer drei. Alle vom Konvent der

Augustiner in Amsterdam. Der Jüngste hat ein liebliches Antlitz und ist von feinem Betragen. Die beiden anderen sehen allzu bärtig aus. Jetzt werden sie zu dem Scheiterhaufen geführt, der für sie errichtet worden ist. Allen dreien wird die Priester- und die Mönchsweihe abgenommen. Sie sind jetzt Weltliche. Einer der drei wird hinweggeführt.

Die beiden Zurückgebliebenen, Hendrik Voes und Johannes von den Eschen, müssen sich entkleiden. Sie tun das ruhig. Sie bezeugen wiederholt, daß sie als Christen sterben. Daß sie an die heilige, christliche Kirche glauben. Sie sagen, dies sei der Tag, den sie schon lange erwartet hätten.

Jetzt sind sie entblößt bis aufs Unterkleid. Man mußte sie nicht an Pfähle binden, sie umfassen sie selber. Jetzt wird das Feuer angezündet. Es dauert sehr lange. Absicht oder Zufall? Als der Rauch und schließlich das Feuer aufsteigt, singen sie das Te deum laudamus, bis die aufsteigenden Flammen die Stimmen ersticken ...‹

Katharina sieht Luther bleich und in tiefem Nachdenken. Sie kennt die Ballade, die er den Märtyrern gewidmet hat. Besonders der Schluß hat sich ihr eingeprägt:

›Der Sommer ist hart für der Tür / der Winter ist vergangen / die zarten Blumen gehn herfür / der das hat angefangen / der wird es wohl vollenden.‹

Fürchtet Luther nicht um sein eigenes Leben? In seiner Predigt in der Schloßkirche sagt er zum Schluß: »Ich acht wohl, daß ich hoch gesungen habe. Viel Dings vorgebracht, das für unmöglich angesehen wird. Vieles habe ich zu scharf angegriffen. Was soll ich aber anderes tun? Ich muß doch die Wahrheit sagen. Es ist mir lieber, die Welt zürne mit mir, denn Gott. Man wird mir ja nicht mehr als das Leben nehmen können.«

Katharina spricht mit Baumgärtner, der zu Luthers Freunden gehört und ein Anhänger seiner Lehre ist. Er erinnert Katharina daran, daß Luther ja schon vor zwei Jahren von der Wartburg aus alle Christen gemahnt habe, sich vor Aufruhr und Empörung zu hüten: Er hat schon damals gesagt, daß das Abstellen der Mißbräuche durch das Wort geschehen müsse und nicht durch das Aufstehen des Herrn Omnes, des großen Haufens. Denn Aufruhr, so sagt Luther, Aufruhr hat keine Vernunft und geht gemeiniglich mehr über die Unschuldigen denn über die Schuldigen. Wer meine Lehre recht versteht, macht keinen Aufruhr. Sie haben es nicht von mir gelernt. Summa summarum, predigen will ichs, sagen will ichs, schreiben will ichs. Aber zwingen, dringen mit Gewalt will ich niemand. Ich bin dem Ablaß und den Papisten entgegen gewesen, aber mit keiner Gewalt. Ich hab allein Gottes Wort getrieben, gepredigt und geschrieben. Sonst hab ich nichts getan. Das

Wort hat, wenn ich geschlafen hab, wenn ich Wittenbergisch Bier mit meinem Philippo und Amsdorf getrunken hab, das Wort hat so viel getan, daß das Papsttum schwach geworden ist. So viel hat ihm noch kein Fürst oder Kaiser weggenommen.

Hieronymus zeigt Katharina aber auch die Verse, die der Nürnberger Meistersinger Hans Sachs zur Lage der Christenheit gedichtet hat:

›Wach auf! Es nahet gen dem Tag. / Ich hör singen im grünen Hag / ein wunigkliche Nachtigall / Ihr Stimm durchklinget Berg und Tal / Die Nacht neigt sich gen Occident, / Der Tag geht auf von Orient / Die rotbrünstige Morgenröt / Her durch die trüben Wolken geht ...‹

Viele, die Luther lieben, viele, die ihn hassen. Katharina, die bisher nur Bruchstücke von Luthers Arbeit kennt, erfährt jetzt von Hieronymus immer mehr Einzelheiten, so daß ihr die Zusammenhänge immer klarer scheinen. Und doch wird ihr alles unwichtig. Tritt alles zurück hinter dem unfaßbaren täglich neu zu erfahrenden Ereignis ihrer Liebe zu Baumgärtner. Und seiner Liebe zu ihr.

Gemeinsam mit Cranachs gehen sie zum Tanzhaus am Markt. Melanchthon und seine Frau Katharina, Justus Jonas mit seiner Frau, die ebenfalls Katharina heißt. Auch Dr. Axt und Ave kommen mit. Katharina und Ave sind zum erstenmal in einem Tanzhaus. Der große, holzvertäfelte Raum hat Fenster vom Boden bis zur Erde. Sie sind mit den Wappen der reichsten Bürger Wittenbergs und dem Wappen des Kurfürsten geschmückt. Schon vom Markt her hat Katharina Fideln und Flöten gehört. Sie geht an Hieronymus' Arm. Er ist der schönste und stattlichste aller Männer, denkt Katharina. Heute trägt er ein Wams und Pluderhosen aus dunklem Tuch mit feiner gelber Seide in den Schlitzen. Katharina hat gelernt, daß diese Tracht dem Adel vorbehalten ist. Offenbar schert sich Baumgärtner nicht darum. Sein blondes lockiges Haar glänzt, er trägt keine Kopfbedeckung. Katharina ist stolz. Sie weiß, wer zum offenen Tanz geladen ist, gehört zur Gesellschaft. Jetzt ist die Zeit vorbei, in der sie im Kloster begraben war. Und sie ist auch nicht mehr länger nur der geduldete Gast im Hause Cranachs. Auch diese Zeit ist vorbei. Jetzt ist sie die Braut des reichen Patriziersohns Hieronymus Baumgärtner aus Nürnberg. Mit den angesehnsten Bürgern der Stadt geht sie zum Tanz. Selig schmiegt sie sich an Hieronymus. Sie hat jetzt keine Angst mehr vor den reichgeschmückten Mädchen und Frauen, die nach den Klängen der Musik im Saal umherwandeln, sich im Reigen drehen. Die Frauen tragen bunte Seidengewänder mit zum Teil weitem Halsausschnitt. Manche haben ihr Haar in ein Tuch gebunden und tragen darüber ein reichverziertes Barett.

Katharina Melanchthon, eine reiche Bürgerstochter, geht hochaufgerichtet in ihrem schwarzseidenen Rock mit hellblauen Streifen. Auch ihr Mieder ist hellblau, ebenso die Federn auf ihrem Hut. Sie nickt Katharina kurz zu, bleibt aber ansonsten in sich gekehrt. Ihren berühmten Mann, Philipp Melanchthon, sieht Katharina heute zum erstenmal aus der Nähe. In den Straßen Wittenbergs hat sie ihn schon des öfteren gesehen. Da ist er ihr jedesmal klein, schmächtig und seltsam traurig erschienen. Heute wirkt er dagegen lebhaft. Sein schmales, sonst bleiches Gesicht mit der hohen Stirn und dem dünnen Bartwuchs an Kinn und Lippen ist entspannt. Die eng beieinanderliegenden, auffallend großen Augen geben den Glanz der Wandkerzen und Leuchter wider. Melanchthon ist 26 Jahre alt. (Das weiß Katharina von Barbara Cranach.) Er kommt aus der Pfalz, hat in Heidelberg und Tübingen studiert. In Wittenberg liest er über aristotelische Philosophie, sowie über griechische und römische Klassiker. Sein Oheim Reuchlin hat ihn nach Wittenberg empfohlen. Jeder weiß, wenn Melanchthon liest, sind die Hörsäle voll. Luther nennt ihn den besten Griechen, den gelehrtesten, gebildetsten Mann. Die beiden sind enge Vertraute und Freunde.

Luther hat sogar geäußert: Vielleicht bin ich nur der Vorläufer von Philippus, dem ich den Weg bahnen soll in Kraft und Geist. Und: Ich bin dazu geboren, daß ich mit Rotten und Teufeln muß kriegen und zu Felde liegen, darum meine Bücher stürmisch und kriegerisch sind. Ich bin der große Waldrechter, der Bahn brechen muß. Aber Magister Philipp fährt säuberlich und stille daher, sät und begießt mit Lust, nachdem ihm Gott seine Gaben reichlich gegeben hat...

Daran denkt Katharina, als sie den berühmten Humanisten mit Katharina Jonas zum Reigen antreten sieht. Justus Jonas tritt mit Melanchthons Frau dazu und auch Katharina und Hieronymus reihen sich ein. Katharina paßt sich leicht den einfachen Tanzschritten an. Ganz leicht. Sie schaut Hieronymus an, und sie meint, daß Himmel und Erde mit ihnen tanzen. Ihr ist, als hätte sie in den Tagen und Nächten des Klosters, die voll Tränen und Einsamkeit waren, als wäre sie nur deshalb nicht verzweifelt, weil sie geahnt hatte, daß Gott ihr diesen Mann schicken wird.

»Wie groß sind deine Werke, o Herr / wie tief deine Gedanken.« Katharina hat den Psalm unwillkürlich vor sich hingesprochen.

»Was sagst du da?« will Baumgärtner wissen.

»O, nichts.«

Niemand (auch er nicht) soll wissen, daß Katharina manchmal abends in ihrem Bett hockt, daß ihr die Tränen kommen vor Freude. Daß sie dann betet: »Gott, gib mir diesen Mann...«

Melanchthon bittet sie zum Tanz. Er zitiert, während sie im Tanzschritt gehen:

»Die hielt ich fast für Narren ganz, Die Lust und Freude haben am Tanz.«
Das kennt Katharina. Hieronymus hat ihr ein Buch geschenkt, das Narrenschiff von Sebastian Brant. Vom Tanzen liest sie da. Von Bettlern. Vom Geistlichwerden. Von Gotteslästerung. Von bösen Weibern. Vom Frauenhüten. Katharina kriegt große Augen und rote Ohren beim Lesen:
»Viel Narrentage und viel Verdruß / Hat, wer die Frauen hüten muß... Legt man ein Malschloß schon dafür / und schließt all Riegel, Tor und Tür / Und setzt ins Haus der Hüter viel / So geht es dennoch, wie es will...«
Albrecht Dürer hat zu den Versen die Holzschnitte gemacht. Beim Frauenhüten schaut eine Frau zum Fenster hinaus, während die Männer vergebens versuchen, einen Schwarm Heuschrecken einzufangen. Ein anderer schüttet Wasser in den Brunnen. Der Reim dazu: »Heuschrecken hütet an der Sonnen / Und Wasser schüttet in den Bronnen / Wer hütet die Frau, die er gewonnen...«
Ja, und vom Tanzen hat sie auch gelesen. Sie kann den Reim aber nicht auswendig, so wie Melanchthon. Doch, ihr fällt auch eine Strophe ein:
»Da schleift man Venus bei den Händen, Da tut all Ehrbarkeit sich enden ...«
Melanchthon fährt übermütig fort:
»Da tanzen Pfaffen, Mönch' und Laien, die Kutte muß sich hinten reihen...«
Als sie lachend zu den anderen treten, wendet sich

Melanchthons Frau zum erstenmal direkt an Katharina: »Nicht wahr, Tanzen ist hübscher als Beten?« In ihrer unbefangenen Freude und Ausgelassenheit will Katharina gerade antworten, daß es tausendmal schöner sei. Da sieht sie Aves Blick. Verwirrt schweigt Katharina.
Barbara Cranach rät zum Aufbruch. Sie ist müde. Wenn auch das üppig weite Seidenkleid ihren Zustand für Außenstehende verbirgt – die Schwangerschaft macht ihr zu schaffen.
Ave umarmt Katharina herzlich zum Abschied. Auch Katharina Jonas (sie ist ebenfalls schwanger) schließt ihre Namensvetterin in die Arme: »Ihr seid schön und liebenswürdig, Katharina von Bora, ich wünsche Euch Gottes Segen.«
Dabei schaut sie Baumgärtner an und reicht auch ihm die Hand.
Vor dem Haus der Cranachs nimmt Lucas Katharina leicht um die Schulter. Er zitiert einen alten Spruch: »Der muß Mehl haben denn viel, wer jedem das Maul verstopfen will.« Das Ehepaar geht ins Haus, während Katharina und Hieronymus noch eine Weile im Hof bleiben. Sie können sich immer nur schwer verabschieden.
Katharina will wissen, warum Ave plötzlich so traurig war. Hieronymus wehrt ab: »Ach, laß uns doch nicht aus einem kleinen Rinnsal einen Bach machen.«
Schließlich sagt er es doch: »Melanchthons Frau hat schmale Lippen gehabt, als ihr, Melanchton

und du, so fröhlich wart beim Tanz. Schließlich hat sie gesagt: ›Offenbar lernt man im Kloster das Buhlen besser als die Liturgie.‹«
Katharina kann sich nur mühsam beherrschen. Auf der Stelle möchte sie die wenigen Schritte zu Melanchthons Haus rennen, um das böse Weib bei den Haaren zu packen und zu schütteln. »Sie soll zur Hölle fahren, auf ewig zwischen zwei Mühlsteinen liegen, ohhh...«
Katharina vergißt in ihrer Wut fast, daß Baumgärtner bei ihr ist. Er zieht sie fest an sich, streichelt ihr Gesicht: »Es gibt Leute, die können liebenswürdige Menschen nicht ertragen. Weil sie selbst nicht liebenswürdig sind. Wie Katharina Melanchthon. Sie ist im Grunde ein armes Weib, unglücklich in ihrem beständigen Neid gegen andere. Mir tut Melanchthon leid. Ich hab ihn lieb wie einen Bruder. Warum hat er diese beinerne Krappin zur Frau nehmen müssen. Ich sehe doch, wie sie ihn jeden Tag erpreßt ...«
Hieronymus drückt Katharina wieder fest an sich: »Komm, mein Herz. Jetzt denke nicht weiter dran. Jonas' Frau hat es dir doch gesagt, daß du schön und liebenswürdig bist. Sogar meinen bleichen Philippus kannst du erwärmen. Fast bin ich eifersüchtig.«
Als er sieht, daß Katharina immer noch die Hände zu Fäusten geballt hat, hebt er behutsam ihren Kopf hoch: »Du bist doch ein guter Mensch, Katharina, nicht wahr? Und ein wahrhaft guter

Mensch fragt doch niemals einen Bettler, warum er kein herrschaftliches Gewand anhat, oder?«
Diese Worte beschäftigen Katharina noch lange. Was ein guter Mensch ist, weiß sie nicht. Ob sie selber dazu zählt, das interessiert sie nicht sonderlich. Aber das Bild von dem Bettler, das besänftigt ihre Seele. Ihre Phantasie entledigt Katharina Melanchthon der Seidenröcke und hüllt sie dafür in Lumpen...

Katharina und Hieronymus treffen sich, so oft es irgend geht, in den Elbauen, weit hinter dem Elstertor. Wie gut, daß noch Sommer ist. Die Tagesarbeit, ein ständiges Hin und Her, treppauf, treppab, erledigt Katharina, als hätte sie Flügel. Im Weinausschank macht sie außerdem noch die Abrechnung, da der Gehilfe nicht lesen und schreiben kann.
Sie schreibt eine Preistafel:
1 Quart Malvasier zu 5 Groschen
1 Quart Rheinwein zu 18 Groschen
1 Quart Frankenwein zu 14 Groschen
Das Gesinde im Hause Cranach hat schon gelernt, sich an Katharina zu wenden, wenn kein Mehl mehr im Haus oder der Fisch fürs Mittagsmahl noch nicht auf dem Markt eingetroffen ist. Barbaras Niederkunft ist überfällig. Sie kann kaum noch das Bett verlassen.
»Warum das Kind nicht kommen will?« Katharina sagt es sorgenvoll zu Baumgärtner.

»Es hat halt noch keine Lust auf unsere böse Welt.«
Baumgärtner lacht sorglos. Er ist verliebt. »Wart nur, wenn erst unsere Kinder kommen.«
Katharinas Herz tut einen heftigen Schlag vor Freude. Wird er jetzt über das Verlöbnis sprechen? Doch Hieronymus beginnt, sie zu liebkosen. Sanft, doch drängend preßt sein Mund Katharinas Lippen auseinander. Seine Hände kennen sich schon aus mit Katharinas Kleid. Jeden Tag ersehnt sie es mehr, die trockene Wärme seiner kräftigen Hände auf ihrer Haut zu spüren. Es drängt sie zu der Wärme seines Körpers, zum Geruch seiner Haut, der sie nicht nah genug kommen kann. Sie will nicht darüber nachdenken, ob die Lust, die sie empfindet, von Gott kommt oder vom Teufel. Und sie weiß auch nicht, warum ihre Gedanken ins Kloster zurückwandern. Sie sieht sich bei der Profeß im Kapitelsaal liegen. In die Hände der Ehrwürdigen Mutter legt sie ihr Gelübde ab: ›Mutter, ich verspreche Dir den Gehorsam nach der Regel des Heiligen Benedikt bis in den Tod.‹ Worauf die Ehrwürdige Mutter sagt: ›Und Gott gebe dir das ewige Leben ...‹
Angst, Reue, Lust – doch die Lust ist die größte unter ihnen ... Katharina ist, als tränke sie von Hieronymus' Lippen das Leben, ihr neues Leben in der Welt. Und sie bittet die guten Engel, bei ihr zu bleiben und sie zu beschützen gegen die Dämonen. Wenn es denn vom Teufel ist, was sie in

ihrem Körper spürt, was ihren Körper durchdringt, so daß sie zuletzt meint, sie sei nur noch Lust und nicht mehr Körper – wenn das vom Teufel ist, dann ist der Teufel stärker als sie. Dann wieder denkt Katharina, daß nichts (zumindest auf Erden nicht) schöner und heiliger sein kann, als das, was sie für Hieronymus fühlt. Sie sieht ihn an, sie kann nicht aufhören, ihn zu streicheln, seine kühle Haut unter ihren Händen zu spüren. Wie Seide von der feinsten Art. Von neuem drängt sich Katharina an ihn. In der Ekstase ihrer Begierde sieht sie wieder die Ehrwürdige Mutter und die Schwestern im Chor. Sie rufen: Das Gelübde, das Gelübde...

Benommen richtet sich Katharina auf, befreit sich sanft aus seinen Händen. Das Gelübde. Sie hat vergessen, Hieronymus an ihr Verlöbnis zu erinnern.

Er streicht sich die zerzausten Haare aus dem Gesicht, setzt sich ebenfalls auf und sieht Katharina offen an:

»Du weißt, am Sonntag nach dem Gottesdienst reise ich heim. Ich werde meinem Vater berichten, daß wir heiraten wollen. Ich will ihn nicht mit einem Verlöbnis überfallen. Du weißt, wir sollen Vater und Mutter ehren. Noch vor dem Christfest bin ich zurück zur Verlobung. Im Mai, so denke ich, werden wir dann Hochzeit machen.«

Unter der Linde / auf der Heide / wo unser beider Lager war / da könnt ihr finden beides: / geknickte Blumen und Gräser. / Vor dem Wald im Tal / sang schön die Nachtigall.

Als Hieronymus Katharina nach Hause begleitet, dämmert es schon. Sie müssen sich beeilen, sie haben keine Lampen dabei. Die engen Gassen sind schon recht finster, nur hier und da leuchtet ein Kienspan durchs Fenster, oder das Herdfeuer schimmert rötlich durch die obere, noch offene Türhälfte.
Katharina fürchtet sich im Dunkeln, sie läuft schneller. Die Nacht mit ihren unheimlichen Geistern und Gespenstern legt sich auf ihr Gemüt. Schon am Sonntag wird Hieronymus nach Nürnberg reisen. Süße Mutter Gottes, beschütze ihn.
Die Angst fällt wie ein Stein auf Katharinas Herz, als sie sieht, daß im Hof des Cranachschen Anwesens zwei Pechpfannen aufgestellt sind. Was für eine Geschäftigkeit um diese Zeit! Mägde rennen zum Brunnen, die Köchin kommt mit aufgehobenen Armen Katharina entgegen. »Kommt, Jungfer, rasch!«
»Barbara! Jesus Barmherzigkeit!« Katharina fliegt die Treppe hinauf. Cranach und die beiden Söhne Lucas und Johannes kommen gerade aus der Schlafstube.
»Es geht nicht gut«, murmelt Cranach.
Die Buben sind blaß, haben große ratlose Augen. In der Stube drückt die Hebamme auf Barbaras Bauch. Ave beugt sich nah über Barbara, hält sie

liebevoll, wischt ihr die Stirn. Mit einem Schrei, der Katharina in den Ohren gellt, bäumt Barbara sich plötzlich auf – das Kind ist da. Ein Mädchen. Es ist tot.

Ave und Katharina waschen die Freundin, ziehen ihr ein frisches Leinenhemd an. Barbara läßt alles mit sich geschehen. Einmal flüstert sie, es ist kaum zu hören: »Es hat sich schon lange nicht mehr bewegt.«

Draußen fällt Katharina weinend Ave um den Hals. Sie macht sich Vorwürfe. Warum ist sie so lange ausgeblieben? Warum hat sie nicht besser auf Barbara geachtet? Warum hat sie nicht gefühlt, daß Barbara schon seit Tagen voller Angst und Besorgnis war? O, wie macht die Liebe selbstsüchtig! Am liebsten würde Katharina vor Scham und Reue schreien. Sie ist es nicht wert, in diesem Haus zu leben. Blind ist sie, gefühllos für die Ängste anderer, o mein Gott!

Die Hebamme kommt mit dem Bündel. Wortlos reicht sie es den Mädchen hin. Ave nimmt das tote Kind und trägt es hinunter. Katharina geht leise zu Barbara. Sie setzt sich an ihr Lager und nimmt ihre Hand. Stumm betet sie:

›Herr bleibe mir nicht fern und eile mir zu Hilfe / Ich bin hingeschüttet wie Wasser / Gelöst haben sich alle meine Glieder / Mein Herz ist in meinem Leib wie Wachs zerflossen / Meine Kehle ist trocken wie eine Scherbe / Die Zunge klebt mir am Gaumen / Du legst mich in den Staub des Todes ... / Du aber, Herr, halte Dich nicht fern / Du meine Stärke, eile mir zu Hilfe! Amen.‹

Katharina kann in den folgenden Tagen nicht genug tun, um Barbara zu pflegen und zu trösten. Täglich breitet sie ihr frische Leintücher aufs Bett, schüttelt die Kissen, wäscht die Kranke mit Rosenwasser. Jeden Tag überlegt Katharina, was sie für Barbara kochen könne. Immer wieder geht sie auf den Markt, kauft Täubchen, Wachteln oder Fasanen, die sie mit duftenden Kräutern füllt, um den Appetit der Kranken anzuregen. Sie backt Brot aus feinem Mehl, das sie mehrfach durchsiebt. Eier, Butter und Rahm verschlägt sie zu flaumigem Rührei. Aus gehackten Mandeln, Honig und Sahne macht sie Konfekt.
Die Sorge um die Gesundheit ihrer Gastgeberin verdrängt fast den Schmerz, als Hieronymus sich verabschiedet. In der Kirche heut vormittag hat sie ihn, der neben Melanchthon bei den Männern steht, lange angesehen.
Luther hat gepredigt: ›David sagt im Psalm (51,7): Siehe, ich bin in Untugend gemacht und meine Mutter hat mich in Sünde empfangen. Das ist dasselbe, was Augustin sagt: Die Erbsünde kommt nicht von des Menschen Entstehung oder Geburt, sondern von der Lust. Als wollte er sagen: Wenn die Eltern ohne Lust und Begierde

empfangen und gebären könnten, dann würde kein Kind mit Erbsünde geboren. Aber Gott der Herr duldet diese Lust und Begierde in den Eltern um der Ehe willen, die er eingesetzt hat, und zum Zweck der Mehrung des Menschengeschlechts, besonders aber und am meisten im Blick auf die Taufe und den Glauben an Christus, weil die Lust in diesem Leben nie ganz und gar weggenommen werden kann...‹

Katharina hat kaum mehr zugehört, was die Predigt weiter enthielt. Sie schaute nur auf Hieronymus, der für sie alle Lust und Begierde darstellt. Vor allem aber alle Liebe, sofern das zu trennen ist. Wie leer wird die Kirche künftig ohne ihn sein. Wie leer die Straßen, die Gärten, die Elbauen.

Hieronymus hat ihr ein altes Gedicht aufgeschrieben:

> ›Du bist mein, ich bin dein / dessen sollst du ganz gewiß sein / du bist verschlossen / in meinem Herzen / Verloren ist das Schlüsselein, / du mußt für immer drinnen sein.‹

Katharina hat Hieronymus noch nie zu Pferde gesehen. Als er in den Hof geritten kommt, tut ihr das Herz weh vor Freude über seinen Anblick. Und vor Kummer, daß er abreist. Mindestens vierzehn bis achtzehn Tage wird er für die Reise nach Nürnberg brauchen, je nach Witterung. Katharina darf gar nicht daran denken, was ihm alles passieren kann. Zwar wird schwer bestraft,

wer Reisende überfällt, doch die Gefahr ist groß. Es können Unwetter kommen, Hieronymus kann krank werden... Katharina fühlt sich elend. Sie kann nicht verhindern, daß ihr die Tränen übers Gesicht rinnen.
Hieronymus küßt sie, umarmt sie innig:
»Zu Weihnachten bin ich wieder zurück, Katharina. Und im Frühjahr, mit den Rosen, werden wir heiraten!«
Auch Cranach kommt und verabschiedet sich von Baumgärtner. Als er Katharinas Tränen sieht, nimmt er sie tröstend um die Schultern. »Komm bald zurück«, sagt Katharina.
Hieronymus: »Du hast mein Wort.«
Rasch steigt er auf sein Pferd und reitet aus dem Hof. Katharina möchte hinterherlaufen. Schreien – Bleib! Bleib!
Doch sie geht ins Haus.
Cranach steht im Hof und schaut zum Tor. Er fürchtet, daß Baumgärtner nicht wiederkommen wird. Daß er nicht wiederkommen kann.

# III

Der Winter kommt früh in diesem Jahr. Frühe Winter bedeuten Hunger, Kälte, Not. Die Elbe hat eine Eiskruste. Unter ihr gluckst und ächzt es drohend. Schneeflocken tanzen. Sie decken alles zu, was die Menschen zum Leben brauchen. Holz und Reisig für das Feuer. Waldfrüchte, Heidelbeeren, Kastanien, Pilze, den Honig der Bienen – alles ist verschwunden. Bucheckern und Eicheln fürs Vieh gibt es nicht mehr. Kein Bauholz für Schindeln und Bretter, für Schuhe, Werkzeug, Schüsseln und Löffel. Keine Holzkohle zum Schmieden, keine Harzfackeln zur Beleuchtung der Räume, keine Eichenrinde zum Gerben der Häute.

Der Winter ist da. Drohend in schneeigem Weiß, voller Gefahren. Bald wird das Vieh hungrig in den Ställen schreien und die Kinder in den Stuben auch. Alle Vorräte sind verbraucht. Zumal das meiste abgegeben werden muß.

Doch das Wort läuft durchs Land. Die Predigten. Die Flugschriften. Die Holzschnitte. Böse Buben und tolle Narren, so wird da die Obrigkeit genannt. Böse Buben, so grollt und ächzt es überall

unter dem Eis. Tolle Narren, so raunt es unter der Last des Schnees. Wir wollen auch vom Wildpret. Vom Fisch. Vom Geflügel. Wir wollen unser Holz. Wir wollen frei sein wie die Schweizer, so raunt es landauf, landab. Und der Winter ist kalt, kalt wie der Tod. Der geht im pelzverbrämten Mantel durchs Dorf. Geht in die Ställe, nimmt das Vieh. Er geht in die Häuser, egal ob alt und baufällig oder neu und stattlich – er geht und holt den Bauer, die Magd, das schöne Mädchen, das Kind. Er geht in die Kirche und holt den Küster, wandert weiter durch die Tore der Stadt und tanzt mit den reichen Bürgern zur Fidel.
Auch Katharina hat ihn gesehen. Doch ihr beschert der Tod nur einen Fiebertraum: Sie sieht goldene Engel mit Lauten und Harfen und Zithern, allesamt sind schön und schauen Katharina freundlich an. Unter den übrigen Heerscharen sieht Katharina viele Menschen, Bürger, Bauern, Edle, Patrizier, Jungfrauen und Frauen. Sie sucht Baumgärtner unter ihnen, aber alle wenden ihr den Rücken zu. Alle schauen hinauf. Als Katharina ihren Blicken folgt, sieht sie einen großen goldenen Thron, bespannt mit herrlicher rotgoldener Seide. Darauf sitzt die Gottesmutter Maria. Sie trägt ein hellrotes Gewand mit einem himmlischblauen Mantel darüber. Ihr langes Haar ist lockig, ihre Stirn hoch und weiß. Wie schön sie ist. Neben ihr sitzt Jesus im langen, weiten Seidenhemd, es ist weiß und rein. Er trägt wie Maria eine

goldene Krone. Und die Engel musizieren laut und immer lauter.
Katharina erwacht. Ihr Kopf scheint ihr so schwer wie ein Mühlstein, ihr Mund ist trocken und hat einen bittern Geschmack. Katharina spürt jedes ihrer Glieder einzeln. Am meisten schmerzt der Hals. Sie kann kaum schlucken. Erst als sie sich aufsetzt im Bett merkt sie, daß hinter ihr auf dem einzigen Stuhl im Raum Lucas sitzt, der jüngere Sohn der Cranachs. Er sitzt da wohl seit längerem, zupft auf seiner Handharfe und ist völlig in Gedanken versunken. Jetzt sieht er Katharina mit seinem sanften, freundlichen Lächeln an. Lucas ist blond. Er hat ein zartes Gesicht mit Augen, die einen seltsam forschend ansehen. Sein Vater hat den Jungen mal mit schwarzen Augen und rotblondem Haar, mal mit blauen Augen porträtiert. Sein älterer Bruder Johannes geht schon beim Vater in die Lehre. Lucas besucht noch die Lateinschule bei Melanchthon, will aber später ein Holzschnitzer werden, wie er sagt.
»Ihr seid krank, Jungfer Katharina, nicht wahr?« sagt er jetzt und richtet seine forschenden Augen auf Katharina.
Sie beugt sich mißmutig und mit dröhnendem Kopf etwas vor, um sich die Haare zu kämmen. Lucas legt seine Harfe beiseite und nimmt Katharina den Kamm aus der Hand.
»Laßt mich machen.«
Katharina läßt es willig geschehen, daß er behut-

sam ihre langen, dichten Haare auseinanderkämmt. Durch ihre Apathie hindurch fühlt sie doch die Wärme der behutsamen, weichen Kinderhand. Zärtlichkeit. Liebe. Der Gedanke tut weh. Wie die Liebe beginnt, das weiß Katharina jetzt. Wie sie endet, auch.

Weihnachten ist lange vorbei. Auch der Januar hat nur noch wenige Tage.
Hieronymus ist nicht zurückgekommen. Und der Postreiter hat nie eine Nachricht für Katharina.
Zuerst war die Angst. Ihm ist etwas zugestoßen. Katharina schreibt einen Brief nach Nürnberg. Barbara, die gerade dazukommt, sagt, daß es keinen Sinn habe, diesen Brief abzuschicken.
»Warum nicht, Barbara, warum?«
»Katharina, jetzt muß ich es dir sagen. Nürnberg ist nicht Wittenberg. Baumgärtners Vater ist einer der Reichsten in Nürnberg. Er ist ein Mann des Staates. Du weißt, daß die Ehe mit einer entlaufenen Nonne vom geistlichen und vom weltlichen Recht her verboten ist. Bei Todesstrafe!«
»Aber Elisabeth Cruziger ist doch auch Nonne gewesen. Und Ave heiratet und Margarete und Veronika, ich könnte dir so viele aufzählen ...«
»Katharina, du mußt unterscheiden. Kaspar Cruziger ist protestantischer Geistlicher, Dr. Axt lebt im reformierten Wittenberg – glaub mir, in Nürnberg gehen die Uhren anders.« Barbara geht zum Fenster, schaut hinaus. Dann dreht sie sich zu Ka-

tharina: »Melanchthon hat uns berichtet, daß Baumgärtners Vater die Heirat strikt untersagt hat. Er hat Hieronymus verboten, noch einmal mit dir Verbindung aufzunehmen. Er wird seinen Sohn sonst verstoßen.«

Warum tut sich die Erde nicht auf? Warum wird es nicht finster? Warum deckt kein Sturm das Haus ab? Warum, warum, warum?

Katharina schlägt mit den Fäusten gegen die Holzriemen, mit denen die Wände ihrer Stube verkleidet sind. Sie starrt das Holz an und weiß, daß sie keine Antwort kriegt. Von niemandem. Ihr wird kalt. Es ist also aus. Ihre Liebe, ihre Hoffnung, ihr Stolz, alles, was sie auf Hieronymus gesetzt hat, ist zerstört. Vorbei. Ja, sie hat ihren Kopf hoch getragen in der Zeit mit Hieronymus. Und auch noch in der ersten Zeit danach ist sie durch die Stadt gegangen wie eine Königin. Mit einer Krone aus Freude.

Und nun? Ans Kreuz mit ihr, ans Kreuz mit der abtrünnigen Klosterhure. Eine Dornenkrone soll sie tragen und am Kreuz hängen, bis ihr die Hoffart vergeht...

Die Scham, die Wut. Überall glaubt Katharina, hämische Gesichter zu sehen. In den Straßen, auf dem Markt, in der Kirche. Seht nur, seht die verlassene Braut. Braut? Sie waren ja nicht mal verlobt. Genarrt hat er sie, was sonst? Wer ist sie schon? Stolz wie eine Gräfin. Dabei ist sie aus dem Kloster entlaufen.

Sie geht durch Lanzenspieße, über spitze Steine geht sie, und ihre Füße sind nackt.
Warum kann sie nicht weinen? Stumm trauern wie Barbara damals um ihre totgeborene Tochter?
Katharina fühlt nur noch Wut. Und Haß, in den sie sich immer mehr hineinsteigert. Nachts wirft sie sich schweißnaß in ihrem Bett hin und her. Am Tag läuft sie mit zusammengepreßten Lippen durchs Haus.
Ständig ist sie in ihrer haßerfüllten Phantasie in Nürnberg. Bei dem alten Baumgärtner. Als Malergeselle verkleidet sieht sie sich nach Nürnberg reiten. Ihr Haß verleiht dem Pferd Flügel. Und so ist sie endlich in der berühmten Stadt. Jeder weist ihr bereitwillig den Weg zum prächtigen Haus der Baumgärtners. Katharina reißt ihr staubiges Barett herunter und den weiten Mantel. Sie fragt nach Hieronymus. Doch der Alte tritt vor sie hin. Er lacht höhnisch. »Hieronymus? Er ist außer Landes. Glaubt Ihr, daß ich ihn den Ränken und Künsten einer Klosterhure überlasse?«
Katharina sieht sein hochmütiges Gesicht. Er hat die gleichen verhangenen Augen, wie Hieronymus sie hat. Hier, bei dem Vater, wirken sie jedoch seltsam kalt, wie blind. Baumgärtner trägt einen offenen Tuchmantel mit mächtigem Pelzkragen, er stemmt die Hände in die Hüften, zeigt die prunkvolle Tassel und den goldbeschlagenen Gürtel.

Katharina möchte in sein selbstzufriedenes Gesicht schlagen. Sie glaubt selbst in ihrer Phantasie, am Haß zu ersticken. In ihren Gedanken schreit sie den Alten an: »Ihr seid voller Hochmut gegen mich. Ihr wagt es, mich Hure zu schimpfen. Weil Ihr nur Hoffart kennt und Geld. Wer seid Ihr denn, daß Ihr alles hintan setzt um Euren Ruhm und Eure Ehre? Meine Väter saßen schon auf unserem Gut Lippendorf, da haben die Euern noch in den Straßen Waren feilgeboten. Ihr dünkt Euch klug, doch glaubt mir, Ihr spinnt nur des Teufels Garn. Und, so ich Katharina von Bora heiße und Katharina von Siena genannt bin, so werd ichs richten, daß Ihr und Euer Haus zur Hölle fahren sollt. Für Euch wird der Teufel ein besonders schönes Feuer anfachen, die Dämonen werden Euch häuten und an Stricken durchs Feuer schleifen, wieder und wieder, mit glühenden Zangen werden sie Euch den Hochmut austreiben.«
Dann wieder fleht sie zu Gott, ihr ein sanftes, demütiges Herz zu geben. Doch die Dämonen des Hasses sind stärker...
Es dauert lange, bis Katharinas Wut und Raserei sich gelegt hat. Dabei hilft der Ring, den sie an ihrem Zeigefinger trägt. Der Ring eines Königs. Er hat ihn Katharina geschenkt, als er im Herbst vorletzten Jahres in Wittenberg und im Hause Cranach zu Gast war. Katharina erinnert sich oft. Schließlich hat sie bis dahin noch nie einen König gesehen. Allerdings erschien er keineswegs königlich

lich. Mit nur zwei Mann Gefolge ist er in Wittenberg eingeritten. König Christian II. von Dänemark, der mit Isabella, einer Schwester des Kaisers, verheiratet ist. Vormals hat er drei Kronen auf seinem Haupt getragen. Die von Schweden, Norwegen und Dänemark. Doch der schwedische Adel hat sich ihm widersetzt. Christian hat sich dafür gerächt, doch drei Jahre später ist er aus seinem Reich verjagt worden. Seine deutschen Verwandten sollen ihm helfen. Nach Wittenberg ist er gekommen, weil auch der Kurfürst Friedrich mit ihm verschwägert ist. Vor allem: Er will sich zu Luther und zur Reformation bekennen. Dadurch erhofft er sich einen Ausweg aus seiner Notlage. Das ist im Oktober 1523 gewesen.

Nie wird Katharina vergessen, wie sie alle miteinander zum Gottesdienst gingen. Cranachs, die Söhne, das Gesinde, König Christian und Katharina. Er führte sie am Arm. Seine Augen waren voll trauriger Zärtlichkeit. Für jedes Brot, das sie ihm reichte, für jeden Becher Wein dankte er ihr mit seinem Lächeln. Als er abreiste, umarmte er Katharina lange und steckte ihr den Ring auf. An jedem Finger wurde er probiert, bis er schließlich am Zeigefinger paßte. Es ist ein Ring aus Gold.

Hieronymus hat Katharina dann nach dem Ring gefragt. Sie hat ihm wahrheitsgetreu berichtet. Darauf versprach er ihr einen viel schöneren Ring. Sie hat ihn nicht bekommen.

Hieronymus. Katharina sieht ihn förmlich, wie er

alles in Waagschalen legt: Hier Katharina, dort seinen Vater, die Familie, der Reichtum, das Ansehen. Nun, da schnellt die Waagschale aber hoch, in der Katharina sitzt. Gewogen und zu leicht befunden. Wer ist nun eigentlich Katharina? Die Klosterhure oder die Heilige Katharina von Siena?

Luther jedenfalls ist hilfsbereit. Er berichtet ihr, daß er schon vor längerer Zeit an Hieronymus geschrieben hat:

›Wenn Du übrigens Deine Katharina von Bora festhalten willst, so beeile Dich, ehe sie einem anderen gegeben wird, der schon zur Hand ist. Sie hat die Liebe zu Dir noch nicht überwunden. Ich würde mich sicher über Eure Verbindung freuen.‹

Auch Luther hat keine Nachricht von Hieronymus bekommen.

Katharina ist einigemale mit Ave oder Barbara im Augustiner-Eremiten-Kloster gewesen, wo Luer wohnt. (Es wird allgemein das Schwarze Kloster genannt.) Beim erstenmal war Katharina verblüfft. Das soll ein Kloster sein? Es steht an der Südostecke Wittenbergs über dem Elbanger und besteht eigentlich nur aus einem Schlaf- und Speisehaus mit einem Turm. Es gibt ein Erdgeschoß, zwei Obergeschosse und das Dachgeschoß. Die Fenster sind im ersten Stock recht groß, im zweiten nur winzig. Sie schauen nach Süden auf den Stadtgraben und den Elbanger und nach Norden in den Klosterhof. Ungefähr vierzig Mönche ha-

ben hier früher gelebt. Jetzt sind nur noch Luther, sein Prior Eberhard Brisger und der Famulus Wolfgang Sieberger übrig.
Katharina kann es erst gar nicht fassen. Am Schwarzen Kloster gemessen, ist ja Marienthron ein Fürstenschloß! Die verlassenen Zellen hier sind muffig und völlig ausgeräumt, Luther, Brisger und Sieberger schlafen wahrhaftig auf einfachen Strohsäcken. Barbara, Katharina oder Ave bringen häufig Essen ins Schwarze Kloster, denn auch die Wirtschaft ist äußerst desolat. Luther sagt zu Katharina, daß sein Bettelsack ein großes Loch habe. Er hat jedem Mönch, der aus dem Kloster schied, eine Mitgift von 100 Gulden ausbezahlen müssen. Die kurfürstlichen Visitatoren haben alle Einkünfte mit Beschlag belegt. Auch Luthers eigenes Gehalt ist gestrichen.
Als Katharina sich das muffige, freudlose Kloster vorstellt, kommt ihr zum erstenmal der Gedanke, daß Luther, von dem landauf landab die Rede ist, daß der Reformator, mit dem sich Papst, Kaiser, Könige, Fürsten und Kurfürsten beschäftigen, unter den primitivsten Bedingungen lebt, nichts anderes als ein armer Bettelmönch ist. Dazu steht er in Bann und Acht. Ein Unrecht ohnegleichen an einem Mann, der nichts anderes tut, als sich von früh bis in die Nacht für Gottes Wahrheit abzuschinden.
Seltsamerweise wird Katharina bei diesem Gedanken leichter ums Herz. In ihrem Kopf fliegt ein

Gedanke, klein wie ein neugeborener Vogel. Doch bald schon bewegt er seine Flügel, setzt immer wieder zum Flug an.

Katharina gibt jetzt dem Knaben Lucas zärtlich einen Klaps als Dankeschön für seinen Liebesdienst. Ihr ist, als hätte das Kind nicht nur ihr Haar liebevoll gekämmt, ihr ist, als hätte es auch das Dornengestrüpp aus ihrem Herzen entfernt. Katharina reckt die schmerzenden Glieder und beschließt, sich ein Bad zu richten. Es sind noch getrocknete Rosenblätter da.
Sie bittet Lucas, den Hausburschen mit dem Heizen des Badeofens zu beauftragen. Cranachs haben eine große helle Badestube, die durch eine mächtige Feuerstelle rasch erwärmt ist. In darüber hängenden Kesseln kann immer wieder reichlich Wasser bereitet werden. Dunkelblaue Fliesen aus Italien bedecken den Boden der Badestube. Die großen Badezuber werden in einen Schacht ausgeleert, der unter einem Holzrost liegt und dessen Leitung ins Freie führt.
Barbara, von den Vorbereitungen angelockt, hat auch Lust zum Baden, Cranach und der kleine Lucas ebenfalls. Barbara wäscht Katharinas Haare. Katharina hat von ihr gelernt, die Seife, die sie beim Seifensieder kaufen, zu versetzen mit Rosenwasser, Lavendel oder Kamille. Für Katharinas Haar ist ein Sud aus Kastanienschalen gut, Barbaras helles Haar wird mit Kamillenaufguß ge-

spült. Auch Cranach und sein Sohn lassen sich das Haar von den Frauen waschen und kämmen.
Katharina liebt die behagliche Wärme der Badestube. Sie spürt, wie ihre verkrampften Glieder sich entspannen, wie ihr warm und wohlig wird. Während die Frauen noch mit ihrem langen Haar beschäftigt sind, sitzt Cranach mit seinem Sohn beim Brettspiel. Der junge Lucas will von seinem Vater das Schachspiel lernen. Als die Haare gestrählt sind, die Frauen sich mit duftendem Öl eingerieben haben, würfeln sie mit den Männern und spielen Karten, bis die Haare in der warmen Luft völlig getrocknet sind.
Das Schachspiel erinnert Katharina lebhaft an ihre Muhme Lene, genauer Magdalena, Siechenmeisterin im Kloster Marienthron. Sie ist, wie die Äbtissin, eine Tante Katharinas, allerdings väterlicherseits. Muhme Magdalena hat es stets strikt vermieden, in Katharina ihre Nichte zu sehen. Zum einen hätte sie damit gegen die Klosterregeln verstoßen, die es verbieten, jemanden zu bevorzugen. Zum anderen trägt sie ohnehin lieber eine mürrische Tatkraft zur Schau, die ihr als Siechenmeisterin im Umgang mit den Kranken vielleicht zugewachsen ist. Erstaunlicherweise ist sie jedoch immer dafür zu haben gewesen, wenn es galt, Verbotenes auszuhecken. So hatten Ave und Katharina es geliebt, sommers im Klosterweiher zu baden. Das war bei strengster Strafe verboten. Muhme Magdalena, die selber das Wasser scheute wie

den Teufel, machte es jedoch möglich, daß Ave und Katharina in den Sommernächten aus dem Kloster huschen und baden konnten. Wie eine große weiße Glucke stand sie im Schilf und machte angstvoll: »Pscht! pscht!«, wenn Katharina und Ave gar zu laut planschten und prusteten.
Bei völlig gesunden Novizinnen stellte die Siechenmeisterin schlimmes Fieber, Nasenbluten und Bauchkrämpfe fest, damit die Mädchen sich in der Krankenstube wieder einmal richtig ausschlafen konnten. Und sie fand Mittel und Wege, zu strengem Fasten Verurteilte heimlich mit Lekkerbissen zu füttern.
An der Flucht der Nonnen hat sie tatkräftig mitgewirkt. Unter ihrer mächtigen Kukulle hat sie Flugschriften eingeschmuggelt und Briefe aus dem Kloster geschafft. Ihr mürrisches Verhalten gegenüber allen Mitschwestern schloß sie von jedem Verdacht auf Verschwörung aus. Sie selbst hat allerdings nicht mit aus dem Kloster gehen wollen: »Wo soll ich denn hin? Ich bin eine Nonne und dazu noch alt. Beides ist zuviel.«
Mürrisch hat sie auch jeden Dank abgewehrt. Doch sie hat an der Gartenpforte ausgeharrt, bis die flüchtenden Mädchen im Wald verschwunden waren.
Es ist, als hätten Katharinas Gedanken Muhme Magdalena erreicht. Der Postreiter bringt ein Schreiben für Katharina. Sie erkennt es sofort, es ist mit dem Siegel des Klosters Marienthron ver-

siegelt. Muhme Lene schreibt, daß in diesem Frühjahr noch mehr Nonnen aus dem Kloster Marienthron ausgetreten sind. Sie mußten es nicht mehr heimlich tun. Die Ehrwürdige Mutter stellt es jeder Nonne frei. Und siehe, liebes Kind, schreibt Muhme Magdalena, siehe, wir lesen und disputieren jetzt jeden Tag die Schriften des Doktors Martinus Luther. Unsere Ehrwürdige Mutter ist ihm sehr zugeneigt.

Das wird Katharina Luther berichten. Sie bittet Barbara um Leintücher für sein Bett. Barbara gibt ihr noch eins von Cranachs feinen Unterhemden mit.

»Nimm die Magd mit. Sie soll dir beim Aufräumen helfen und ihm die Stube heizen. Es wird ihm guttun.« Nach einer Weile setzt Barbara leise hinzu: »Und dir auch.«

Katharina findet Luther in seinem Turmzimmer. Er sitzt am Tisch und schreibt. Alles um ihn herum ist voller Papier und Bücher, die Bänke, die Konsolen, die Schemel. Zwei Schüler und der Prior Brisger sind bei ihm.

Luther ist überrascht, daß Katharina ihm das Lager und ein Bad bereiten will. Er widerspricht aber nicht, scheint sogar erfreut.

Die Magd sieht sich um in der Stube und in den Zellen. Sie schüttelt den Kopf: In so einem Elend haust der große Doktor Luther.

Katharina äußert sich nicht. Ihr kommt dieses Elend gar nicht ungelegen. Katharina fühlt in sich eine seltsame Gelassenheit, eine ruhige Zuversicht. Sie ist nicht in Hast, sie hat Zeit. Sie kann warten und wachsen lassen.

In den nächsten Wochen und Monaten wird es zur Gewohnheit, daß Katharina im Schwarzen Kloster für das Nötigste sorgt.
Einmal verspätet sie sich. Nicht nur, weil sie im Haus aufgehalten wird. Da schickt Luther einen Schüler: Ob die Jungfer Katherin erkrankt sei?
Barbara und Katharina schauen sich an.
Katharina rafft ihren Korb und beeilt sich, ins Schwarze Kloster zu kommen. Sie läuft die Straße hinunter, spürt, daß die ärgste Kälte gebrochen ist. Der Frühling kommt, und nichts wird bleiben, wie es ist. Alles verändert sich, und diesmal muß es sich zu Katharinas Gunsten verändern. Sie ist jetzt fast zwei Jahre in Wittenberg, kennt sich aus in den Straßen, aber auch in den Gassen. Sie kennt viele Bauern. Sie stöhnen unter der Fron, dem Joch der Leibeigenschaft. Oft hat Katharina gesehen und gehört, daß die Frauen und die Kinder am meisten leiden. Der Bauer, verzweifelt und hoffnungslos, gibt seine Pfennige fürs Bier. Für die Seinen bleiben nur noch Grobheiten und Schläge.
Luther, der die gemaßregelt hat, die die Bauern quälen, die Pfaffen, die Herren, die Fürsten, Luther hat für sie das Evangelium geschrieben. Er hat die Papisten verjagt, er hat gesagt, daß die

Letzten die Ersten sein sollen. Die Bauern wollen das alte Recht, das göttliche Recht. Und nicht mehr den großen Zehnten von der Kornernte, den lebendigen Zehnten von Pferden, Füllen, Kälbern, Lämmern, Schweinen. Nicht mehr den kleinen oder toten Zehnten von Heu, Hopfen, Erd- und Heidelbeeren. Und nicht mehr geben wollen sie beim Tod des Familienvaters das Besthaupt, die beste Kuh oder das beste Pferd... Sie wollen fischen und Krebse fangen in ihren Weihern und auch mal ein Wildpret erjagen...
Überall auf den Gassen, auf dem Markt, in den Augen des Gesindes, das viel Verwandtschaft auf dem Lande hat, überall ist zu spüren, daß die Bauern sich auf den Weg machen. Dran, dran, dran. Freie Weide, Wasser, Wald, dran, dran, dran. Die Bauern stehen auf im Namen Gottes. Sie folgen Thomas Müntzer, der ihnen in flammenden Reden klargemacht hat, daß sie die Auserwählten Gottes seien. Luther dagegen (so Müntzer) schmeichle nur den Fürsten. Müntzer, der erst auf Empfehlung Luthers in Zwickau ein Amt bekam, verkündet die »innere Erleuchtung«, die »persönliche Offenbarung«. Er wendet sich mit seinen Visionen an die Armen, die auch auf ihn hören. Da durch seine Predigten Unruhen entstehen, wird er aus Zwickau verjagt. Er flüchtet nach Allstedt, einer kleinen thüringischen Stadt. Dort findet er wieder Anhänger. Er schickt Sendboten mit seiner Lehre durchs Land.

Katharina weiß wenig von Thomas Müntzer. Nur, daß Luther ihn einen Schwarmgeist nennt. Katharina geht es vielmehr um die Bauern. Sie hat schon im Kloster mitbekommen, daß sie sträflich ausgenützt und geschunden werden. Sie hatte darüber schon häufiger mit Muhme Lene gestritten, die dann jedesmal sagte: »Den Bauern mußt du drücken, sonst drückt er dich.« Dieser Gedanke hat Katharina jedesmal empört. Am liebsten würde sie mit den Bauern marschieren.

Doch sie fürchtet den Krieg. Seit sie denken kann, haben ihr die Nonnen, die Mägde und Knechte im Kloster, und jetzt das Gesinde der Cranachs Schreckensbilder vom Krieg gemalt.

Luther sieht sie selten. Er reist kreuz und quer durch Thüringen. Er fürchtet, der Bauernkrieg könne das Gebäude seiner Reformation zum Einsturz bringen, noch ehe es fertig ist. Täglich kommt ihm Kunde, wie Thomas Müntzer ihn beschimpft. Müntzer nennt ihn Bruder Mastschwein, Bruder Sanftleben. Lügner, Stocknarr, tückischer Kolkrabe, gottloser Schelm, Vater Leisetritt, Basilisk, Erzheide, unverschämter Mönch, Erzbube. Und: ›Schlaf, liebes Fleisch, ich röche Dich lieber gebraten durch Gottes Grimm...‹

Katharina wundert sich, daß Luther auf diese Angriffe souverän reagiert. Dabei weiß sie, daß Luther Thomas Müntzer haßt. Müntzer, inzwischen verheiratet mit einer ehemaligen Nonne und Vater eines kleinen Sohnes, wird jeden Tag fanati-

scher. Er hat Gesichte und beruft sich auf innere Erleuchtung durch den Geist. Er braucht (so predigt er überall), weder die Bibel noch das Sakrament.
Luther sieht in Müntzer eine gefährliche Mischung aus mystischer Kontemplation und politischer Revolution.
Müntzer will die Reformation mit dem Schwert. Er lehrt die Bauern den Landsknechtsruf »Dran! Dran! Dran!«

Katharina hilft Luther, sich für die Reise zu rüsten. Sie hat ihm ein paar Fladen gebacken und bringt eine lederne Weinflasche. Sie hört, wie Luther einen Brief an die Herzöge diktiert: ›Dieser Müntzer, der Satan, hat sich zu Allstedt ein Nest gemacht.‹
Luther will durch Thüringen reisen und gegen die Schwarmgeister predigen. Er sieht, daß sein Evangelium gefährdet ist. Gerade jetzt, wo das Wort durch Deutschland läuft und siegreich ist ohne einen Schwertschlag.
Jedesmal, wenn Luther von seinen Predigten zurückkommt, ist er niedergeschlagen, zornig. Die Menschen in den Kirchen empfingen ihn stumm und mißtrauisch. Andere fluchten ihm, legten ihm ein verstümmeltes Kreuz auf die Kanzel.
Die Bauern sind enttäuscht von Luther. Seine Ermahnung zum Frieden können sie nicht begreifen. Schlimmer noch, daß er ihnen empfiehlt, sich

auch ungerechter Obrigkeit zu fügen. Luther droht: ›Wer das Schwert nimmt, der soll durch das Schwert umkommen.‹

Die Fürsten und Herren sind Luther ebenfalls gram. Luther hat ihnen vorgehalten, daß sie ihr Amt mißbraucht, ihre Fürsorge- und Schutzpflicht gegenüber ihren Untergebenen verletzt haben. ›Gottes Zorn wird über Euch kommen...‹

Luther ist hilflos, zum erstenmal. Gegen schreiendes Unrecht, das den Bauern zugefügt wird, ist mit Gebet und Disputation nicht beizukommen. Andere Waffen hat Luther aber nicht.

Auch Luthers Freunde kommen nur noch selten ins Schwarze Kloster. Katharina sieht Luther oft grübelnd am Schreibtisch sitzen oder ziellos auf dem Klosterfriedhof auf- und abgehen. Sie sieht es und fühlt eine unbestimmte Zuneigung, ein Mitgefühl für den Geächteten, der seinen Kampf in absoluter Einsamkeit führt.

In der Nacht pocht Brisger ans Cranachsche Tor.

»Martinus ist krank, kommt schnell.«

Cranach fährt in die Stiefel, Katharina wickelt sich in ihr Umschlagtuch. Sie rennen zum Schwarzen Kloster. Luther ist in seiner Kammer, eine Kerze wirft Schatten. Der Kranke wälzt sich schweißnaß und stöhnend auf dem Lager, schreit auf, krallt seine Fingernägel in den weißen Verputz der Wand.

Die Nieren. Katharina kocht einen großen Topf

Tee und bittet Brisger, vom Brunnen viel Wasser zu holen. Sie nötigt Luther wieder und wieder, viel Tee zu trinken. Außer sich vor Schmerz gehorcht der Kranke. Als seine Kolik ein wenig nachläßt, bittet Katharina ihn, die Treppe zum Obergeschoß hinaufzuspringen und wieder herunter. (Diese Therapie hat sie im Kloster Marienthron kennengelernt, wo die Sakristanin an Nierensteinen litt.) Luther tut, was Katharina ihm vorschlägt. Währenddessen breitet sie ihm frische Laken aufs Bett. Cranach stellt einen Badezuber bereit.

Tatsächlich fühlt sich Luther bald besser, vor allem das Bad erfrischt ihn.

Cranach geht wieder nach Hause, Katharina bleibt bei Luther.

Der Kranke liegt jetzt ruhig, nur manchmal stöhnt er leise. Katharina sieht sein erschöpftes Gesicht, wischt ihm behutsam die feinen Schweißperlen von Stirn und Oberlippe. Luther sieht wie ein Kind aus. Traurig, verletzbar, allein. Katharina, die seit langem weiß, daß sie Luther für sich gewinnen will, sie, die bereit ist zu jeder List, schämt sich vor seiner Wehrlosigkeit. Tief in sich spürt sie den Wunsch, eine Brücke zu bauen zu diesem einsamen schmerzgepeinigten Mann, der im Schlaf seine reine, kindliche Seele offenbart. Katharina weiß, sie wird zum Ufer seiner Seele schwimmen, gleichgültig, wie weit entfernt sie heute noch davon ist.

Leise streichelt sie seine Hände.
Plötzlich spürt sie, daß Luther wach ist. Daß er sie anschaut. Sie sieht ihn auch an. Zwei einsame Menschen. Als Katharina seinen Blick nicht mehr aushält, senkt sie den Kopf, bis ihr Mund sacht seine Wange berührt. Sie bleibt über ihn geneigt, bis er seine Arme fest um sie schließt.
Katharina liegt still. Sie hört sein Herz. Sein gleichmäßiger Schlag hat etwas von der Ruhe, die an die Gestirne erinnert. An die Sterne des Nachthimmels mit ihrem immer gleichen Gang. In ihrer unbeirrbaren Ordnung ziehen sie ihre Bahn am Firmament. Sie sind eins mit der unendlichen Größe, die sie hält und schützt. Sie sind eins mit den unabänderlichen Gesetzen allen Lebens.

# IV

Es ist der 5. Mai 1525. Katharina näht gerade an neuen Beinlingen für die Cranachschen Söhne. Barbara sitzt am Spinnrocken. Da stürzt Cranach in die Wohnstube: »Der Kurfürst Friedrich ist gestorben. Unser gütiger Herr ist tot.«
Auch Katharina erschrickt zutiefst. Martinus! Wie muß diese Nachricht ihn treffen! Er verdankt dem Kurfürsten sein Leben. Kurfürst Friedrich von Sachsen hat durchgesetzt, daß Luther in Deutschland verhört wurde und nicht in Rom (was damals für den Mönch, wenn er nicht widerrufen hätte, Klosterhaft oder Scheiterhaufen bedeutet hätte). Der Kurfürst brachte den Geächteten auf der Wartburg in Sicherheit.
Katharina hat Kurfürst Friedrich mehrfach in Torgau und Wittenberg in der Kirche gesehen. Wie prächtig er war. Ein starker Kräuselbart verdeckte fast den vollen weichen Mund. Kluge dunkle Augen schauten abwesend, in sich gekehrt. Mit seinem kunstvollen Barett und dem pelzgeschmückten Wams verbreitete der Kurfürst eine Aura von Macht, Zuverlässigkeit, Güte, Verstehen. Katharinas Herz gehörte ihm, seit sie den

offenen Brief gelesen hatte, den er wegen des Bauernaufstands im April an seinen Bruder geschrieben hatte:
›... vielleicht hat man den armen Leuten zu solchem Aufruhr Ursache gegeben, ... So werden die Armen auf viele Weise von uns weltlichen und geistlichen Obrigkeiten beschwert...‹
Heilige Mutter Gottes, wer wird jetzt Luther beschützen? Werden jetzt alle ihre Pläne zunichte?
Voll heimlicher Angst geht Katharina zum Schwarzen Kloster. Justus Jonas ist dort, Melanchthon, Bugenhagen und Veit Dietrich.
Katharina macht sich in der primitiven Küche zu schaffen, bis die Männer weggehen. Dann stürzt sie zu Luther, der sie beruhigend in die Arme nimmt. Katharina klammert sich angstvoll an ihn. Doch Luther beruhigt sie. Nein, er hat keine Angst um sein Leben. Katharina soll auch keine Angst haben. Nicht um ihn und nicht um die Zukunft. Heiraten werden sie beide, dem Teufel zum Trotz.
Katharina ist unendlich erleichtert. Jetzt hat sie keinen Zweifel mehr an Luthers Versprechen, sie zur Frau zu nehmen. Sie hat sich eines Tages dieses Versprechen von ihm geholt. Die Idee, Luther notfalls um seine Hand zu bitten, ist Katharina im Winter, genau an ihrem sechsundzwanzigsten Geburtstag, gekommen. Richtiggehend in Panik geraten ist sie da. Wie alt soll sie denn noch werden – ohne Mann, ohne Familie, ohne Zukunft?

Dann hat sie den Gedanken als ungeheuerlich immer wieder verworfen. Nein, Luther muß schon den ersten Schritt tun. Lenken will sie ihn dahin, sie tut schließlich alles dazu, aber ihm die Heirat vorschlagen – unmöglich!
Irgendwann tut sie es doch. Vor dem Nachhausegehen sagt sie Luther, daß sein Nachtmahl auf dem Ofen bereitstehe. Und plötzlich hört sie sich hinzufügen: Ich meine, Ihr solltet mich heiraten.
Katharinas Herz klopft, sie spürt, wie ihr das Blut in den Kopf steigt. Gleichzeitig erwacht auch ihr Trotz. Was hat sie schon zu verlieren? Und er – er kann nur durch sie gewinnen! Wenn er doch den Mund aufmachen wollte!
Doch Luther schweigt. Er hat weitergeschrieben und dann hochgeschaut mit seinem aufmerksamen Blick. Dann hat er ein wenig lahm gelächelt und gefragt, ob die Jungfer Katharina von Siena ihm denn erlaube, die Sache einmal zu überschlafen.
Wortlos ist Katharina weggegangen. Als sie aus dem Klosterhof auf die Straße treten will, hört sie hinter sich Schritte.
»Katharina!« Es ist Luther, der sie am Arm faßt und leicht zu sich zieht. Er sagt ihr, daß er ihren Vorschlag annehme. Sogar sehr gern annehme. Dabei tanzen Lichter in seinen Augen.
Die Einwilligung seiner Eltern hat Luther dann im April eingeholt. Er ist eigens nach Mansfeld gereist und seine Eltern haben Katharina grüßen las-

sen. Sie werden zur Hochzeit kommen. Gott sei Dank. Es ist Katharina durchaus klar, daß die alten Luthers so ziemlich die einzigen Menschen sind, die sich über die Hochzeit Luthers mit Katharina von Bora freuen. Der entlaufene Mönch und die entlaufene Nonne! Selbst Luthers engste Freunde sind entsetzt. Sie wünschen sich zwar, daß Luther heiratet, aber nicht Katharina soll es sein, eine andere!

Doch Katharina kennt inzwischen ihren Martinus. Widerstände machen ihn nur noch zielstrebiger. Sie weiß, wenn nicht aufständische Bauern oder wütende Fürsten ihn erschlagen, wird er zu seinem Wort stehen, das er ihr gegeben hat.

Katharina hat sich eine andere Hochzeitsmusik gewünscht als das Klirren der Lanzen und Hellebarden, das Schreien der Verwundeten. Im März, April noch sind die Bauernhaufen siegreich gewesen. Sie haben weite Gebiete unterworfen und verheert. Hunderte von Klöstern verbrannt, Mönche und Nonnen ermordet und geschändet. Sie haben Burgen gebrochen und geplündert. Auch Grafen und Ritter sind mitgezogen, um Beute zu machen (später sagen sie, sie seien dazu gezwungen worden).

Niedermetzeln, Brennen, Sengen, das sind die Fanfaren dieses Frühlings 1525. Aus Augsburg kommen die zwölf Hauptartikel, in denen die Bauern verzweifelt versuchen, ihre Forderungen zu verteidigen, die von Altgläubigen jetzt eilfertig als die bösen Früchte des Neuen Evangeliums verleumdet werden. Nein, betonen die Bauern ausdrücklich; nicht das Evangelium ist die Ursache, sondern der Teufel, der das Wort Gottes unterdrückt, das Liebe, Friede und Einigkeit lehrt. Und: Hat er die Kinder Israels erhört, die zu ihm schrien, und sie aus der Hand des Pharao befreit? Kann er nicht auch heute noch die Seinen retten? Ja, er wird sie erretten. Und in Kürze!

Die Bauern sind voll Mut und Hoffnung und Haß. Nicht wenige der Grafen und Herren ziehen vor den Bauern den Federhut, salutieren der Bauernfahne, machen alle Versprechungen (um später die Besiegten um so grausamer zu fronen). Und: So gerecht die Sache der Bauern ist, die Mittel, die sie anwenden, sind oft genug vom Teufel.

Der Postreiter bringt aus dem Württembergischen die Kunde, wie die Bauern unter den Edelleuten gehaust haben. Er berichtet: »Der Graf von Weinsberg ist mit vielen Edelleuten in die Stadt gegangen. Die Bauern erstürmten daraufhin das Schloß so schnell, daß die Grafen nicht rechtzeitig zurückkehren können. Also fangen die Bauern die Gräfin und ihre Kinder und plündern das Schloß. Dann ziehen sie vor die Stadt. Die Weinsberger, gut bäurisch, öffnen ihnen die Tore.

Da ist es, als sei Luzifer mit all seinen Engeln losgelassen. Die Bauern toben wie besessen. Graf Dietrich von Attenberg flieht in die Kirche und auf den Turm. Als er von oben redet und den Bauern viel Geld verspricht, schießt einer auf ihn. Und andere rennen auf den Turm und werfen den Grafen zum Laden hinaus. Danach führen sie dreizehn Edelleute, darunter den Helfenstein, Sturmfeder, Eltershofen und Ruchzingen auf einen Akker nach Heilbronn. Da machen sie einen Kreis und jagen die Wohlgeborenen mit ihren Knechten durch die Spieße, vierundzwanzig Mann. Der Graf von Weinsberg bietet ihnen an, ihnen eine Tonne Geld zu geben. Sie sollen ihn leben lassen. Es hilft nichts. Als der Graf das sieht, steht er stocksteif, bis sie ihn erstechen. Der Eltershofen geht mit ausgestreckten Armen in den Ring und gibt sich willig in den Tod. Gegen jede Kriegsordnung haben die Bauern die Edlen durch die Spieße gejagt, danach nackend ausgezogen und liegengelassen. Gott der Allmächtige sei uns gnädig. Danach haben die Bauern das Schloß angezündet und sind weiter nach Würzburg gezogen.«

Nein, es ist kein liebliches Hochzeitslied, das die Bauern Luther und Katharina von Bora singen. Katharina weiß, daß Luther ständig damit rechnet, von den Aufständischen erschlagen zu werden. Seine Furchtlosigkeit und Gelassenheit bewundert sie. Doch es erfüllt sie mit Zorn, daß er sich nicht vorsichtiger verhält, sich nicht verbirgt. Was soll aus ihr werden, wenn sie Luther umbringen? Eines weiß Katharina: Sollten sie Luther durch die Spieße jagen, wie es ihm Thomas Müntzer wünscht, dann wird sie mitgehen.

Der Landknechtsruf im Nahkampf: »Dran! Dran! Dran!« kommt immer näher. Thomas Müntzer und Heinrich Pfeiffer, ein ehemaliger Mönch, der in der Stadt Mühlhausen gepredigt und viele Anhänger hat, die beiden Bauernführer haben ein Heer gesammelt. Thomas Müntzer schreit, daß es durch ganz Thüringen hallt: ›Dran, dran, dieweil das Feuer heiß ist. Laßt Euer Schwert nicht kalt werden. Schmiedet pinkepanke auf den Ambossen Nimrods. Dran, dran, solange ihr Tag habt!‹
Luther ist außer sich vor Zorn. Wieder zieht er durch Thüringen und den Harz, zieht von Ort zu Ort, predigt in den Kirchen. Die Ablehnung der Leute ist womöglich noch stärker geworden. Einmal wollen sie ihn von der Kanzel herunterholen. Zutiefst verstört, voll hilflosem Ingrimm, kehrt Luther schließlich nach Wittenberg zurück.
Ein Kanzlist, der ihn begleitet hat, berichtet Katharina noch im nachhinein empört und angstzitternd: »Wir sind mitten unter ihnen gewest. Ihr hättet die Gesichter sehen müssen. Riesige Nasen, glühende Augen, Münder, aus denen der Haß schäumt. Sie führen Schellen mit sich. Immer, wenn der Doktor Martinus zu predigen begann, haben sie die Schellen geläutet. Hätte nur einer von ihnen das Schwert gezogen, dann wäre das Gemetzel losgegangen.«
Dafür klirren die Schwerter und Lanzen jetzt im ganzen Land. Die Tage haben ihr rauhes Winter-

kleid abgelegt. Überall kommt zartes, junges Grün aus der Erde und aus den Ästen der Bäume. Doch alles wird ertränkt in Blut. In Württemberg, im Elsaß, in Franken, überall werden die zuerst siegreichen Bauern geschlagen. Die Henker beginnen ihr Werk. Die Grausamkeit der Söldner, die aus dem Feldzug von Pavia zurückfluten, übertrifft die der Bauernheere bei weitem. Das Dran! Dran! Thomas Müntzers ist in der Schlacht von Frankenhausen endgültig zum Schweigen gebracht worden. Fünftausend erschlagene Bauern kommen auf fünf Mann Verlust auf der Seite der Fürsten. Viele Einwohner Frankenhausens werden mißhandelt und getötet. Thomas Müntzer hat sich in einem Bauernhaus versteckt. Er wird entdeckt und gefangengenommen. Ebenso Pfeiffer. Auf sie warten die Daumenschrauben und die spanischen Stiefel. Nach brutalen Folterungen werden sie enthauptet, ihre Köpfe auf Pfählen vor der Stadt aufgesteckt.

Soviel Tod, soviel Blut.

Lucas Cranach berichtet zornbebend, daß der fränkische Bildhauer Tilman Riemenschneider wegen Unterstützung der Bauern von den Fürsten schwer mißhandelt worden ist. Sie haben ihm seine Hände zerschmettert.

Albrecht Dürer zeichnet in Nürnberg eine Gedächtnissäule für die geschlagenen Bauern. Er zeichnet auch die weinende Bäuerin, die verlassen und ohne Habe bei ihrem Spinnrocken sitzt.

Katharina kann alle diese Bilder nicht mehr fassen. Ihr Kopf ist leer. Zu leer zum Denken, zu leer zum Beten. Sie sehnt einfach nur den 13. Juni herbei, den Tag, an dem ihre Hochzeit sein soll.
Zu allem fehlt ihr Ave. Ave ist fortgezogen. Sie ist ihrem Mann an den Hof des Herzogs Albrecht von Preußen gefolgt, dessen Leibarzt er geworden ist.
Katharina schreibt an Ave.

›Gnade und Friede in Christo. Liebe Ave.
Hab Dank für Deinen Brief. Vor allem aber für den prächtigen Stirnreif mit der Blume aus Perlen. Niemals habe ich einen so herrlichen Schmuck gesehen. Nicht wahr, man trägt solches bei Hofe? Und nun schenkst Du ihn mir! Ach Ave, hab ich das verdient? Doch, wo es um Deine Person geht, bin ich reinen Herzens. Ich liebe Dich aufrichtig und Du weißt es. Aber was ist sonst? Wer bin ich, Ave? Die einen sagen, ich sei eine ränkesüchtige Nonne, die sich den Luther eingefangen hat. Der Simon Lemnius, der, den Martinus wegen Verleumdung Melanchthons von der Universität relegiert hat, er schreibt, daß Luther, der mich schon gebraucht habe, sich unbedingt von mir losmachen will. Daß er in Wahrheit Dir, Ave, oder einer Jungfer aus Magdeburg anhängt. Daß ich ihm aber nun über den Hals gekommen sei und ihn nicht mehr auslasse. Kein geringerer als Erasmus von Rotterdam posaunt in alle Himmelsrichtun-

gen, daß ich schon in wenigen Wochen ein Kind erwarte, weshalb wir jetzt rasch heiraten müßten...

Ave, wer bin ich denn nun wirklich? Bin ich, was die anderen von mir sagen, oder bin ich das, was ich selbst von mir weiß (und was Du von mir weißt)? Bin ich die stolze, hoffärtige, hinterlistige Nonne?

Oder bin ich die sehnsüchtige, unruhige, gefangene, liebebedürftige Katharina, zitternd vor Zorn über täglich neue Kränkung?

Wer bin ich, Ave? Bin ich vielleicht heute diese und morgen die andere? Bin ich beide zugleich?

Ave, der 13., mein Hochzeitstag, wird ein großer Tag in meinem Leben. Wohl der größte überhaupt. Gott segne Dich. Bete für Deine Katharina.

Zu Wittenberg am 8. Juni im Jahre 1525.‹

13. Juni 1525. Ein Dienstag. Dienstage sind gut zum Heiraten. So sagen sie. Katharina ist schon sehr früh erwacht. Sie hat unruhig geschlafen und wirr geträumt: Bekleidet mit ihrem Brautstaat geht sie zur Kirche. Alle Glocken läuten. Aus den Gassen kommen andere Bräute. Katharina sieht, daß es Ave ist, auch Ave Grosse und Margarete und Magdalena, Else und Laneta, alle gehen zur Kirche, ihren zukünftigen Mann am Arm. Plötzlich wird Katharina bewußt, daß sie alleine ist, daß sie ohne Luther zur Kirche geht. Man wird

mich nicht ohne ihn trauen, sagt sie sich und kehrt um. In ihrem Zimmer legt sie den Brautstaat ab und denkt, daß sie ihn der Magd schenken kann... Heilige Jungfrau, was kann der Traum bedeuten? Luther wird doch nicht...

Nein. Katharina schüttelt ihr Haar (es ist in den zwei Jahren nach ihrer Flucht lang und üppig gewachsen), sie kämmt es sorgfältig und scheuert dann die Zähne mit Kreidepulver. Das hat sie auch an dem Tag vor zehn Jahren so gemacht. Damals ist sie mit Gott verheiratet worden:

Fünfzehn Jahre alt ist Katharina, als sie und die anderen Kandidatinnen von der Sakristanin mit Brautgewändern geschmückt werden. Weiße lange Kleider tragen sie und einen Schleier mit Brautkranz. Als sie angekleidet sind, dürfen sie noch einmal zu ihren Angehörigen, um sich zu verabschieden. Von Katharinas Familie ist niemand da. Sie muß ohne den Segen der Eltern die große Entscheidung treffen. Entscheidung. Als ob Katharina die Wahl hätte. Sie ist nicht die einzige unter den Kandidatinnen, die eher im Zorn an ihr Elternhaus denkt: Gott geb ihm ein verdorben Jahr, der mich macht zu einer Nonnen.

Jetzt läuten die Glocken, die Bräute Christi treten aus der Klausur in die Kirche. Katharina fühlt sich wie eine Blinde, die im Dunkeln tappt. Doch eines begreift sie; sie muß sich heute weggeben an eine Gemeinschaft, in der sie schon lange lebt, zu der sie aber trotzdem nicht gehört. Ab heute muß sie sich mit dieser Gemeinschaft eins wissen und mit ihr sein wollen. Sie muß darauf verzichten, eigene Gedanken zu denken, eigene Wege zu gehen. Sie muß den Absichten und Wegen der Äbtissin folgen. Sie muß mitbeten, statt zu reden, sie muß gehorchen, statt über sich selbst zu verfügen. Katharina lehnt das in ihrem Innersten leidenschaftlich ab. Ihr fehlt dazu die Demut, sie sagen es ihr auch immer wieder: Dir fehlt die Gabe der Demut...

Katharina empfängt die Heilige Kommunion. ›Verzeih' mir, oh Herr, verzeih mir, süße Mutter Gottes.‹ Sie wirft sich – wie alle anderen – auf die Stufen des Altars nieder und beantwortet die Frage des Priesters: ›Was begehret Ihr?‹ Katharina im Chor mit den anderen: ›Gottes Barmherzigkeit und die des Ordens.‹ Dann reicht ihnen der Priester die brennende Kerze und das Kruzifix und gibt ihnen den neuen Namen. Katharina heißt nun Benedikta, zum Zeichen, daß die Welt ihre Tore schließt und sie in ein neues Leben hineingeht.

Jetzt kehren alle in die Klausur zurück. Auf dem Chor vollzieht sich der Einkleidungsakt. Katharina-Benediktas langes Haar fällt unter der Schere der Novizenmeisterin. Sie tauscht das weltliche Brautgewand gegen das geweihte Ordenskleid, den weißen Habit des Heiligen Bernhard.

Zehn Jahre ist das her. Für einen Moment ist es Katharina, als gehe ein Duft durch ihr Zimmer,

der Geruch des Klosters, den sie manchmal in der Kirche wieder wahrzunehmen scheint. Ein leiser, feiner Geruch nach Weihrauch, Wein und sauberem Leinen, der unverwechselbare Geruch des Katholizismus.
Katharina öffnet das Fenster. Es ist die Zeit der Heuernte. Sie sieht im Licht des Vormittags den weiten Anger, auf dem die Bauern mähen. Sie riecht den Duft des frischen Grases, sieht die Heuhaufen, die von den Frauen zusammengerecht werden und schon zu trocknen beginnen. Die Frauen haben weiße Kopftücher umgebunden, denn die Sonne steht schon hoch.
Barbara führt Katharina nach dem Mittagsmahl in eine Kammer. Dort ist Leinen aufgestapelt, Handtücher, Decken, Töpfe, Geschirr, Trinkbecher – eine großzügige Aussteuer von bestem Geschmack.
Katharina ist fassungslos, bleibt stumm. Barbara berührt leicht ihre Wange.
Katharina kleidet sich an. Über dem sorgfältig gebleichten Unterkleid trägt sie heute zum erstenmal ein eng anliegendes Mieder und einen weiten Rock aus feinstem roséfarbenem Tuch, innen mit blauseidenen Blenden. Es fällt vorne weit auf und läßt das weiße Unterkleid sehen. Barbara steckt Katharinas Haare hoch und drapiert ein Stück leichter, spinnwebfeiner Seide über den Stirnreif, Aves Geschenk zur Hochzeit.
Katharina tritt vor den Spiegel. Sie sieht eine hohe

glatte Stirn, die Augenbrauen bilden einen weiten Winkel über der geraden, schmalen, ziemlich langen Nase. Der Mund ist eher klein, aber fein gezeichnet. Fest geschlossen ist er, ein vorsichtiger Mund, aber die Mundwinkel zeigen nach oben.
»Wäre ich ein Dichter, würde ich dir singen, daß du schön bist wie ein Engel, wie ein Garten voll blühender Blumen.« Cranach ist hinter Katharina getreten und schaut sie im Spiegel an. Neben seinen bewundernden Augen fühlt Katharina für einen Augenblick, daß sie schön ist. Das wird der Schleier sein.
Cranach nimmt sie bei den Schultern, er sieht sekundenlang verzweifelt aus: »Ich kann deine Schönheit nicht malen, ich kann es nicht. Weil Dein Charakter stärker ist als deine Schönheit, deshalb kann ich dich nicht malen.«
Lucas Cranach und Barbara begleiten Katharina die wenigen Schritte ins Schwarze Kloster, wo die Hochzeit gegen Abend stattfinden soll. Das Ehepaar nimmt Katharina in die Mitte, das Gesinde, bepackt mit der Aussteuer, folgt. Die Wittenberger schauen dem Zug mit großen Augen nach. Gleichzeitig mit der Braut trifft der Schloßprobst Justus Jonas im Schwarzen Kloster ein. Er drückt Katharina kurz an sich und übermittelt ihr Glückwünsche von seiner Frau. Johann Bugenhagen kommt angehastet, mit ihm der Jurist Johann Apel. Diese drei. Luther hat Melanchthon nicht eingeladen. Katharina hat Luther darum gebeten,

da Melanchthon zu den Leuten gehört, die über diese Eheschließung ein hartes Urteil fällen.
»Seid stark in dem Herrn und in der Macht seiner Stärke«, predigt Bugenhagen aus Epheser 6. »Vor allen Dingen ergreifet den Schild des Glaubens, mit welchem ihr auslöschen könnt alle feurigen Pfeile des Bösen, und nehmet den Helm des Heils und das Schwert des Geistes, welches ist das Wort Gottes.«
Als ranghöchster Geistlicher Wittenbergs und engster Berater Luthers nimmt Bugenhagen auch die Trauung vor. Er legt die Hände der Brautleute zusammen. Luthers Trauring (ebenso wie der Katharinas ein Geschenk des Kurfürsten) ist ein goldener Doppelreif mit hohem Kästchen, in dessen obere Fläche ein Diamant, das Sinnbild fester Treue, und ein Rubin, das Sinnbild reiner Liebe, eingelassen sind. Das Kästchen sowie der Doppelreif können auseinandergeschoben werden. Man sieht dann innen die Buchstaben MLD, Martin Luther Doktor. Unter dem Rubin sind die Buchstaben CVB, (Catharina von Bora) eingraviert. Auf den beiden Reifen steht inwendig: Was.Gott. zusammen.füget.soll.kein.Mensch.scheiden. Katharinas Ring hat in der Mitte einen Rubin. Im Reifen steht: D. Martinus Lutherus, Catharina v. Bora, 13. Juni 1525.
Katharina steckt Luther den Ring auf, er trägt ihn neben dem goldenen Doktorring. Als Luther ihr den Ring auf den Finger schiebt, fühlt sich

Katharina einen Moment ermattet. Wie nach einem langen Lauf. Sie hat ihrem Dasein einen Inhalt gegeben. Ob es einen Sinn hat oder je haben wird, darüber hat Katharina bislang nicht nachgedacht, und sie will das auch in Zukunft nicht tun. Sie hat keine Wahl, sie hat noch niemals wählen können. Nicht, als sie Christus anvermählt wurde, und heute auch nicht. Und sie weiß, daß es Luther ähnlich ergeht. Auch er hat Katharina nicht freiwillig gewählt, wer wüßte das besser als sie? Doch jetzt sind sie in Gottes und Jesu Christi Namen und im Beisein der höchsten Geistlichkeit Wittenbergs getraut. Punktum. Jetzt ist sie Katharina Luther. Sie muß es nur noch ganz zu Ende bringen.

Die Eheleute müssen jetzt nach alter Sitte das Brautlager aufsuchen, um im Beisein der Trauzeugen die Ehe zu vollziehen. In der Schlafkammer brennen drei Kerzen, sie geben ein sanftes, verhüllendes Licht. Katharina hat schon beim Ringwechsel gespürt, daß Luther unruhig ist, seine Hände haben gezittert. Als sie jetzt eng bei ihm liegt, hört sie wieder sein Herz klopfen. Diesmal aber schlägt es hart, wie nach einer großen Anstrengung oder wie vor Angst.

Luther ist ganz Mönch. Katharina ist niemals ganz Nonne gewesen. Sie fragt sich auch nicht, ob die Anwesenheit der Zeugen ihr hinderlich ist. Sie weiß nur, daß sie ihrem Mann jetzt helfen muß und will. Daß es aus guten Gründen gerechtfertigt sein wird. Als dann der leise Schmerz kommt, atmet sie auf. Und sie ahnt, daß völlig unerschlossene Gebiete, unbekannte Reichtümer in dem liegen, was sie bislang eher gefürchtet als ersehnt hat...

Katharina erwacht sehr früh. Immer, wenn sie nur wenig ißt, und gestern hat sie kaum essen mögen, wacht sie am nächsten Tag früh auf. Luther neben ihr schläft noch fest. Er hat sich auf die Seite gerollt und so fest zugedeckt, daß nur sein verwuscheltes Haar zu sehen ist.

Leise steht Katharina auf und geht in die Küche, die eher eine Rußkammer ist. Wohl die Ruine dessen, was sie früher doch einmal gewesen sein muß, als immerhin vierzig Mönche im Kloster lebten. Jetzt ist sie jedenfalls leer und schmutzig. Außer der einen Feuerstelle am Herd ist nichts mehr vorhanden. Die Magd hat ausgekehrt, immerhin. Katharina seufzt, als ihr das Feuerschlagen nicht gelingt. Sie denkt an Barthel, der bei Cranachs die Öfen heizt. Wie geschickt er ist. Und erst der Hellenheißer im Kloster Marienthron. Katharina sieht ihn förmlich, wie er, ständig beladen mit klobigen Holzscheiten, durch die Gänge des Klosters eilt.

Jetzt, das Reisig hat Feuer gefangen. Während die Flämmchen immer lebendiger und größer werden, sucht Katharina in ihrem Gepäck nach dem Zahnpulver. Kräftig reibt sie sich die Zähne ab und kämmt dann gründlich ihr Haar. Dabei beugt

sie den Kopf nach vorn. In dieser Haltung, glaubt Katharina, kann sie am besten denken. Als erstes wird dieser gestampfte Lehmboden, auf dem sie steht, Stein- oder Keramikfliesen bekommen. Alles andere ist Stückwerk. Schon das bißchen Zähnespülen und Waschen hat eine schmutzige Lache verursacht. Also, die Küche muß gefliest, die Wände gekalkt werden. Ein Kamin muß her gegen den Rauch, ein Backofen muß her fürs Brot. Und eine Badestube ist dringend notwendig. Wo haben bloß die Augustiner gebadet? Lediglich einen Badezuber hat Katharina in einer Zelle gefunden. Wieder denkt sie seufzend an Cranachs Haus und an Marienthron. Im Schwarzen Kloster auf den Abtritt zu gehen, erfordert schon einigen Mut. Ein lockerer Balken über der Grube. Viel lieber würde sie ins Freie verschwinden. Aber noch sind Brisger und Sieberger im Haus, und wer weiß, welche Augen das Schwarze Kloster noch beargwöhnen.
Also, dafür wird Katharina als erstes sorgen. Unter dem bestialisch stinkenden Abort muß eine Wasserleitung fließen, die den Unrat wegschwemmt. Alles andere ist unerträglich. Katharina will, wie sie es aus Marienthron kennt, Blei- und Holzleitungen legen lassen, durch die das Wasser zum Kochen und Waschen in die Küche geleitet werden kann. Sie will eine Kammer für die Vorräte, sie will, sie will, sie will...
Für einen Moment ist ihr, als müßte sie eine jäh

vor ihr aufragende Felswand hinaufklettern mit nackten Füßen. Sie fühlt sich klein und hilflos und zaghaft. Doch nur einen Moment. Dann ist ihr allzeit bereiter Zorn zur Hand und stemmt ihr die Hände in die Hüften.

Ich bin jetzt Katharina Lutherin. Nicht mehr die untätige Braut Christi, nicht mehr die fügsame Haustochter Cranachs. Und siehe, Wittenberg, ich komme über dich. Ich werde dir zeigen, was es heißt, einen Doktor Martin Luther in deinen Mauern zu haben. Den großen, weltberühmten Reformator, der dir die Universität zum Bersten füllt, deine Professoren, deine Drucker, deine Maler reich und dir die Stadtsäckel prall macht. Ihr Ratsherren, die ihr euch mit meinem Martinus schmückt, ihr habt ihn hier im Dreck hausen lassen. Aber damit ist jetzt genug. Ich will euch lehren, daß ihr den Doktor Luther nicht länger geschenkt bekommt.

Ihre Pläne beflügeln Katharina. Sie hantiert und klappert herum und bemerkt gar nicht, daß ein Mann verschlafen und offenbar ratlos in die Küche geschlurft ist. Wolfgang Sieberger, Luthers Famulus. Er hat sich bislang immer versteckt, wenn Katharina mit der Magd ins Kloster gekommen ist. Er fürchtet Frauen, er fürchtet Arbeit, er fürchtet alles, was sich schnell bewegt. Doch auch er braucht am Morgen etwas zu essen, und überhaupt bleibt die Frau Doktorin ja jetzt da. Und so tritt er mit einer Art Verbeugung zur Seite, als Ka-

tharina ihren Aussteuer-Hausrat auf die staubigen Simse stellen will.
»Nun, Wolf, wollt Ihr mir helfen, das Frühmahl zu rüsten?«
Das will Sieberger eigentlich nicht, aber was hilft es? Er, der eigentlich für die Tintenhörner zuständig ist, für die Federn, die Messer zum Radieren, er, der dies schon als Last und Beschwernis empfindet, sieht sich mit einemmal Mehl sieben. Gleich zweimal soll er das machen. Danach will er sich aus der lärmerfüllten Küche davonschleichen. Doch Katharina weist ihn freundlich an, wie er das Mehl mit Salz und Milch zu einem Teig verschlagen soll. Heiliger Augustinus, was für ein Tag!
Katharina erklärt ihm, daß Luther die Trauzeugen des gestrigen Abends zum Frühmahl geladen hat:
»Wenn Ihr mir nicht helft, Wolf, dann sitzen die Herren vor dem leeren Tisch!«
Und wenn schon. Ihn, Wolfgang Sieberger, würde das nicht stören. Viel lieber nähme er sich jetzt einen Kanten Brot und einen Becher Milch und hätte seine Ruhe.
Doch Katharina tauscht in Gedanken schon seine schmutzigen Fetzen gegen neue Kleider. Sie wird dafür sorgen, daß er ordentliche Beinlinge bekommt und ein Wams.
Seufzend stellt Katharina fest, daß es etwas anderes ist, vom wohlgefüllten Cranachschen Hause

aus einen Junggesellen zu versorgen, als in einer völlig desolaten Küche ein Frühmahl für vornehme Gäste zu richten. Es fehlt überall. Nicht einmal Milch und Eier sind da. Ob der Wolf für sie zum Markt geht?
Auch das noch. Aber lieber als diese Geschäftigkeit ist ihm ein Spaziergang zum Markt immer noch.
»Wo ist das Haushaltsgeld, Wolf?«
Er bringt eine schwarze Kassette aus Eisen. Sie ist leer.
Katharina schaut Wolf ratlos an. Der kratzt sich am Kopf, hebt die Schultern. Kein Geld – das ist Alltag im Schwarzen Kloster.
Katharina geht zu Luther. Es ist Zeit, daß er wach wird. Im Bett ist er nicht mehr.
Schließlich findet Katharina ihn in seinem Turmzimmer. Hat er sie nicht kommen hören? Jedenfalls sucht und wühlt er in Sermonen und Traktaten herum. Als Katharina ihn an der Schulter berührt, bringt er nur ein: Ach, Ihr seid es? heraus. Katharina spürt seine Verlegenheit, der sie sich auch nicht ganz entziehen kann. Sie hat jedoch keine Zeit, sich damit zu befassen, in längstens einer Stunde werden die Gäste da sein. Ich brauche Geld, sagt sie deshalb barscher, als es vielleicht einer Braut am Morgen nach der Hochzeit angemessen ist.
»Geld? Ach so, ja, nun, wo haben wir denn...«
Wieder beginnt ein Suchen. Bücher werden hoch-

gehoben, Schriften, Rollen. Katharina sucht mit. Und tatsächlich, in diesem Verhau finden sich zwei Groschen, acht Pfennige, die Katharina dem mehlbestäubten Famulus in die Hand drückt.
Katharina hat mit Barbara schon längst besprochen, was es zum Frühmahl geben soll. Die meisten Vorräte sind aus dem Cranachschen Haus gekommen. Im Mörser zerdrückt Katharina Mandeln für die von ihr sehr geliebte Mandelmilch. Gedarrte Weizenkörner werden gekocht und mit Butter und Zimt angerichtet. Heiße Fladen gibt es mit gesüßtem Rahm, dazu in Honig eingekochte Weichseln vom letzten Jahr.
In der Pfanne liegen acht Täubchen, die in Butter gebraten werden. Katharina hustet wegen des Rauchs, sie hat das Gefühl, als platze ihr der Kopf vom ständigen Hantieren über dem Herdfeuer. Und der Wolf kommt nicht vom Markt zurück.
Katharina steckt schließlich den Kopf in den Badezuber. Das tut gut. Da poltert es an der Tür – zwei Burschen bringen einige Kannen mit Wein. Vom Rat der Stadt – sagen sie und poltern wieder davon.
Na also, denkt Katharina und wischt sich das Wasser aus dem Gesicht.
Als die Gäste gegen die elfte Stunde kommen, ist alles parat. Justus Jonas, Bugenhagen, Apel und Lucas Cranach setzen sich zu Tisch, während Barbara Katharina beim Anrichten der Speisen hilft. Luther sagt, daß die offizielle kirchliche Hochzeit,

zu der auch seine Eltern, Spalatin, Koppe, Amsdorf und Link kommen sollen, am 27. des Monats, auch an einem Dienstag, sein soll. »Ich hoffe, daß dann die Engel lachen und die Teufel weinen«, sagt Luther sarkastisch. Und: »Nun sind ja die Herren, die Pfaffen und die Bauern gegen mich. Wohlan, wenn sie denn toll und töricht sind, will ich sie noch toller und törichter machen.«

Trotz, Aufbegehren, Protest – das ist Luthers Stimmung. ›Den Lästerern‹, so sagt er, ›habe ich jetzt das Maul gestopft durch meine Ehe mit Katharina von Bora.‹

Ein Irrtum. Sie schreien noch jahrelang. Selbst der mordlustige Heinrich VIII. von England wirft Luther vor, daß er eine von Gott geheiligte Nonne geschändet und andere dazu verleitet hätte. Im Nachbarstaat Sachsen hält ihm Herzog Georg der Bärtige vor, der Stachel des Fleisches habe ihn verlockt, eine schöne Eva habe ihn verführt. Seine Wittenberger Mönche habe er nur deshalb aus dem Kloster verjagt, damit er mit seiner Katharina alleine darin in fleischlicher Wollust schwelgen könne. Genau so grotesk sind die Verleumdungen und Vorwürfe, die von den Bischöfen und vom Päpstlichen Stuhl in Rom erhoben werden, dort, wo es von unehelichen Kindern und Konkubinen nur so wimmelt. Luther erbost sich immer neu über diese Spiegelfechterei:

›Denn sie wissen selbst ganz gut, daß sie nicht genug Schweinekastrierer haben können, um alle Pfaffen zu kastrieren. Es liegt zutage, daß es wenig Pfaffen gibt, die, wenn sie nicht kastriert werden, keusch leben können, so gern sie es täten. Die Bischöfe und Domherren stellen diese Forderungen, obwohl sie wissen, daß sie nicht durchführbar sind. Und sie selbst wollen ihre schändliche Hurerei nicht lassen. Sie sind die allergrößten Hurenjäger. Das bedarf keines Zeugen: Sie treibens unverschämt vor aller Welt, und dabei wollen sie andere Leute zur Keuschheit zwingen...‹

Katharina weiß nicht so recht, was (außer daß er zornig ist) in Luther wirklich vorgeht. Sie ist zwar jetzt seine Frau, zweifellos. Seit genau zehn Tagen leben sie zusammen im Schwarzen Kloster. Sie sind beieinander, doch zwischen ihnen ist viel Raum. Sie reicht Luther den Becher mit Wein, doch er schaut ihr nicht in die Augen. Sie reicht ihm das Brot, und er dankt ihr, schaut sie aber nicht an.

Machen das die Nächte, in denen er sie umarmt? Wenn das so ist, wünscht Katharina sie zum Teufel. Ihr wäre es lieber, Luther hätte wieder die ruhige Freundlichkeit, mit der er ihr früher begegnet ist. Seine Fürsorglichkeit, als er ihr im Liebeskummer helfen wollte.

Hieronymus. Hat sie ihn vergessen? Katharina Melanchthon hat ihr jüngst berichtet, daß Baumgärtner mit einem sechzehnjährigen Mädchen,

einer reichen Bürgerstochter aus dem Bayerischen, verlobt ist. Ich wünsche ihm Gottes Segen, hat Katharina ruhig gesagt. Ihr Herz hat dabei keinen Schlag schneller geklopft.
Ihr Mann, Martinus Luther, beschäftigt Katharina vollauf. Sie ahnt dunkel, warum er so befangen ist. Sie wissen beide aus ihrem langen Klosterleben, daß die Lust, die wilde böse Begierde, die Erbsünde beweist. Das Fleisch gehorcht nicht dem Willen. Die böse Begierde hört zwar durch die Taufe auf, eine Schuld zu sein, aber sie verschwindet nicht. Schon die alten Kirchenväter hat das gepeinigt. Katharina liest in einem Buch, das sie bei Martinus findet: Augustin klagte ständig über nächtliche Anfechtungen, die er Pollutionen nannte. Der Heilige Hieronymus schlug seine Brust mit einem Stein, so heftig ward er angefochten, gleichwohl wollte es nicht helfen. Er konnte dem Übel nicht steuern, denn er konnte die Jungfrauen, die er in Rom beim Tanze gesehen hatte, nicht vergessen. Franziskus, der Barfüßermönch, machte Schneeballen, herzte und küßte sie, damit ihm die böse Lust vergehen sollte. Benedikt legte sich unter die Dornen, nackt, und ließ sich zerkratzen, um die böse Lust loszuwerden. Der Heilige Bernhard kasteite sich und machte seinen Leib müde und matt...
Katharina hat die Lust nie unterdrückt. Sie hat es schon immer schön gefunden, wenn sie in ihrer Kindheit mit Clara und später mit Ave Liebko-

sungen ausgetauscht hat. Und mit Hieronymus hätte sie auch gern das Beilager bestiegen. Gottlob, daß keines bereitstand. Die Drohungen, durch die viele Novizinnen im Kloster von den älteren Nonnen belastet wurden (sie warfen den jüngeren ständig Unkeuschheit vor), diese Gewissensmarter hat Katharina niemals auf sich genommen. Auch Ave nicht. Schweigend hatten sie sich die Geißelung angehört, um dann nächtens in der Zelle darüber zu lachen.

Doch Luther? Er predigt selbst, daß Gott ihn im heiligen Ehestand behalten möge: ›da du uns durch die Finger siehst und uns unsere Schwachheit zugute hältst.‹

Katharina beschließt, nicht länger darüber nachzudenken. Was soll sie in Luthers Seele nachmessen mit der Lotschnur. Sie würde die Wahrheit doch nicht finden.

Katharina macht sich daran, an ihre Muhme Lene im Kloster Marienthron einen Brief zu schreiben:

›Gnad und Friede, liebe Muhme Lene,
ich schreibe Dir heut als Katharina Lutherin, da ich, wie Du weißt, am 13. Juni ehelich geworden bin. Seitdem fühle ich mich einsam, obwohl ich doch mit drei Herren im Schwarzen Kloster wohne. Der eine ist mein Ehegemahl, der andere Brisger, sein vormaliger Prior (der demnächst auch ehelich werden will). Der dritte ist Wolf Sieberger, der Famulus. Sollte mir da

nicht eine Frauensperson zur Seite stehen? Und gerade Du, die Du das Verbotene doch so liebhast, wie könntest Du etwas Verboteneres finden als meine Ehe? In ganz Kursachsen, in Sachsen, in ganz Deutschland, nicht einmal in England oder in Rom wirst Du etwas ähnlich Verbotenes finden.

Frage Gott und die Heilige Jungfrau. Ich glaube auch, was Luther sagt, nämlich, daß wir besser als durch Fasten und Beobachten aller kirchlichen Zeremonien durch Dienste an unseren Nächsten, durch einfache Erfüllung unserer Pflichten, zur Seligkeit gelangen. Und Deine Pflichten als Siechenmeisterin kannst Du allein an Luther schon erfüllen.

Nun warte ich geduldig, wie sich Dein Herz entscheidet.

Gegeben zu Wittenberg am 23. Juni 1525
Katharina Lutherin

27. Juni 1525. Katharina und Luthers offizieller Hochzeitstag, der gemäß dem Brauch immer einige Zeit nach dem Beilager stattfindet. Es ist Abend und noch warm. Katharina sitzt im Klostergärtchen und müht sich, an nichts zu denken. Der Tag, die glanzvolle Feier, hat sie müde gemacht. Da kommt Luther, setzt sich zu ihr. Stumm hängt jeder seinen Gedanken nach, man hört plötzlich die Nachtigallen, und die Frösche in den Elbauen. »So ist es auch in der Welt«, sagt

Luther plötzlich, »die Frösche übertönen die Nachtigallen, und die Stimme Christi wird von dem Geschrei des Doktor Eck und Cochlaeus übertönt.« Luther bricht sich eine Nelke ab und riecht daran. Diese Geste erinnert Katharina an ein Ereignis, bei dem Luther ebenfalls an einer Nelke gerochen hatte. Das war in dem Sommer vor sechs Jahren, als er auf der Pleißenburg in Leipzig mit dem Ingolstädter Theologen Dr. Eck disputierte. Da hatte dies scheinbare Desinteresse Luthers alle Welt verunsichert. Hier geht es um seine Sache, und er riecht an Blumen, so hieß es...
Eck hatte den Auftrag aus Rom, Luthers Thesen und Schriften anhand der Heiligen Schrift zu widerlegen. Es sollte ein wissenschaftlicher Streit sein, doch Eck ging es nur darum, sich selber Ruhm zu verschaffen. Luther nannte den Papst den Antichrist, die Römer die Ketzer und Rottengeister, die aus dem Sakrament die reinsten Jahrmärkte, Schankhäuser und Geldgeschäfte gemacht haben...
Luther riecht noch immer an seiner Nelke. Seine Stimme klingt bitter, als er sich erinnert: »Die Leipziger haben uns damals wie Feinde behandelt. Den Eck haben sie hofiert, sie haben ihm ein Ehrenkleid machen lassen und ein Kamelott. Herzog Georg von Sachsen schenkte ihm einen fetten Hirsch. Und so ging es auch in der Disputation. Der Eck bekam immer das letzte Wort, ich konnte mich nicht rechtfertigen.«

Katharina weiß, daß dieser Stachel immer noch in Luthers Fleisch sitzt. Wenn er von Dr. Eck spricht, nennt er ihn meistens Doktor Sau.
Katharina hört Luther gern zu. Wenn er erzählt, stehen die Bilder lebendig vor ihr. Sie sieht den dicken Dominikaner Tetzel mit Pomp durch die Lande reisen, ein Kardinal begleitet ihn. Überall stellen sie die schwer mit Eisen beschlagenen Truhen für die Opfergaben auf, überall schlagen sie die Plakate mit der Taxe des Ablasses an. Fürstlichkeiten zahlen fünfundzwanzig Gulden, Prälaten und Barone zehn, bessere Bürger sechs, geringere einen Gulden bis hin zu den ganz armen Leuten, die schon mit einem halben oder einem viertel Gulden dabei sind. Frauen können sogar gegen den Willen ihres Mannes einen Ablaß erwerben. Sie rennen wie toll zu den Ablaßhändlern. Denn: ›Selbst wenn du (so hat Tetzel gerufen) selbst wenn du die Mutter Gottes geschwängert hättest, ich habe solche Gnade vom Papst, daß ich sie dir vergeben kann, wenn du in den Kasten legst, was sich gebührt. Sobald das Geld im Kasten klingt, die Seele aus dem Fegfeuer springt.‹
Geld, Geld, Geld. Katharina hat bisher kaum Geldsorgen gekannt. Im Kloster ohnehin nicht, und auch nicht im Hause Cranachs, wo sie mit Barbaras Almosentasche auf den Markt ging. Sie bezahlte daraus und konnte auch den Armen Geld geben! Doch jetzt, jetzt begegnen ihr Geld-

sorgen auf Schritt und Tritt. Früher sah sie die Gewürze, das feine Leinen, die Tuche, die Töpfe, die Fasanen, Hühner, Kirschen und Äpfel und nahm davon, was in der Wirtschaft Cranachs gebraucht wurde. Heute geht sie zum Markt und sieht hinter jedem Geflügel, jeder Spezerei, hinter jedem Ballen Tuch die Gulden, Groschen und Pfennige, die es kostet. Und sie hat meist nur Pfennige, und sie reichen nicht, so daß sie mit halbvollem Korb vom Markt heimkommt. Und alles, was im Kloster dringend eingerichtet werden muß, kostet Geld. Geld, das nicht vorhanden ist. Es gibt aber Leute, die haben Geld, sogar viel Geld. Die Fürsten, die Patrizier, die reichen Kaufleute wie die Fugger und Welser in Augsburg, die Pirckheimer und Baumgärtner in Nürnberg. Ja, auch Hieronymus ist das Geld wichtiger gewesen als seine Liebe zu Katharina. Geld ist der Gott, für das sie sogar ihren Gott im Himmel verkaufen. Die geldgierigen Päpste in Rom, Katharina kann sie gar nicht auseinanderhalten, Leo, der Medici, dann Hadrian, der ja nur ein Jahr regiert hat und jetzt sitzt wieder ein Medici auf dem Stuhl, zwar ein illegitimer, aber ein Vetter Leos. Er heißt Klemens VII... Eines ist ihnen gemeinsam: Sie suchen nicht Gott, sie suchen die Macht. Und die Macht ist das Geld.

In der ersten Zeit war Geld da im Hause Luther. Die Hochzeit hat es eingebracht. Kurfürst Johann, der seinem Bruder Friedrich auf den Thron gefolgt ist, hat 100 Gulden für die Einrich-

tung geschickt. Luther bekommt jetzt auch 100 Gulden Jahresgehalt. Der neue Kurfürst ist Luther womöglich noch mehr gewogen als der alte. Zu dem unverhofften Geldsegen hat es Einbekkisch und Torgisch Bier geregnet. Der Rat hat es geschickt, dazu Frankenwein und Wein von der Mosel. Katharina ist eine Woche vor der Hochzeitsfeier ins Rathaus gegangen und hat vom Rat Schwäbisch Leinen für ein Hochzeitskleid erbeten. Auf ihr Feiertagsgewand (sie hat es vorgezeigt) ist ein Funkenregen vom Herdfeuer gefallen, und der Straßenschmutz vom letzten Regen hat es vollends ruiniert.
Und mein Gemahl, so hat Katharina den verblüfften Ratsherren erklärt, mein Gemahl benötigt einen neuen Rock.
Alles ist nach drei Tagen geliefert worden. Feinstes Leinen für Katharina, ein purpurfarbener Rock mit schwarzem Leinenfutter für den Professor Luther.
Und dann sind Luthers Eltern zur Feier gekommen. Bescheiden sind sie, scheu die Mutter, würdevoll der Vater.
Katharina weiß, sie haben Luther hart gezüchtigt. Doch sie haben ihm wohl auch den unbezähmbaren Drang nach der Wahrheit eingepflanzt. Oder tat es Gott, und sie waren das Werkzeug? Jedenfalls liegt darin die Ehre, die ihnen gebührt und die Belohnung, die sie brauchen, jetzt, wo sie im Winter ihres Lebens stehen.

Die Einsamkeit in Katharinas Seele weckt plötzlich eine große Sehnsucht in ihr: Sie will, daß Luthers Eltern sie liebgewinnen. Sie, die ihr so offen entgegengekommen sind, haben Katharina tief angerührt. Sie eilt hin und her, holt bequeme Polster, reibt Frau Luther, die an starkem Kopfweh leidet, die Stirn mit einer Salbe aus Kamillen-, Dill- und Rautenöl, der sie gestoßenen Pfeffer beigemengt hat. Die Behandlung hilft. Margarete Luther ist überrascht und erleichtert.
Würdevoll gehen die Alten im Hochzeitszug hinter dem Brautpaar.
Die Kirche ist voll. Alle wollen es sehen, wenn der große Doktor Luther heiratet. Elisabeth Cruziger, gleich Katharina eine ehemalige Nonne und jetzt verheiratet mit dem Professor Kaspar Cruziger, hat mit dem Schülerchor ein Lied einstudiert:

›Herr Christ, der einzig Gottes Sohn/Vaters in Ewigkeit/aus seinem Herzen entsprossen/gleich wie geschrieben steht/Er ist der Morgensterne/sein Glänzen streckt er ferne/vor anderen Sternen klar.‹

Als sie aus der Kirche treten, löst sich aus dem gaffenden Haufen eine Frau, es ist Klara, Lorenz Jeßners Hausfrau. Sie spuckt vor Katharina und Luther aus, beschimpft sie übel. Walpurga Bugenhagen, die sich vor Katharina stellt und die Frau abwehren will, bekommt Tritte und Püffe, bis man die Wütende wegführt.

Viel Liebes, viel Leides. Katharina ist müde. Die alten Luthers schlafen bereits. Es tut Katharina wohl, mit den beiden Alten so herzlich umzugehen. Luther ist und bleibt reserviert, fremd. In seinem Brief an Amsdorf, Katharina hat es zufällig gesehen, hat Luther geschrieben: Ich halte meine Katharina lieb und wert.
Was ist das, lieb und wert?
Seufzend steht Katharina auf. Luther, der die ganze Zeit schweigend gesessen hat, erhebt sich ebenfalls. Er legt den Arm um Katharina, zieht sie an sich. Er zitiert aus Elisabeth Cruzigers Lied: »Er ist der Morgensterne, sein Glänzen streckt er ferne vor andern Sternen klar ...
Du, Katharina, bist mein Morgenstern.«
Zum erstenmal seit der Hochzeit schaut er sie an.

# V

7. Juni 1526. In der warmen Junisonne entwickelt sich auf dem Wittenberger Marktplatz reges Treiben. Eine Gauklertruppe hat eine Bretterbühne aufgeschlagen. Immer mehr Volk rennt herbei, das Schauspiel anzusehen. Neugierig geht Katharina näher. Sie hat noch niemals ein Gaukelspiel gesehen.
Drei Personen treten auf: Papst Julius II. mit Dreierkrone und prächtigem Mantel, sein Genius in der weißen Tunika, der Heilige Petrus (schaut aus dem Fenster der Bühne, auf die das Himmelstor gemalt ist).
Katharina weiß, daß unter Papst Julius zu Rom in den Jahren 1503 bis 1513 unsäglich große Unzucht und Hurerei getrieben worden ist. Luther hat es ihr erzählt, als er wieder einmal in Zorn entbrannt war über die Papisten. Er sagte: ›Ist etwa an einem Ort die Hölle, dann glaube ich, Rom steht darauf.‹

*Julius:* (schreit) Was ist das für eine Schweinerei, läßt sich die Pforte nicht öffnen?

*Genius:* Sieh lieber zu, daß du den richtigen Schlüssel anbringst, dieses Tor öffnet man nicht mit dem Schlüssel für die Geldkassette.

*Julius:* (schreit noch lauter) Aber ich habe niemals einen anderen als diesen besessen!
*Genius:* Ich allerdings auch nicht. Nun sind wir vorerst ausgesperrt.
*Julius:* Mir kocht die Galle! Ich will an das Tor klopfen. Heda! Hallo: Öffnet sofort diese Tür! Warum ist dieser Pförtner so saumselig? Er schnarcht, glaube ich, und ist völlig besoffen!
*Genius:* Wie der doch alles an sich selber mißt...
*Petrus:* Es ist gut, daß wir eine eherne Himmelstüre haben, sonst hätte der da draußen die Türe eingeschlagen. Das muß irgend ein Riese, ein Städtezerstörer sein. Aber, unsterblicher Gott, welchen Gestank rieche ich hier? Da werde ich lieber erst mal aus dem Fenster schauen... Wer bist du, was willst du?
*Julius:* Du, mach lieber das Tor auf, so weit du kannst. Einem wie mir hättest du entgegenkommen müssen, und zwar mit allen himmlischen Heerscharen.
*Petrus:* Erkläre mit erst einmal, wer du bist.
*Julius:* Als ob du das nicht selber sehen könntest!
*Petrus:* Man könnte es sehen? Ich sehe freilich ein neuartiges, bisher noch nie erblicktes Wesen, um nicht zu sagen, ein Scheusal!
*Julius:* Aber falls du nicht völlig blind bist, erkennst du wohl diesen goldenen Schlüssel, die dreifache Krone und den von Gold und Edelsteinen übersäten Mantel?

*Petrus:* Der Schlüssel, nun, er ist allerdings sehr verschieden von dem, den mir einst Christus, der wahre Hirt der Kirche, übergeben hat.
*Julius:* Laß diese Kindereien. Ich bin, wenn du es nicht weißt, der berühmte Julius aus Ligurien, und du erkennst ohne Zweifel die beiden Buchstaben P. M., falls du überhaupt das Alphabet gelernt hast.
*Petrus:* Sie bedeuten, glaube ich, Pestis Maxima, größtes Unheil.
*Genius:* Wie doch dieser Hellseher die Sache ins Schwarze getroffen hat ...
*Julius, schreit:* Nein, sie bedeuten vielmehr Pontifex Maximus, höchster Priester ...

Die Zuschauer brüllen und biegen sich vor Lachen. Katharina möchte gern dableiben und zuhören, aber sie fühlt starke Schmerzen im Rükken. Sie ist hochschwanger. In drei Wochen soll das Kind zwar erst kommen, doch sie kann vor lauter Kreuzschmerzen nicht mehr stehen. Für einen Moment verschwimmt ihr der Marktplatz vor den Augen. Sie setzt sich auf einen Getreidesack. Eine Marktfrau reicht ihr verständnisvoll die Wasserflasche.
Vorsichtig richtet Katharina sich auf und macht sich auf den Heimweg. Ihre Freude ist plötzlich großer Angst gewichen. Ihr fällt der Psalm Is. 14,12 ein: Wie bist du vom Himmel gefallen, du, der am Morgen noch strahlte?

In letzter Zeit kann das Katharina jederzeit passieren. Morgens freut sie sich auf ihr Kind, sieht alles in hellem Licht, dann plötzlich ist sie bedrückt, von Ängsten geplagt. Nonnenkind, Mönchskind. Aus Mönch und Nonne kommt der Antichrist.
Immer wieder treffen Katharina diese Schmähreden. Mal auf der Gasse, mal in der Kirche. Sie sind wie Nadelstiche am Tag und wie Mühlsteine in der Nacht. Dann stehen sie auf und ängstigen Katharina zeitweilig so, daß ihr der Schweiß ausbricht. Sie sieht das tote Töchterchen Barbaras, das runde, ausgeprägte Köpfchen in seiner wächsernen Starre. Das Jüngste der Leineweberin ist gestorben, bei der Frau vom Rump, dem Schmied, wollte das Kind nicht herauskommen. Da sind beide gestorben, die Rumpin und das Kind ...
Katharina steht dann leise auf und geht hinüber zu Muhme Lene, die seit dem Weihnachtsfest im Hause ist. Nur zu gern ist sie Katharinas Bitte gefolgt. Das ganze Kloster Marienthron ist inzwischen lutherisch geworden. Muhme Lene tröstet Katharina, und meist siedet sie ihr einen Becher Rotwein mit Nelken, Kaneel, Muskat und Honig. Das beruhigt und vertreibt die Melancholie.
Katharina ist jeden Tag von neuem froh, daß die Muhme da ist.
So auch heute. Als Muhme Lene Katharina sieht, kriegt sie wieder ihr mürrisches Gesicht: »Bei Kindbetterinnen kenn ich mich nicht aus, aber ich

glaube, ich muß Tücher und Wasser bereitstellen.«
Inzwischen glaubt das Katharina auch. Sie schickt den Wolf zur Sandnerin, der Wehmutter.
Doch die Kreuzschmerzen verschwinden wieder, Katharina deckt den Tisch in der großen Wohnstube wie jeden Mittag. Es sind jetzt nicht mehr nur Luther, Brisger und Wolf, die mit ihr essen. Außer Muhme Lene sind es noch vier Studenten und die Schreiber, die mit im Haus leben. Außerdem ist Spalatin aus Altenburg für einige Tage herübergekommen. Er ist verheiratet und sagt, daß er mit seiner Frau auch sehnlichst auf ein Kind warte.
Luther spricht bei Tisch von nichts anderem als von der bevorstehenden Entbindung. Er nötigt Katharina ständig ins Bett. Doch sie will lieber herumlaufen. Und das tut sie, wenngleich sie auch weiß, daß Luther es nicht gut erträgt, wenn sie seinem Rat nicht folgt.

Als Luther erfahren hat, daß Katharina beim Rat in Wittenberg Forderungen stellte, gibt es das erste Zerwürfnis zwischen den Eheleuten. Er hat ihr Ungehorsam vorgeworfen, sie hat ihn angeblitzt: »Warum bin ich ungehorsam, wenn ich nicht will, daß wir beide in abgerissenen Kleidern zur Hochzeit gehen?«
»Du hättest mich zuerst fragen müssen!«
»Ihr habt doch niemals Zeit, ständig sind Jonas

und Melanchthon und Schlaginhaufen und der Famulus und wer sonst noch bei Euch... Außerdem laßt Ihr in Gelddingen Schindluder mit Euch treiben.«
Jetzt schreit Luther: »Hat mich denn der Henker zu diesem Weib gebracht!«
Zornig hat Katharina in der Küche mit den Töpfen und Tiegeln herumgeknallt. Hols der Teufel! Das wenige Geld, das sie haben, gibt Luther mit vollen Händen aus. Es ist bekannt, daß niemand, der an die Tür des Schwarzen Klosters klopft, mit leeren Händen heimgeht. So etwas spricht sich herum. Die Buchdrucker Lotter, Lufft und Schirlentz wollen Luther je 400 Gulden jährlich für den Verlag seiner Schriften geben. Reich genug sind sie ja davon geworden. Doch Luther hat abgelehnt. Abgelehnt! Auch für seine Vorlesungen nimmt er kein Kollegiengeld. Melanchthon tut das allerdings auch nicht. Doch er und auch seine Frau haben beide reiche Eltern, die ihnen häufig Geld schenken. Anders bei Luther, wo die schwarze Eisenkassette ständig leer ist, weil der Hausherr sie für die Armen plündert. Und die Wasserrohre, die Katharina sich so sehr wünscht, sind noch nicht gemacht, und der Backofen ist noch nicht gebaut, und die Badestube hat auch noch keine Fliesen und keine Abflußgrube.
Doch dann sieht Katharina wieder, wie Luther unter den verheerenden Folgen des Bauernkriegs leidet. Wie sehr ihn seine Schrift *Wider die räube-*

*rischen und mörderischen Rotten der Bauern* jeden Tag aufs neue bedrückt. Jetzt entwirft er einen *Sendbrief wider das Büchlein wider die Bauern.*
Katharina ist in ihrem Herzen ganz für die Bauern. Einmal sagt sie das zu Luther.
Schweigend starrt er sie an und geht weg.
Da am Abend die Verstimmung mit ins Ehebett steigt, rollt Luther sich wortlos auf die Seite. Katharina sieht seinen kräftigen, nackten Rücken. Sie verspürt plötzlich Lust, ihn zu berühren. Längst ist ihr Zorn verflogen. Und so zählt sie dann spielerisch seine Rückenwirbel. Daraus wird bald ein Streicheln. Luther rührt sich nicht. Da rückt sie ganz nah an ihn heran, wobei sie ihn fest umschlingt. Nichts. Katharina schluchzt jetzt ein wenig. Das fällt ihr leicht, sie ist über ihre ungewohnt zärtliche Stimmung selbst gerührt. »Martin, Martinus«, schluchzt sie. Und endlich – Martinus wendet sich ihr zu. Es beginnt ein befreites Kichern und Schmusen, ein ausgelassenes Spielen, das – zum erstenmal – in Lieben übergeht. Es ist ein Haben und Geben, ein Hochheben und Zurückfallen in glühende Tiefen, ein Ringen um mehr, immer mehr.

Dies starke nächtliche Feuer brennt ihnen von nun an oft. Um so schwerer fällt es aber Katharina, am hellichten Tage einen spröden, ungeduldigen, ständig überarbeiteten Martinus auszuhal-

ten. Warum kann er nicht aus den Nächten ein wenig hinübertragen in den Tag? Tags ist er der Professor, der Prediger, der Reformator, der Mönch. Er verlangt von allen Gehorsam – und alles richtet sich nach ihm. Sogar Muhme Lene.
Inzwischen ist die Wehmutter gekommen. Sie untersucht Katharina und sagt, daß es bald losgehen muß. Martinus besteht jetzt darauf, daß Katharina sich zu Bett legt. Schließlich gehorcht sie, obschon sie lieber mit Muhme Lene in der Küche Tränke destillieren und Salben zubereiten würde. Muhme Lene hat nach kurzer Zeit in Wittenberg einen Ruf als Heilkundige erlangt. Auch der Provisor aus Cranachs Apotheke disputiert mit ihr über Heilkräuter und Tränke...
Und ein Kraut gegen Wehen? Katharinas Schmerzen werden jetzt stärker. Aus der Stube hört sie Martinus, wie er zu der Tischgesellschaft spricht. Sie kann nicht alles verstehen, aber einzelne Sätze und Satzfetzen machen klar, daß es sich immer noch um das Weib in seiner schweren Stunde handelt. Warum kommt Martinus nicht zu ihr? Warum setzt er sich nicht an ihr Bett?
Statt dessen hört sie ihn draußen:
»Wenn ein Weib gebären soll, ist sie in Angst – so wie ihr in Angst seid, wenn Kreuz und Leiden euch überfallen. Die Wehemutter, und andere, die dabei sind, können sie wohl trösten, aber nicht die Not von ihr abwenden. Da muß sie hindurch und ihr Leben dran wagen ...«

Katharina ist wütend, als sie das hört. Martinus hat gut predigen. Der Teufel soll ihre Schmerzen holen und sie Martinus schicken.
Katharina weiß, daß sie ungerecht ist. Sie spürt, daß Martinus nur deshalb so viel redet, weil er selber Angst hat. Sie hört seine Stimme:
»Es kann ihr ja auch wirklich niemand helfen. Da muß sie hindurch.«
Heilige Mutter Gottes, ja, da muß ich hindurch.
Gegen Mitternacht, es ist wenige Minuten davor, wird das Kind geboren. Die Wehmutter nabelt es ab, bindet die Nabelschnur mit einem dünnen Zwirnsfaden. Katharina schaut zu, wie der kleine Johannes gebadet wird. Die Wehmutter träufelt ihm Olivenöl in die Augen und wickelt ihn stramm in leinene Tücher. Dann gibt sie das Kind Martinus, der stumm dasteht und es anschaut.
Lucas und Barbara Cranach kommen, Lucas ist Hänschens Pate.
Katharina will schlafen, nur schlafen. Doch die anderen sind so geschäftig, so aufgeregt, daß sie versucht, doch nicht einzuschlafen.
Sogar Wolf Sieberger ist aufgestanden. Das tut er sonst nicht einmal beim ärgsten Gewitter. Jetzt kommt er und legt dem Kind ein Windrädchen, einen Kreisel und eine Klapper in die Wiege. Er hat es selbst gedrechselt. Der Liebe. Lucas Cranach kramt einen goldsilbernen Buckelbecher hervor. Jetzt fehlt nur noch einer der Heiligen Drei Könige, denkt Katharina schläfrig. Und

da kommt wahrhaftig Melanchthon herein, etwas zögernd.
Katharina streckt ihm impulsiv beide Arme entgegen. »Es ist lange her, daß wir miteinander getanzt haben.«
»Ja, Katharina, viel zu lange«, sagt Melanchthon und drückt sie für einen Moment sanft an sich. Luther umarmt ihn.
Das Kind schläft jetzt, nachdem es eine Weile gewimmert hat. Alle betrachten das winzige Köpfchen. Ein gesundes Kind, gottlob.
Martinus gibt der Wiege einen sanften Stoß. Traurig-trotzig klingt es, als er sagt: »Dem Kind und allem, was mir zugehört, ist feind der Papst, Herzog Georg und alle, die zum Papst halten. Auch alle Teufel. Das macht dem Kind nichts zu schaffen. Gottlob. Es fürchtet sich nicht und fragt nicht danach, daß da so viele gewaltige Herren sind, die es böse im Sinn haben.«
»Es sind aber auch viele, die zu Euch stehen.« Melanchthon hat es gesagt. Sein junges, sensibles Gelehrtengesicht, das so oft unglücklich und zerquält aussieht, ist gelöst. Und das macht nicht nur das weiche Licht der Unschlittlampen. Katharina weiß, daß Melanchthon darunter leidet, daß auch er zu den Gegnern ihrer Ehe gehört hat. Zwar hat er damals nicht geschrien, wie die anderen, aber er hat an seinen Freund Camerarius in Leipzig geschrieben: die Nonnen, die sich auf alle Künste verstehen, haben ihn an die Leine gelegt...

Katharina weiß, wer ihm das eingeflüstert hat. Seine Frau. Sie hat es Katharina nie verziehen, daß Melanchthon der entflohenen Nonne so freundlich entgegengekommen ist, daß er mit ihr fröhlich und übermütig getanzt hat. Und sie verzeiht es heute der Lutherin nicht, daß sie inzwischen mit Katharina Jonas, mit Walpurga Bugenhagen, mit Elisabeth Cruziger und nicht zuletzt mit Barbara Cranach herzlichst befreundet ist. Und sie neidet es ferner der Lutherin, daß sie von Adel ist und daß Martin Luther als Doktor und Reformator eben doch Vorrang hat vor Melanchthon, der Magister ist.

Katharina glaubt zu wissen, welche Gedanken hinter der hohen, bleichen Stirn der Melanchthonschen verborgen sind.

Eines jedoch begreift Katharina nicht. Warum läßt sich der überaus kluge und gelehrte Melanchthon offenbar in vielen Dingen von seiner Frau leiten? Warum hat er bisher nicht gewagt, in Luthers Haus zu kommen und offen über seine Haltung zu sprechen? Jedesmal, wenn er dagewesen ist, hat er nur das Geschäftliche mit Luther besprochen und ist rasch wieder gegangen. Schier geflohen ist er.

Weiter verwundert es Katharina, daß Melanchthon so liebevoll und höflich mit seiner Frau umgeht. Katharina hat es oft in der Kirche oder bei anderen Zusammenkünften bemerkt. Während seine Frau (die für ihr eher schroffes Verhal-

ten bekannt ist), während sie meist sauertöpfisch zu Boden schaut, redet Melanchthon freundlich zu ihr, hält sie fürsorglich beim Arm.
Von solchen Liebesbezeugungen ist Martinus weit entfernt. Wann hat er Katharina je die Stiegen hinaufgeführt? Nicht mal als sie hochschwanger war. Wann wendet er sich Katharina im Gespräch zu? Immer ist sie es, die ihn fragt, bittet. Neulich hat er sie wieder ermahnt, als sie den kurfürstlichen Kanzler Brück einen Esel schimpfte, weil er der Unterkellerung des Schwarzen Kloster nicht zustimmt. Hütet Eure schnelle Zunge, hat Luther da gesagt. (Obwohl er genau weiß, daß Brück wirklich ein Esel ist.)
Katharina beschwert sich einmal bei Barbara Cranach über die mangelnde Liebenswürdigkeit Luthers.
»Nun«, sagt Barbara ruhig, »vergiß nicht, daß er 42 Jahre lang ein Mönch gewesen ist.«
Das leuchtet Katharina ein. Luther hat tatsächlich etwas Mönchisches. Glücklicherweise nur noch bei Tage.

Barbara leiht Katharina ein Buch, das sie von Lucas zum Weihnachtsfest bekommen hat. Es ist in Leder eingebunden und mit rotgoldener Gravur verziert. Titel: *Wie ein Weib ihren Mann freundlich machen soll.* Der Verfasser ist Erasmus von Rotterdam.
Katharina liest:

*Eulalia:* Guten Tag, meine liebe Xantippe. Ich freue mich sehr, dich zu sehen.

*Xantippe:* Ganz auf meiner Seite, meine beste Eulalia. – Du bist ja wieder hübscher geworden.

*Eulalia:* Du bist doch noch immer die alte Spottdrossel.

*Xantippe:* Ganz und gar nicht, es kommt mir wirklich so vor.

*Eulalia:* Vielleicht steht mir mein neues Kleid besonders gut.

*Xantippe:* Du hast recht. Ich habe lange nichts so Elegantes gesehen. Es scheint mir englisches Tuch.

*Eulalia:* Englisches Tuch und in Venedig gefärbt.

*Xantippe:* Es fühlt sich zarter an als Seide. Welch reizendes Purpurrot! Woher hast du dies herrliche Geschenk?

*Eulalia:* Von wem pflegen züchtige Ehefrauen so etwas zu bekommen als von ihrem Ehegatten?

*Xantippe:* Du hast es ja mit deiner Ehe fabelhaft getroffen. Und ich mußte einen solchen Tropf heiraten, als ich auf meinen Klaus hineinfiel!

*Eulalia:* Das ist ja das erste, was ich höre! Stimmt es nicht mehr mit euch?

*Xantippe:* Ich werde mich nie mit ihm abfinden. Sieh nur, was für einen Fetzen ich anhabe.

So läßt er seine Frau herumlaufen. Ich muß mich in Grund und Boden schämen, wenn ich nur über die Straße gehe und sehe, wie andere Weiber daherkommen, die, weiß Gott, eine schlechtere Partie gemacht haben.

*Eulalia:* Der Schmuck züchtiger Frauen liegt nicht in Kleidern und äußerlichem Aufwand, wie der heilige Apostel Petrus sagt [vgl. I. Petr. 3,3] – ich habe das neulich in der Predigt gehört –, sondern in keuschen und züchtigen Sitten und im Adel der Seele. Feile Dirnen legen es darauf an, die Augen aller auf sich zu ziehen; uns muß es genügen, dem Gatten allein zu gefallen.

*Xantippe:* Unterdessen verjubelt dieser gute Mann, der seine Frau so knapp hält, die Mitgift, und ich habe ihm wahrlich nicht wenig in die Ehe gebracht.

*Eulalia:* Womit denn?

*Xantippe:* Womit es ihm paßt: mit Saufen, Huren und Würfeln.

*Eulalia:* Was du nicht sagst!

*Xantippe:* Leider ist es so. Spät in der Nacht, wenn ich lange genug auf ihn gewartet habe, kommt er betrunken heim, schnarcht die ganze Nacht und speit das Bett voll, um nicht noch mehr zu sagen.

*Eulalia:* Still, still! Wenn du deinen Gatten schlecht machst, machst du dich selber schlecht.

*Xantippe:* Ich will tot umfallen, wenn ich mich nicht lieber zu einem Schwein lege als zu einem solchen Mann!
*Eulalia:* Empfängst du ihn dann nicht mit Schelten und Keifen?
*Xantippe:* Genau wie er es verdient! Er soll nur merken, daß ich nicht stumm bin.
*Eulalia:* Und was macht er dann?
*Xantippe:* Anfangs legte er auch los und meinte, er könne mir mit Schimpfen imponieren.
*Eulalia:* Ist es beim Schimpfen geblieben, oder hat es nicht auch Schläge abgesetzt?
*Xantippe:* Ein einziges Mal ist der Streit so hitzig geworden, daß wenig daran fehlte und wir wären aneinandergeraten.
*Eulalia:* Was muß ich da hören?
*Xantippe:* Er hatte schon den Prügel erhoben, brüllte wie ein Stier und hat mir schrecklich gedroht.
*Eulalia:* Ist dir dabei das Herz nicht in die Hosen gefallen?
*Xantippe:* Das wäre noch schöner! Ich habe zu einem Stuhl gegriffen, und wenn er mich nur mit dem kleinen Finger angerührt hätte, hätte er zu spüren bekommen, daß ich auch Hände habe.
*Eulalia:* Das ist mir eine neue Art von Schild! Da fehlt dir nur ein Spinnrocken als Spieß.
*Xantippe:* Er hätte es schon erlebt, mit was für einer Frau er es zu tun hat.

*Eulalia:* Hör mal, meine liebe Xantippe, das gehört sich nicht.
*Xantippe:* Was gehört sich nicht? Wenn er mich nicht wie eine Frau behandelt, brauche ich ihm auch nicht wie einem Ehemann zu begegnen.
*Eulalia:* Der heilige Paulus hat aber gesagt, die Frauen sollen ihren Männern untertan sein in aller Zucht und Ehre [Eph. 5,24]. Und Petrus stellt uns das Beispiel der Sara vor Augen, die ihren Mann Abraham ihren Herrn nannte [I. Petr. 3,6].
*Xantippe:* Damit sagst du mir nichts Neues. Derselbe Paulus sagt aber auch, die Männer sollten ihre Frauen lieben wie Christus seine Braut, die Kirche [Eph. 5,25]. Klaus sei sich seiner Pflicht bewußt, so will ich es auch tun.
*Eulalia:* Wenn es aber erst einmal so weit gekommen ist, daß ein Teil nachgeben muß, so gehört es sich, daß die Ehefrau dem Ehemann nachgibt.
*Xantippe:* Kann man den einen Ehemann nennen, der mich wie eine Magd behandelt?
*Eulalia:* Aber sag mir, beste Xantippe, hat er aufgehört, dir mit Schlägen zu drohen?
*Xantippe:* Er war gescheit genug, damit Schluß zu machen, sonst wäre er es gewesen, der Prügel bekommen hätte.
*Eulalia:* Aber du hast nicht aufgehört, weiter zu keifen und zu schelten?

*Xantippe:* Ich will gar nicht damit aufhören.

*Eulalia:* Und was macht er dann?

*Xantippe:* Was er macht? Manchmal tut er, als ob er schliefe, bisweilen lacht er in einem fort, manchmal greift er zur Laute, die kaum noch drei Saiten hat, und spielt möglichst laut auf ihr, um mein Schelten zu übertönen.

*Eulalia:* Dann gerätst du wohl erst recht in die Wolle?

*Xantippe:* Ich kann dir gar nicht sagen, wie! Es fällt mir manchmal schwer, nicht mit den Fäusten dreinzuschlagen.

*Eulalia:* Liebe Xantippe, darf ich ganz offen mit dir reden?

*Xantippe:* Warum nicht?

Die nachfolgenden Ratschläge der Eulalia gehen dahin, daß die Ehefrau allezeit liebenswürdig und heiter sein muß, immer auf die Stimmungen und Launen des Gemahls achten, ihn immer beschwichtigen. Die gute Ehefrau, so Eulalia, darf nicht ausgelassen sein, wenn ihr Gatte verstimmt ist. Nicht vergnügt, wenn er sich geärgert hat. Wenn er ein Glas über den Durst getrunken hat, soll sie ihn besonders liebenswürdig empfangen und mit guten Worten ins Bett bringen.

Katharina ist ganz auf seiten der Xantippe, die in dem Buch sagt: ›Wie elend ist doch das Los einer Ehefrau, wenn sie alles still hinnehmen soll, gleichviel, ob ihr Mann betrunken ist oder sonst treibt, wozu er Lust hat.‹

Barbara dagegen findet, daß Eulalia durchaus die Klügere ist. Sie selbst würde ihr in den meisten Dingen zustimmen. Vor allem, wenn Eulalia sagt: ›Wie dumm wäre es von uns, Gleiches mit Gleichem zu vergelten. Schließlich müssen unsere Männer auch unter unseren Launen leiden. Außerdem gibt es Zeiten, wo eine Frau in wichtigen Dingen auf ihren Mann einwirken kann. Bei geringfügigen Sachen ist es deshalb klüger, man gibt nach.‹

»Ach, ich weiß nicht recht«, sagt Katharina, die immer wieder Stellen aus dem Buch vorliest, »findest Du nicht, daß es falsch ist, seine wahren Gedanken zu verbergen, nur, damit der Mann zufrieden ist?«

Barbara überlegt eine Weile. Dann seuzft sie: »Ach, ich glaube, es ist manchmal tatsächlich klüger. Was nützt es, sich die Tage mit Streit zu vergällen? Sie sind ohnehin beschwerlich genug.«

Barbara ist in den letzten Monaten immer häufiger niedergeschlagen. Manchmal, wenn Katharina zu Cranachs kommt, sitzt die Freundin untätig am Fenster und schaut hinaus. Oder sie schaut auf ihre Hände.

»Melancholicis«, sagt Doktor Schurf, »alle schweren Speisen meiden.« Barbara soll nur zartes junges Fleisch, vor allem junge Tauben, Hühnchen oder Fische aus fließendem Wasser essen. Besser in Petersilie und Essig gekocht als gebra-

ten. Katharina hat ihr auch heute wieder von Muhme Lene Kräuter gebracht, die sie aufmuntern sollen. Kresse, Salbei, Ysop, Fenchel und Endiviensalat.
Cranach bittet Katharina: »Komm, so oft du kannst.«
Katharinas freie Zeit wird immer geringer. Der kleine Hans ist jetzt ein Jahr alt. Er läuft noch nicht, krabbelt aber um so besser. Katharina, Muhme Lene und die Magd Elsbeth können gar nicht genug auf ihn aufpassen. Vor allem zum offenen Herdfeuer zieht es ihn mit Macht. Wenn wieder mal Funken auf ihn geflogen sind oder er sich an den heißen Steinen verbrannt hat, brüllt er derart, daß Luther aus seiner Turmstube gerannt kommt. »Um Christi Willen, können denn drei Weiber mein Söhnchen nicht hüten?«
Meist nimmt Wolf Sieberger den Kleinen mit in den Garten. Schon bald nach der Hochzeit hat Katharina durchgesetzt, daß im Garten ein neuer Brunnen gebohrt wird, damit die verwilderte Wüstenei gründlich bewässert werden kann. Der Brunnenbau, der den Lutherschen Haushalt für lange Zeit in Schulden stürzt (er kostet summa summarum 100 Gulden), dieses erste große Bauvorhaben Katharinas hat wieder zu Zwistigkeiten zwischen den Eheleuten geführt. Martinus hatte mit dem Bau noch warten wollen, Katharina hat schließlich die Aufträge ohne seine Einwilligung an die Handwerker vergeben.

Auf seine zornigen Vorhaltungen sagt sie ihm, daß sie nicht länger Lust habe, für jedes Sträußchen Petersilie, für jede Erbse und Bohne, für jede Möhre und jeden Kopf Salat Geld auszugeben: »Auf dem Markt wird alles jeden Tag teurer, wir haben immer mehr Esser am Tisch, sagt Ihr mir, wovon ich alles bezahlen soll.« Als Luther ironisch sagt, daß sie für hundert Gulden lange auf den Markt gehen könne, fährt sie ihn an: »Ja, schon, wenn nur Ihr sie nicht vorher einem Tagedieb schenkt!«

Luther schreit zurück: »Es sollte einer lieber tot sein, als einen leibhaftigen Teufel zum Weibe zu haben!«

Mit wütendweißem Gesicht steht Martinus vor ihr. Dann dreht er sich um und geht. Seine Augen können wirklich Feuer speien, denkt Katharina. Ihr geht durch den Kopf, daß Cajetan Luther ›das Biest‹ genannt hat. Katharina denkt, daß Martinus immer nur dann schreit, wenn Leute ihn angreifen, zu Unrecht angreifen. Sie, Katharina, hat sich gerade auch wie ein Feind verhalten. Warum hat sie über seinen Kopf hinweg gehandelt? Und warum hat sie ihn, als er sich mit Recht darüber beschwert, wegen seiner Gutherzigkeit beschimpft?

Sofort geht Katharina hinter Martinus her in sein Arbeitszimmer. Sie bittet die Schreiber, sie einen Moment mit ihrem Mann allein zu lassen. Da Martinus unbeweglich an seinem Tisch sitzenbleibt, schlingt sie von hinten die Arme um seinen

Hals. »Martin, bitte, verzeih. Mich muß der Teufel geritten haben. Es tut mir so leid, daß ich Dich beleidigt habe.«
Martinus schiebt sie von sich, schaut sie halb besänftigt, an: »Kein Mensch ist so böse, daß er nicht etwas an sich hätte, was man loben muß. Selbst du nicht.«
Katharina beschäftigt sich noch lange mit dieser Auseinandersetzung. Der Gedanke läßt sie nicht los, daß diese Eulalia dabei mitgewirkt hat, daß sie, Katharina, so rasch bußfertig gegen Martinus war. Das wäre seltsam genug. Es hieße nämlich, daß ausgerechnet Erasmus von Rotterdam, Martinus' großer Gegner, zum Friedensstifter zwischen ihnen beiden geworden ist. Der Gedanke will Katharina nicht aus dem Kopf. Zu gern möchte sie es Martinus erzählen, doch sie wird sich hüten.

Martinus steht Erasmus von Rotterdam feindselig gegenüber. Katharina denkt da anders. Zwar hat Erasmus sie vor ihrer Heirat mit Luther verleumdet, aber das hat Katharina ihm verziehen, als er sich schriftlich dafür entschuldigt und sie außerdem als lieblich bezeichnet hat. Auch hat sie erfahren, daß das Gaukelspiel um den Papst Julius ebenfalls von Erasmus geschrieben wurde. Von dem Gespräch zwischen Eulalia und Xantippe ist Katharina immer mehr entzückt, je länger sie in dem Buch liest. Erasmus, da

ist Katharina sicher, kennt die Menschen. Wenn er sie auch vielleicht nicht liebt.
Katharina hat aus den Gesprächen zwischen Martinus, Melanchthon und Schlaginhaufen herausgehört, daß der hochberühmte Erasmus (den Melanchthon bewundert, was Martinus gar nicht gefällt), daß also der Ratgeber von Königen und Päpsten jetzt als Zauderer zwischen zwei Stühlen sitzt. Die Lutheraner halten ihn für einen Papisten, die altgläubigen Katholiken für einen Lutheraner. Er ist drauf und dran, sich alle Sympathien zu verscherzen. Deshalb hat er in der Schrift *Vom freien Willen* Stellung bezogen. Erasmus stellt darin die Frage nach der Größe Gottes und der Größe des Menschen. Er geht davon aus, daß der Mensch sich bilden, entwickeln, zur Persönlichkeit formen könne. Das Bekenntnis zum freien Willen des Menschen gilt jedoch als Beeinträchtigung der Größe und Allmacht Gottes. Das hat Martinus seiner Frau, die die Schrift wieder und wieder gelesen hat, erklärt. Und: »Das ist ketzerisch, dafür hätte man ihn zu anderer Zeit verbrannt.«
Katharina, die es richtig erhitzt, daß Martinus den großen Erasmus widerlegt, ereifert sich: »Aber warum antwortest du ihm dann nicht, warum läßt du das so stehen? Es ist deine Pflicht allen Christen gegenüber, daß du das so nicht stehen läßt!« Schließlich hat sie Luther überzeugt. Im Dezember schreibt er an Erasmus:

›Der Heilige Geist ist kein Skeptiker und hat nichts Zweifelhaftes oder bloße Meinungen in unser Herz geschrieben, sondern verbindliche Behauptungen, die gewisser und fester sind als das Leben selbst und alle Erfahrungen.‹

Der Sommer 1527 ist heiß und trocken. Die Erde birst schier unter der Hitze. Ab und zu ein Gewitter, das keinen Regen bringt, nur hier und da brennende Scheunen. Ein schwarzer Haufen wild schreiender Saatkrähen zieht über die Elbe. Katharina, Wolf Sieberger und die Mägde arbeiten im Garten und auf dem Kornfeld, das Katharina gepachtet hat. Die Mühe scheint mit jedem Tag zuzunehmen. Es muß geerntet werden, die Obstvorräte werden für den Winter getrocknet oder in Honigsirup eingekocht. Doch alle arbeiten gern im Garten und auf dem Feld. Selbst die Tischgäste helfen mit. Denn im Hause ist nicht gut sein. Seit Monaten und Wochen schon ist Luther verstrickt in den Abendmahlsstreit. Luthers Zorn auf die Schweizer und die Oberdeutschen sitzt mit am Tisch und geht mit zu Bett. Der Hauptstreit geht um die Abendmahlslehre. Zwingli, Oekolampad, Butzer und Capito vertreten die symbolische Auffassung vom Abendmahl: Brot und Wein *bedeuten* Leib und Blut Christi. Luther dagegen besteht fest auf der Version: Brot und Wein *sind* Leib und Blut Christi.
Neben diesem Streit, der viel Zeit und Kraft ko-

stet, ist Martinus auch noch vollauf damit beschäftigt, seine neue Kirche in Kursachsen aufzubauen. Er macht Visitationen, erläßt vorsichtig neue Gemeindeordnungen und bringt seine Musik in die Kirchen.
Das Schwarze Kloster ist jetzt manchmal auch Kantorei. Martinus hat sich den Sänger und Chormeister Johann Walther aus Torgau und den Musiker Rupff nach Wittenberg geholt. Ein Leipziger Kantor hat jetzt in Wittenberg eine Notendruckerei und verlegt die Lieder. In Lucas Cranachs Werkstatt werden die Typen geschnitten. Bis tief in die Nacht sitzen sie am Tisch mit Feder und Notenpapier. Martinus geht in der Stube auf und ab und summt und intoniert auch mal auf der Querpfeife. Katharina weiß, daß Martinus die Musik über alles liebt und oft sehr traurig ist, daß ihm keine Zeit bleibt, zu komponieren oder Texte zu schreiben oder selber die Flöte oder die Laute zu spielen.
Einmal sagt er: ›Der Teufel braucht nicht alle schönen Weisen für sich zu haben.‹
Katharina allein weiß, daß Luther sich hoffnungslos überarbeitet. Ständig sind Leute in seinem Arbeitszimmer. Die Boten von der Druckerei, seine Mitarbeiter, Bugenhagen, Jonas, Cruziger oder Rörer, der Korrektur liest. Martinus diktiert, schreibt selbst, disputiert, hört Bittsteller an, vermittelt bei Streit – für Katharinas Gefühl geht es im Schwarzen Kloster oftmals zu wie im Toll-

haus. Nicht einmal bei Tisch ist leidlich Ruhe. Besonders Martinus löffelt das Essen rasch und achtlos in sich hinein. Es wird disputiert, disputiert...

»Morgen bringen wir Sägespäne auf den Tisch«, sagt Katharina einmal in der Küche zu Muhme Lene.

In seinen Nächten, in seinen wenigen Stunden Schlaf, rächt sich der Teufel. Die Dämonen suchen ihn heim: »Du bist nicht Gott, sondern der leidige Teufel«, schreit Martinus einmal. »Kein Entrinnen, kein Trost. Anklage und Verdammnis. Die Seele ist ausgespannt am Kreuz Christi, du kannst alle ihre Knochen zählen. Alles ist erfüllt mit schrecklicher Bitterkeit, mit Furcht, mit Angst, mit Schwermut – und dies alles unendlich, ewig...«

Martinus schreit so laut in seinen Träumen, daß Katharina ihn wecken will. Sie schüttelt seine Schultern, klopft ihm die Wangen, schließlich kommt er zu sich. Katharina schickt den Wolf zu Bugenhagen. Erst dann macht sie Licht, sie zündet die drei Kerzen an, die auf dem Sims stehen.

Angstvoll starrt Katharina auf Martinus. Er wälzt sich, ächzt, ist in Schweiß gebadet.

»Martinus, sag, was ist dir?«

Der Kranke kann vor lauter Fieber, vor Alpträumen und Ängsten nicht sprechen.

Muhme Lene ist wach geworden, sie kommt mit warmen Tüchern und beginnt, Martinus abzu-

reiben. Katharina massiert ihm die Stirn mit Salbe.
Da sagt Martinus leise: »Bugenhagen, ich will beichten.«
Katharina sagt ihm, daß sie schon nach Bugenhagen geschickt habe.
Katharina kann kaum ihr Entsetzen für sich behalten. Warum will Martinus beichten? Warum hat er derart große Angst? Jetzt beginnt er wieder schmerzgepeinigt zu schreien, sich wimmernd im Bett zu wälzen...
Heilige Mutter Gottes. Katharina ist froh, daß Bugenhagen kommt. Es ist, als käme mit seiner großen schweren Gestalt Gottes Friede herein. Er kann Martin beruhigen.
Alle sitzen um Martins' Bett. Katharina hält seine Hand umklammert. Martin, bittet sie lautlos, polter doch wieder durchs Haus, schreie uns alle an, fluche über die Satansweiber, schilt, mach' was du willst, aber steh wieder auf, werd wieder der alte Martinus!«
Plötzlich schreit er: »Den Topf, den Topf.«
Als er uriniert hat, findet Katharina Blut und einen Stein, wie eine Linse so groß. Martinus wird ohnmächtig. Stirbt er?
Bugenhagen läuft hinaus: »Ich hole Doktor Schurf!«
Katharina betet: »Zu dir rufe ich, Herr, mein Fels, wende dich nicht schweigend ab von mir. Höre mein lautes Flehen, wenn ich zu dir schreie. Der

Herr ist meine Kraft und mein Schild, mein Herz vertraut ihm...«
Martin schläft endlich.
Doktor Schurf und Muhme Lene disputieren in der Küche. Der Arzt will, daß man dem Kranken heiße Ziegelsteine ins Bett legt. Muhme Lene ist strikt dagegen: »Kranke Nieren darf man nicht zum Feuer halten. Und auch sonst darf man sie auf keinerlei Weise erhitzen.«
Was die Diät angeht, sind sich die beiden Heilkundigen dagegen einig: Sich nicht allzu satt essen, nicht zuviel trinken, auch nicht allzulang und zu oft fasten. Niemals kurz nach dem Essen schlafengehen soll Martinus. Auf dem Rücken liegen beim Schlafen soll er auch nicht. Davon werden die Nieren zu sehr gedrückt, sagt Doktor Schurf. Außerdem darf der Kranke kein gesalzenes Fleisch (oder Fisch) essen, kein grobes Fleisch vom Rind oder Schwein, auch kein Wildbret, er soll auch keinerlei Vögel essen, die im Wasser ihre Nahrung suchen. Auch nichts Gebackenes, besonders keine Torten und Pasteten.
»Martinus, alles, was du gerne ißt, müssen wir dir jetzt verbieten.«
Ja. Und Zorn, Haß und Melancholie muß vermieden werden. Gütiger Gott, wie soll Martinus da jemals wieder gesund werden?
Am nächsten Morgen kommt Melanchthon. Er trifft einen schwachen, aber schmerzfreien Martinus an. Melanchthon hat Kunde aus Rom. Kardi-

nal Pompeo Colonna ist mit seinen Truppen in Rom eingedrungen. Papst Klemens mußte in die Engelsburg flüchten. Die Colonesen, so heißt es, plünderten in den Palästen, in den Kirchen, im Vatikan...

Inzwischen ist zwar Colonna vertrieben, aber jetzt haben die Landsknechte den zweiten, diesmal aber den großen Sacco di Roma durchgeführt. Die Horden, von keinem Führer diszipliniert, sich völlig selber überlassen, wüten grausam in der Ewigen Stadt. Sie plündern monatelang, ungeschoren lassen sie nur das Bankhaus der Fugger, das ihnen große Beutesummen nach Augsburg überweist.

Die deutschen Landsknechte haben sich eine besondere Kurzweil erdacht. Einer ihrer Anführer, Wilhelm von Sandizell, hat sich mit seiner Rotte als römischer Papst mit drei Kronen verkleidet, die anderen sind als Kardinäle aufgeputzt. Die ›Kardinäle‹ haben dann vor der Engelsburg ihrem ›Papst‹ knieend Reverenz erwiesen. Und zuletzt haben sie laut geschrien.

›Wir wollen den Luther zum Papst machen. Wem das gefällt, der soll die Hand heben.‹

Darauf haben alle die Hand aufgehoben und haben geschrien: ›Luther, Papst!‹

Die Deutschen schlagen sich mit den Spaniern, beide zusammen wieder mit den Italienern. St. Peter wird ausgeraubt. Die Spanier sind gefürchtet wegen ihrer brutalen Vergewaltigungen und

Martern. Es heißt, daß sie die Römerinnen und ihre Töchter im Angesicht ihrer Männer und Väter vergewaltigen. Den Männern rösten sie die Fußsohlen und hängen sie an den Genitalien auf.
Die Toten bleiben in den Straßen liegen, heißt es. Die Stadt beginnt zu stinken, das römische Fieber, die Terzana, bricht aus. Mit den faulenden Leichen verbindet sie sich zu einer Epidemie, die den Namen Pest führt. Das Sterben beginnt unter den Siegern...

# VI

Es ist Herbst. Katharina geht durch den Garten und die Felder zu den Elbauen. Sie hat den kleinen Hans an der Hand, der schon ganz gut laufen kann. Es ist früher Nachmittag, die Luft hat die Stille des hohen Sommers, der Himmel ist von kostbarem Blau, geradezu gefährlich blau für diese Jahreszeit. Katharina fühlt eine ungewohnte Müdigkeit. Eine, die ihr sagt, daß sie nun nicht mehr rackern, sondern sich ausruhen und mit Hänschen spazierengehen müsse. Katharina widmet dem Kleinen viel zu wenig Zeit. Sie weiß es, und sie weiß auch, warum. Sie müßte zehn Hände und zehn Gehirne und zehn Münder haben, um das Gesinde, die Haustiere, die Handwerker zu überwachen, die ständig im Schwarzen Kloster für das (bereits allseits berüchtigte) laute Treiben sorgen.

Der arme Doktor, sagen die Leute. In seinem Hause ist eine buntgemischte Schar von Scholaren, jungen Knaben und Mägden, Witwen und Kindern, so daß der arme ehrwürdige Doktor Luther den ganzen Tag nicht zur Ruhe kommt.

›Und ich‹, denkt Katharina, ›komme ich zur Ruhe?‹ Schließlich hat sie außer Muhme Lene niemanden ihrer Gäste ins Haus gerufen. Sie tut auch nichts dazu, daß es immer mehr werden. Vier verwaiste Kinder von Luthers Schwester haben sie an Kindes Statt angenommen. Endres und Cyriakus Kaufmann mit ihren Schwestern Else und Lene sind Katharina und Martinus willkommen gewesen. Zumal auch der kleine Hans dann nicht mehr als einziges Kind zwischen all den Erwachsenen herumstolpert.

Der Hund Tölpel läuft um Katharina und Hänschen herum. Martin hat ihn als kleinen Welpen ins Haus gebracht, damit Hänschen mit ihm spielen könne. Das tun sie denn auch, Hänschen ißt auch nicht selten aus Tölpels Napf. Jetzt stapft das Kind an der Hand seiner Mutter dahin. Katharina ist froh, er hat kräftige Beine, ihr Hans. Er ist ein hübsches Kind, es heißt, er sähe Katharina sehr ähnlich. Sie sieht in ihm jedoch Martinus oder die Großmutter, Margarete Luther. Als sie Hänschen noch Häubchen aufgesetzt hatten, ist es Katharina oft in den Sinn gekommen, daß er Martins Mutter ähnelt.

Jetzt kommen sie an einem Feld vorbei, wo ein Bauer auf seinem Pferd sitzt und mit der Egge den Acker aufreißt. Die Egge hat er mit einem dicken Stein beschwert, damit sie auch tief genug in die Erde eindringt. Die Bäuerin, ein Sätuch aus weißer Leinwand um die Schulter, sät das Korn aus. Sie ist schwanger. Sicher im selben Monat wie Katharina.

Der Sohn des Bauernpaares, wohl schon fünf oder sechs Jahre, schießt mit seinem Bogen den grobgeschnitzten Pfeil. Saatkrähen picken die Körner auf, die die Bäuerin aufs Feld wirft. Die Frau lächelt Katharina offen und schwesterlich an.
Katharina lächelt zurück. Wenn ihr ein Mensch Sympathie entgegenbringt, kann sie für Stunden glücklich darüber sein. In den Gassen und in den Dörfern begegnet ihr das oft, seltener in Wittenberg, wo der Klatsch von Katharina ein bestimmtes Bild gezeichnet hat. Hoffärtig und stolz sei sie, heißt es da.
Katharina ist jetzt in den Elbauen. Ermattet von der Hitze setzt sie sich mit Hänschen, der sich eng an sie kuschelt, ins halbverdorrte Gras. Mit einemmal hört Katharina das Klappern von Pferdehufen, zunächst leise nur, aber es kommt näher. Reden und Lachen mischt sich darein. Tölpel hebt den Kopf und knurrt leise, er bleibt aber bei Katharina sitzen.
Linkerhand kommt eine Gesellschaft zu Pferde, es müssen Herzogliche sein, Katharina sieht es sofort an der Pracht der Kleider. Die Reiter haben weite, bestickte Mäntel an. Der erste, offenbar ein junger Adliger, trägt ein weißes Gewand mit rotem weitem Umhang, ein anderer scheint ganz in azurblau, dazu trägt er trotz (oder wegen) der Hitze ein schwarzes Barett. Der dritte Reiter ist in prächtiges Rot gekleidet, sogar die Beinlinge sind rot und das Barett mit den Federn.

Noch prächtiger sind die jungen Frauen, denen die Herren jetzt aus dem Sattel helfen. Die erste und offenbar die jüngste ist besonders schön. Katharina sieht ein zartes Gesicht, helle Haut, der Mund sehr rot und die Augen dunkel. Sie ist ganz in Grün gekleidet, im weiten Halsausschnitt schimmert eine dreireihige Perlenkette. Die überaus weiten Ärmel ihres leichten Kleides zeigen im azurblauen Futter goldene Sterne. Im langen Lokkenhaar hat sie ein Schapel, den Kranz aus Blättern oder Blumen, den nur junge Mädchen tragen. Dieser Schapel ist aus grünen Blättern. Katharina hat noch nie ein so schönes, prächtiges Mädchen gesehen. Sie ist offenbar Mittelpunkt der Gesellschaft. Die beiden anderen jungen Frauen sind ebenfalls reich gekleidet, zum hellrosa Gewand trägt die eine auf ihrem dunklen Haar einen roséfarbenen Hut, kunstvoll geschlungen, mit einer Brosche und Perlen besteckt. Die andere hat ein blaues, reich mit goldenen Blumen besticktes Kleid an. Auf dem Blondhaar, das ihr an einer Seite des Kopfes wie eine Flut herunterfällt, trägt sie ein Schapel aus Blumen, wohl roséfarbene Rosen.
Die sechs Herzoglichen sind nicht allein. Dienerschaft ist mitgekommen. Mägde breiten ein großes weißes Tuch aus, sie bringen Körbe mit Früchten und Kannen und Becher. Es beginnt ein Lachen und Plaudern, sie spielen Blindekuh wie die Kinder und tanzen miteinander.
Katharina schaut ihnen wie verzaubert zu. Diese

offensichtliche Leichtigkeit des Daseins, diese Farben, diese Freude, dieser Luxus – sie kennt so etwas nur aus Erzählungen. Hat sie sich je gewünscht, in derart glänzenden Verhältnissen zu leben? Katharina schaut auf ihre Hände. Sie sind feingliedrig, mit großen Nagelmonden. Sie könnten schön sein. Sie haben jedoch rauhe Hautstellen, und die Nägel bedürften öfter der Pflege...
Seufzend steht Katharina auf. Hänschen hat sich schon vorher von ihr gelöst und ist näher zum Ufer der Elbe gelaufen. Da steht er und deutet, da, da, während Tölpel wie verrückt bellt: Als Katharina näherkommt, schreit sie angeekelt auf. Fette tote Ratten liegen da.
Katharina nimmt Hänschen und beeilt sich, wegzukommen. Einer der Adligen, wohl aufgestört durch ihren Schrei, schaut ebenfalls zum Ufer.
»Ratten«, schreit er den anderen zu, »viele tote Ratten! Sie bringen die Pest!«
Im Zurückschauen sieht Katharina, wie die Herzoglichen auf ihre Pferde steigen und losreiten.

Wenige Tage später läutet in Wittenberg die Pestglocke. »Die Pest! Die Pest!« so gellt es durch die Gassen, über die Höfe, auf den Stiegen. Die Menschen in den Straßen weichen einander aus. Die Ansteckung. Mütter betasten angstvoll ihre Kinder. Bildet sich eine todbringende Verdickung in den Leisten, in den Achselhöhlen? Es ist ein entsetzliches Sterben im Land. In Magdeburg sind

schon 400 tot, in Leipzig 600, in Erfurt ebensoviele. In Eisenach sei ein ganzes Kloster gestorben an der Beulenpest.
Der Tod kommt zu allen, zum Fleischer, zum Böttcher, zum Grobschmied, zum Apotheker, zum Arzt. Niemand kann sich retten. Die Pest wirft ihre tödlichen Schatten in die Buden der Bauern und in die prächtigen Häuser und Höfe der Reichen. Auch vor den Adligen und Fürsten macht sie nicht halt.
Im Schwarzen Kloster ergreift sie zuerst Jost Honold, einen jungen Studenten aus Augsburg, der seit drei Monaten bei Luthers Familie lebt. Mit Fieber und Schüttelfrost liegt der großgewachsene schöne Junge auf seinem Lager. Katharina und Muhme Lene wechseln sich ab in der Pflege. Sie hüllen ihn in Decken, geben ihm heiße Ziegel ins Bett, damit er schwitzen kann. Als sich Beulen zeigen, kommen die Schmerzen und die Todesangst. Josts schöne dunkle Augen sind weit aufgerissen und folgen Katharina mit stummer Frage: Muß ich sterben? Ich will aber nicht sterben!
Katharina wäscht ihn mit kräftigem Sud von Eisenkraut und Mauerraute. Muhme Lene bereitet für ihn das goldene Ei gegen die Pestilenz zu: Ein frisches Ei wird an der Spitze aufgeschlagen, das Weiße entfernt, die Schale füllt man mit Safran, verschließt das Ei und legt es auf heiße Steine zum Braten, bis der Dotter hart ist und der Safran völlig trocken. Dazu gibt man weißen Senfsamen,

Blutwurz, Natterwurz und Kampfer. Alles wird zusammengestoßen. Wenn man hat, kann man noch geriebenen Smaragd, schwer wie acht Gerstenkörner und ein wenig Rosenwasser zutun. Das ganze stößt man zu einem Kloß und tut davon dem Kranken jeweils ein Stück in Wein oder in Sirup von Sauerampfer, wie er es lieber hat.

Wenn der Kranke geschwitzt hat, legt Katharina ihm immer wieder Tücher, die sie in Kräuterabsud ausgewrungen hat, auf die Verdickungen.

Alle im Haus bitten Katharina, sich von dem Kranken fernzuhalten. Sie solle doch an Hänschen und an das Ungeborene denken. Katharina aber denkt an die Mutter Jostens, an die eine Botschaft abgesendet ist. Sie sieht das rasch abgemagerte Gesicht des Jungen, die dunklen Augen, die immer größer werden und immer verzweifelter fragen. Hänschen hat auch solch dunkle Augen. Und so kämpft Katharina voller Zorn und Verzweiflung gegen den Tod. Muhme Lene destilliert in der Küche immer neue Säfte und Tränke.

Und siehe, die Verdickungen bilden sich zurück. Doktor Schurf kann es nicht fassen, die Kunde geht durch die ganze Stadt: In Luthers Haus ist ein Pestkranker geheilt worden. Ein Wunder! Katharina und Muhme Lene werden nun ständig in andere Häuser gerufen.

Bis ins herzogliche Schloß ist die Kunde von Josts Heilung gedrungen. Eines Morgens hält ein Wagen vor dem Schwarzen Kloster. Ein Bote schreit vom Kutschbock aus: »Die Frau Doktorin möge zum Schloß kommen. Es ist eine fürstliche Pestkranke, die der Hilfe bedarf. Der Kurfürst Johann bittet!«

Martinus ist nicht daheim, er ist wohl beim Drukker Lufft. Muhme Lene rafft schon in den Beutel, was sie für ihre Arzneien braucht. Sie nimmt noch Gummi, Euphorbium und Elami mit. Das soll die Wirkung des Pesteis noch verschärfen.

Katharina hat heute keine Augen für die Pracht des Schlosses, zumal es wie ausgestorben scheint. Alle Bewohner sind nach Torgau geflüchtet, heißt es. Nur ein Teil der Dienerschaft ist geblieben, sie dürfen bei Strafe nicht weglaufen. Eine Wache steht vor dem Tor, die niemanden hinein ins Schloß und auch keinen herausläßt, der nicht ausdrücklich Order hat.

Die Magd, die Katharina und Muhme Lene in ein weites, prächtiges Gemach führt, bekreuzigt sich an der Tür und verschwindet sofort. In ihren Augen steht die Todesangst. Katharina nimmt nur undeutlich ein Bett mit rotem Baldachin wahr. Ihr Herz tut einen harten Schlag, als sie das wunderschöne Mädchen erkennt, das sie neulich am Elbufer tanzen sah.

›Du unbegreiflicher Gott, wie grausam Du bist.‹ Katharina ist von dem Anblick des Mädchens so tief erschreckt und verstört, daß sie meint, den Tod grinsend zu Häupten des Bettes zu sehen.

›Herr unser Gott, wie kannst Du Dein eigenes Werk so grausam zerstören! Wie kann ein Mensch, der so etwas sieht, Dich noch lieben!‹

In zorniger Hilflosigkeit wäscht Katharina die bereits aufgeplatzten Eiterbeulen, bestreicht die Flecken, die den weißen Körper des Mädchens entstellen, mit kühlender Kamillenölsalbe. Sie weiß, daß sich das Wunder an Jost hier nicht mehr vollziehen kann. Hier hat der Tod mit seinen gierigen Händen das Mädchen schon fest umschlungen. Doch Katharina verstreicht mit der Salbe ihr Mitleiden, ihre jäh aufsteigende Liebe zu dem süßen Mädchen. Sie sieht jetzt, daß sie höchstens sechzehn Jahre alt sein kann.

»Am Sonnabend wird sie siebzehn.«

Katharina hat gar nicht bemerkt, daß am Fußende des Bettes, fast in den Falten des Baldachins verborgen, eine Frau sitzt, eine vornehme Frau. Sie sitzt da und preßt die gefalteten Hände gegen den Mund. Das Gesicht ist von Schmerz und Tränen entstellt. Der feine Mehlpuder, der es wohl sonst erhellt, ist verschmiert, ebenso das Zinnoberrot auf den Wangen.

»Sie ist meine Tochter«, sagt die Vornehme. »Und die Tochter Friedrichs, des verstorbenen Kurfürsten«, setzt sie ruhig hinzu. Katharina weiß, daß Kurfürst Friedrich eine Mätresse und Kinder gehabt hat, und sie weiß jetzt auch, daß sie diese Frau und ihre Kinder schon des öfteren in Torgau in der Kirche gesehen hat. Es hieß, der

Kurfürst habe seine Gefährtin aus Standesrücksicht nicht heiraten können.
Muhme Lene beginnt, der Kranken, die trotz ihrer Schmerzen und der Todesnähe mit dankbarem, liebenswürdigem Lächeln auf Katharina und Muhme Lene schaut, den heißen Trank des Pesteies einzuflößen. Gehorsam schluckt das Mädchen. Katharina denkt, daß sie es nur der Mutter und ihnen zuliebe tut.
Katharina fragt die Mutter nach dem Namen der Kranken.
»Benedikta.«
Katharinas Klostername. Es hätte dessen nicht bedurft, um Katharinas tiefe Gefühle für das schöne Mädchen noch zu verstärken.
›Tu ein Wunder, Gott, tu ein Wunder!‹
Die Augen des Mädchens folgen Katharina, als sie sich verabschiedet.
Tage später erfährt Katharina, daß Benedikta gestorben ist.

Der Tod hat jetzt Wittenberg fest in den Krallen. Als er Lisbeth, die Küchenmagd im Schwarzen Kloster, holen kommt, können auch alle Pesteier und Tränke Muhme Lenes und alle aufopfernde Pflege Katharinas nichts helfen. Die Beulen werden immer größer, brechen eiternd auf, sie bedekken schon den ganzen Körper, wie bei Benedikta. Mit der Magd erkranken noch zwei Scholaren, ein Schreibgehilfe und ein Kanzlist.

Hier übernimmt Luther die Pflege. Nach Muhme Lenes Anweisung wäscht und füttert auch er die Kranken, kommt Tag und Nacht nicht aus den Kleidern. Er selbst fürchtet die Krankheit nicht. Doch als die Scholaren und der Kanzlist sterben, ist auch Luther verzweifelt und müde. Aber er gibt nicht auf. Immer mehr Kranke werden ins Schwarze Kloster gebracht.
Das jämmerliche Sterben geht weiter. Ständig läutet die Pestglocke. Über den Tagen, die gar nicht hell werden wollen, hängt der Pesthauch wie eine riesige Wolke. Schon lange werden die Toten nicht mehr begraben, wie es sich gehört. Rasch bringt man sie vor die Kirche, dort holen die Pestkarren sie ab und legen die Leichen in große Gruben, die neben dem Friedhof ausgehoben sind.
Als Hänschen Fieber und Schüttelfrost bekommt, zieht Doktor Schurf mit seiner Gattin ins Schwarze Kloster. Er befürchtet das Schlimmste für die ganze Familie. Martinus und Katharina sitzen bei dem Kleinen, der hochrot und heiß ist und sich trotzdem bemüht, die Eltern anzulächeln. Immer wieder betastet Katharina den kleinen Körper, immer wieder schaut sie nach, ob die todbringenden Flecken sich zeigen. Doch nach zwei Tagen ist das Fieber wie ein Spuk verschwunden. Hänschen ist schwach, aber gesund. Katharina läßt ihn einen Tag lang nicht aus ihren Armen.
In der ersten pestfreien Woche, am 10. Dezember 1527, kommt Katharinas zweites Kind auf die

Welt. Ein Mädchen. Sie nennen es Elisabeth, nach der Mutter von Johannes dem Täufer.
Aus dem Haus Bugenhagen kommt die Nachricht, daß Walpurga Bugenhagen auch niedergekommen ist. Ein Junge ist es, er heißt Johannes.
Katharina, die eine leichte Entbindung gehabt hat, geht schon am vierten Tag ins Bugenhagensche Haus und besucht Mutter und Kind. Ihre kleine Elisabeth und das große Hänschen nimmt sie mit. Walpurga liegt noch zu Bett. Sie ist von der Entbindung noch geschwächt.
Katharina umarmt die Freundin, deren etwas unordentliche Schönheit sich dem ganzen Hause Bugenhagen mitteilt. Walpurga ist groß, üppig, sie hat schwarzes Lockenhaar, das ihr widerspenstig aus der Haube heraushängt. Es ist ihr auch gleichgültig, ob ihr Mieder gut sitzt oder der Rock staubig ist. Bei allem ist sie jedoch beeindruckend. Jeder liebt sie. In der Wochenstube ist denn auch alles versammelt; die Kinder Michael und Sara, der Hund, auch die Magd mit dem Spinnrocken. Und jetzt kommt noch Katharina Jonas mit ihren Kindern Justus und Sophie. Katharina ist besorgt, daß der Wöchnerin alles zu laut wird.
»O nein«, sagt Walpurga und streckt Katharina die Arme entgegen, »wie bin ich froh, daß wir alle wieder beieinander sein können.«
Bugenhagens und Jonas' waren während der Pest aus Wittenberg geflohen. Mit ihnen viele Professoren und Bürger, die es sich irgend leisten konn-

ten, woanders Herberge zu suchen. Mittlerweile sind die meisten wieder zurückgekehrt. Walpurga gerade noch rechtzeitig zur Entbindung, die eigentlich erst in zehn Tagen hätte sein sollen.

Die beiden Neugeborenen werden bestaunt und miteinander verglichen. Elisabeth, Katharinas Tochter, hat bereits viele dunkle Haare, ist aber sehr zart. Johannes ist kräftiger, sein Kopf ist von hellem dünnen Flaum bedeckt.

Katharina ist froh, in Walpurga Bugenhagen und Katharina Jonas Freundinnen gefunden zu haben. Sie sind gleichaltrig mit ihr und begegneten ihr, der entlaufenen Nonne, ohne jeden Vorbehalt. Es tut Katharina wohl, daß die schöne Walpurga ihre, Katharinas, Schönheit bewundert. Oder daß Katharina Jonas sie um Rat fragt, wenn sie ein neues Gewand bekommt. Ist sie deshalb auch so gern in Cranachs Haus? Der Meister und Barbara sagen ihr oft, daß sie schön sei. Katharina fragt sich manchmal, ob sie hoffärtig ist, wie es viele von ihr behaupten. Sie weiß es nicht. Sie weiß nur, daß ihre Freunde ein bißchen Heimat für sie bedeuten.

Langsam geht Katharina mit ihren Kindern über den Marktplatz hinunter zurück zum Schwarzen Kloster. In den fünf Jahren, die sie jetzt in Wittenberg lebt, ist ihr die Stadt vertraut geworden. Als sie einmal mit Luther in Leipzig gewesen war und über die hölzerne neue Elbbrücke nach Wittenberg zurück fährt, fällt ihr auf, wie klein, staubiggrau und häßlich Wittenberg im Grunde doch aussieht. Wenn auch überall gebaut wird, sind doch die meisten Häuser Buden, die meisten Menschen arm und zerlumpt. Doch Katharina, die bisher nirgends zu Hause gewesen ist, fühlt sich jetzt hier daheim. Im Guten wie im Schlechten.

Die kleine Elisabeth, ein sanftes Kind, das selten schreit, wird jeden Tag hübscher. Auffallend sind ihre Augen. Sie schaut ihre Mutter so wissend an, daß es Katharina tief anrührt. Es ist etwas Eigenes zwischen ihr und Elisabeth, etwas, das bei Hänschen nicht so war. Wenn Katharina ihre kleine Tochter auf dem Arm trägt, wenn sie ihr zärtliche Worte gibt, dann ist soviel Süße in ihrem Herzen, daß es fast wehtut.

Martinus fragt jeden, der die Kleine anschaut, ob sie denn nicht wie Katharina aussehe. Alle bejahen das. Katharina meint, sie tun das Martinus zuliebe. Sie selbst findet, daß ihre kleine Tochter niemandem aus der Familie ähnlich sieht.

»Doch«, sagt Muhme Lene schließlich, »doch, Katharina, sie sieht aus wie deine Mutter.«

Von dem Tag an ist das Band zwischen Katharina und der kleinen Elisabeth womöglich noch fester.

Wieder ist es Hochsommer und so heiß, daß auf den Feldern und in den Gärten alles verdorrt. Viele Brunnen trocknen aus. Die beiden Bäche, die als Ausläufer vom Fläming in zwei offenen Betten durch die Stadt in die Elbe fließen, sind nur trübe Rinnsale, die stinken und jeden Tag ganz zu versiegen drohen. Nur der Brunnen im Klosterhof, den Katharina sehr tief graben ließ, hat reichlich Wasser. Aus der Stadt kommen täglich Leute, um Wasser zu holen. Auch Katharinas Garten blüht prächtig. Als Martinus einmal stolz darüber seinem Freund Spalatin berichtet, liest Katharina zufällig den Brief.

»Siehst du, und mich hast du wegen des Brunnens gescholten.«

Martinus sagt, daß er von jetzt an immer alles tun wird, was Katharina anordnet. Er nennt sie, vor allem, wenn Besuch da ist, nur noch ›mein Herr Käthe‹.

Hänschen sagt es schon nach. Herr Käthe.

Katharina ist besorgt um die kleine Elisabeth. Seit gestern mag sie ihren Brei nicht essen. Da das Kind noch nicht krank gewesen ist, hat Katharina ihre Appetitlosigkeit dem heißen Wetter zugeschrieben. Doch auch heute will Elisabeth nicht essen. Honigwasser, das Muhme Lene ihr zu trinken gibt, nimmt sie durstig, erbricht es aber wieder. Bei allem ist sie freundlich, schaut die Mutter mit ihrem innigen Blick an. Katharina reibt dem Kind den Bauch ein mit einer Salbe, die Muhme Lene aus Rosen- und Quittenöl, vermischt mit Wachs und Minzenkrautsaft, gemacht hat. Immer wieder streicht sie über den kleinen Bauch. Sie versuchen, Elisabeth Säfte einzugeben, die sie bei sich behalten kann. Heidelbeersaft mit abgekochtem Wasser, Rosen- und Quittensaft ebenfalls mit Wasser vermischt. Die Kleine nimmt es durstig, erbricht aber bald wieder alles.

Jetzt wird Katharina von namenloser Angst gepackt. Sie ruft Dr. Schurf, der nur den Kopf schüttelt über ihre Sorge und sagt, daß sie alles richtig gemacht hätten mit der Behandlung. Elisabeth sei bestimmt schon morgen wieder gesund.

Katharina glaubt ihm nicht. Sie glaubt auch Martinus nicht, der sagt, daß Hänschen noch kränker gewesen sei und auch wieder genesen ist.

Gegen das ausdrückliche Nein von Martinus, gegen die verständnislosen Gesichter von Muhme Lene und Doktor Schurf schickt Katharina nach der alten Gumppin, die insgeheim als Hexe verschrien ist, aber schon oft todkranke Kinder geheilt haben soll.

Martinus ist mehr als zornig. Katharina, die am Bett der Kleinen sitzt, hört ihn bei Tisch laut reden: Sie weiß, es ist vor allem für ihre Ohren bestimmt »... Sie unterstehen sich, Kinder durch allerlei Aberglauben gesund zu machen. Hier wollte ich, daß die Kinder verständig wären und reden könnten, damit sie ihren Müttern solch große Narrheit verweisen. Denn es ist kein Zweifel: Sie würden sich den Müttern widersetzen und zeigen, daß sie klüger sind als diese ...«

Voll Zorn und Verzweiflung rennt Katharina schließlich in die Wohnstube. Da sitzen sie alle am

Tisch: Cordatus, Veit Dietrich, Schlaginhaufen, Lauterbach, Weller. Alles Schüler Luthers und inzwischen Gäste im Schwarzen Kloster. Sie sitzen Tag für Tag da, gemeinsam mit den Kindern und den anderen Hausgästen. Seit neuestem haben sie die Gewohnheit, mitzuschreiben, was Martinus bei Tische redet. Heute ist auch Melanchthon zu Gast. Er hat Katharina als erster gesehen und weist Martinus durch eine Bewegung seines Kopfes auf sie hin, die zitternd in der Türe steht. Sie schreit: »Muß ich nicht alles tun, um mein Kind zu retten?«

Martinus bemüht sich, ruhig zu bleiben: »Aber nicht so, daß du dadurch dem Teufel zu Willen wirst. Entweder suche natürliche Arznei oder rufe zu Gott. Willst du das Kind, das Gott erschaffen hat, dem bösen Feind darbieten?«

»So kannst du auch nur reden, weil du es nicht geboren hast!« schreit Katharina. »Wenn ich mein Elslein retten könnte, würde ich alle Hexen und den Teufel persönlich an sein Bettchen holen.«

Alle schauen starr auf Katharina. Die Magd, die das Essen aufträgt, bekreuzigt sich. Luther sitzt starr. Melanchthon steht schließlich behutsam auf, nimmt Katharina bei den Schultern und begleitet sie an das Bett des Kindes.

In der Nacht stirbt Elisabeth.

Zwei Tage darauf stirbt der kleine Johannes Bugenhagen. Nichts begreifend und ohne Trost umarmen sich die beiden Mütter.

# VII

›Meinem freundlichen, lieben Herrn Katharina Lutherin, Doctorin, Predigerin zu Wittenberg.
Lieber Herr Käthe! Wisset, daß unser freundlich Gespräch in Marburg ein Ende hat. Wir sind uns in allen Stücken eins, abgesehen davon, daß die Gegenpartei daran festhalten will, daß eitel Brot im Abendmahl vorhanden und Christus nur geistlich darin gegenwärtig sei... Ich meine, Gott hat sie verblendet, daß sie nichts Stichhaltiges haben vorbringen dürfen...
Küßt mir Lenchen und Hänschen, Euer williger Diener
Martinus Luther‹

Euer williger Diener, mein Herr Käthe. Damit will Martinus allem blühenden Klatsch um seine Position als Ehemann und Hausherr zuvorkommen.
Nach dem Tod Elisabeths hat Katharina lange nicht gehorchen können und nicht beten. Singen auch nicht. Nicht einmal Weihnachten, als in der Kirche Martinus' Lied erklang: Vom Himmel hoch da komm ich her. Nicht einmal da hat sie mitsingen können.

Immer wieder geht Katharina zum Friedhof, zu Elisabeths Grab. Auf dem kleinen Grabstein steht:

Hier schläft Elisabeth,
Martin Luthers Töchterlein
Im Jahre 1528, den 3. August

Luthers Töchterlein. Niemand, niemand auf dieser Welt weiß, wie sehr es Katharinas Töchterlein gewesen ist. Manchmal möchte Katharina das laut hinausschreien. Sie ist allein mit ihrer Trauer. Im Haus gehn ihr alle möglichst aus dem Weg. Zum erstenmal, seit sie aus dem Kloster entflohen ist, hat sie sich nach Marienthron zurückgesehnt. Eingebunden in Laudes, Prim, Terz, Sext, Non, Vesper und Komplet könnte sie den Tag vorbeigleiten lassen, ohne zu denken, ohne zu handeln, ohne zu planen. Auch ohne zu beten. Sie, die oft im Chor eingeschlafen ist, sehnt sich jetzt nach dem immergleichen, ruhigen Rhythmus der Liturgie.

Katharina kann nicht einmal mehr zur Gottesmutter beten. Es geht nicht. Es lösen sich zwar Psalmworte von ihren Lippen, doch sie sind hohl. Katharinas Seele ist nicht beteiligt. Katharina ist es manchmal, als liege ihre Seele im kleinen Grab Elisabeths. Oft denkt sie an Benedikta. Ist der Tod ihres Kindes die Strafe, daß sie Gott gezürnt und die Hexe ins Haus gerufen hat?

Nachts liegt sie neben Martinus. Sie ist so allein, wie sie es nicht einmal als Kind im Kloster gewe-

sen ist. Sie spürt, daß Martinus auch nicht schläft. Doch er wendet sich ihr nicht zu. Nie wieder haben sie den Tag erwähnt, an dem das Kind starb. Aber er steht ständig zwischen ihnen.
Als Martinus Katharina schließlich doch wieder umarmt, bleibt alles in ihr still.

›Veste Coburg, 15. August 1530
Meinem lieben Herrn, Frau Katharin Lutherin in Wittenberg zu Handen.
Meine liebe Käthe. Aus diesen Briefen von Augsburg werdet Ihr sehen, wie es zu Augsburg um unsere Sache steht. Gott helfe weiter, wie er gnädiglich angefangen hat. Jetzt kann ich nicht mehr schreiben, weil der Bote so wegfertig dasitzt und nicht mehr wartet. Grüße Hansen und Muhme Lenen und allesamt. Wir essen hier reife Weintrauben, obwohl es hier außen sehr naß gewest ist.
Aus der Einsamkeit an Mariä Himmelfahrt, Mart. Luther.‹
›Meiner herzlieben Hausfrauen Katherin Lutherin zu Wittenberg zu Händen.
... ich hoffe aber, wir wollen bald selbst kommen... Daß nur des Reichstags bald ein Ende werde. Wir haben genug getan und uns erboten, die Papisten wollen nicht ein Haarbreit weichen...
Ich hab ein ganz schön Buch aus Zucker für Hans Luther...

Aus der Einsamkeit am 8. September 1530‹
›... Sie wollen schlechterdings die Mönche und Nonnen wieder in die Klöster haben. Doch hat der kursächsische Kämmerer geschrieben, er hoffe, daß man zu Augsburg abscheiden werde mit Frieden in allen Gassen. So brauchen wirs alle wohl, weil der Türke so an uns will...
Aus der Einsamkeit am 10. September 1530‹

Katharina ist sehr traurig, daß Martinus in keinem seiner Briefe etwas vom Tode seines Vaters erwähnt. So sehr Katharina der Verlust des Alten schmerzt, noch mehr weh tut ihr der Gedanke, daß Luther diesen Kummer mit sich allein abmacht. Sie sind so weit voneinander entfernt, Martinus und sie. Nicht nur die Wegstrecke nach Coburg trennt sie. Martinus wendet sich mit seinen Zweifeln, Ängsten, Kränkungen und Schmerzen an Gott. Manchmal auch an den Teufel. Aber niemals an seine Frau. Und so sitzt er auf der Veste Coburg, weil er als Geächteter sein Land Sachsen nicht verlassen darf. Er muß in Coburg sitzen, während in Augsburg der Reichstag abgehalten wird.
Und jetzt schreibt er von der Veste Coburg: Aus der Einsamkeit... Was für eine Einsamkeit meint er? Fühlt er, der seine Reformation immer wieder von neuem bedroht sieht, fühlt er sich von Gott verlassen und deshalb einsam? Oder vermißt er Melanchthon, der in Augsburg die neue Konfes-

sion vorlegt? Oder sehnt er sich nach Hänschen und seiner jüngsten Tochter Magdalena?
Katharina nimmt das kleine Mädchen, das jetzt eineinviertel Jahr alt ist, aus seinem Bettchen. Magdalena ist ein Maienkind, ihre Geburt ging schnell und ohne allzu große Schmerzen. Es war keine Zeit mehr, die Wehmutter zu holen. Muhme Lene hat das Kind in Empfang genommen. Deshalb ist Magdalena auch nach ihr benannt.

Die Magd kommt und meldet, daß eine Frauensperson vor der Tür stehe und die Frau Doktorin sprechen wolle. Katharina läßt sie in die Wohnstube bitten.
Als Katharina, Magdalenchen auf dem Arm, in die Stube tritt, sieht sie die Fremde in staubigen Reisekleidern, die sich kaum auf den Beinen halten kann. Sie ist hochschwanger, Schweiß steht auf ihrer Stirn, die Lippen sind aufgesprungen, ihr Haar offenbar tagelang ungekämmt.
»Um Christi Willen, helft mir.«
Katharina führt die Fremde zur Fensterbank. Sie ruft die Magd, damit sie ein Bad bereite. Da kommt auch schon Muhme Lene, die gerade von einem Wechselfieber genesen und noch sehr schwach ist. Doch sie holt sofort einen sommerlichen Erfrischungstrunk: Molke mit Zimt, Muskat und Veilchenzucker. Die Fremde trinkt es in einem Zug und lehnt sich dann mit geschlossenen Augen gegen die Wand.

»Hier hilft wohl nur noch die Wehmutter«, stellt Muhme Lene mürrisch fest und schickt gleich die Magd nach ihr.
Katharina geleitet die Frau, die sich als Lorichia von Dalberg vorstellt, ins Bad. Sie gibt ihr ein Leinenhemd und weist die Magd an, die schmutzigen, doch zweifellos kostbaren Kleider der Fremden zu waschen. Lorichia trägt um den Hals eine dünne Kette mit einem großen Rubin, um den viele kleine Smaragde in kunstvoller Fassung stehen. Lorichia sieht Katharinas Blick und sagt, daß es das letzte ihr verbliebene Schmuckstück sei. Alles andere habe sie auf der Flucht verkauft.
Auf der Flucht? Wovor?
Lorichia kann oder will es nicht sagen. Es ist auch gar keine Zeit mehr dazu. Noch ehe die Magd mit der Wehmutter kommt, wird das Kind geboren. Katharina, zum erstenmal Helferin, sieht fasziniert, wie der Haarkranz am Unterleib Lorichias sich öffnet, wahrhaftig, da sind ja verklebte Haarlöckchen zu sehen. Lorichia schreit, schreit, schreit. Und jetzt kommt das Köpfchen ganz, Katharina hält mit der Magd Lorichia bei den Armen, Muhme Lene dreht unendlich vorsichtig das Köpfchen und die Schultern heraus.
Während die Magd Lorichia mit Kräutersud und dann mit warmen Tüchern abreibt, badet Katharina voller Entzücken das Neugeborene. Hänschen, seine brüllende Schwester Magdalena mehr schleifend als tragend, erscheint in der Tür. Ka-

tharina zeigt ihm strahlend das schreiende Knäblein. Sie wickelt es, wie es Brauch ist, und legt es in die Wiege, in der auch ihre Kinder geschlafen haben. Es der Mutter zu geben, ist wegen des bösen Wochenflusses zu gefährlich. Außerdem könnte sie das Kind ja im Schlaf erdrücken.

Lorichia, mit Katharinas Salben, Ölen und Kämmen gepflegt, wird von Tag zu Tag schöner. Sie versteht es, ihr blondes Haar in anmutiger Weise hochzubinden, so daß es ihr feines Gesicht wie ein Rahmen umgibt. Je mehr sie sich erholt, um so mehr Zeit verwendet sie auf ihr Äußeres. Katharina sieht es und ist sich nicht sicher, ob sie Lorichia bewundern oder zornig auf sie sein soll. Liebenswürdig, aber durchaus hoheitsvoll, läßt sich Lorichia vom Gesinde bedienen, als sei sie die Herrin im Haus. Sie zeigt sich auch verwundert darüber, daß Katharina so viel arbeitet. »Warum habt Ihr nicht mehr Gesinde?«, fragt sie Katharina einmal. Da in ihrer Frage jedoch keinerlei Bosheit, sondern wirkliches Erstaunen liegt, kann Katharina sie nicht zurechtweisen.

Schließlich kann Lorichia nicht wissen, daß das Haus Luther wieder mal verschuldet ist.

400 Gulden kostet allein das neue Haus, das hinter dem Kloster neben dem Gärtchen erbaut wird. Dazu kommen nochmal 150 Gulden für das Dach. Dies Haus muß unbedingt noch vor dem Winter fertig werden, das Schwarze Kloster kann sonst die Scholaren und Hausgäste nicht mehr

aufnehmen, die aus allen Teilen Deutschlands nach Wittenberg kommen und für die es die größte Ehre ist, bei Doktor Luther zu wohnen.
Die berühmteste Herberge in Wittenberg. Und die billigste, denkt Katharina oft mißmutig. Sie hat es immer noch nicht durchgesetzt, daß sie von den Scholaren (die zum Teil aus reichen Häusern kommen) mehr Kostgeld fordern darf als bisher. Katharina weiß jedoch nicht, woher sie die 130 Gulden nehmen soll, die sie fürs Brauhaus braucht. Dabei hat sie sich so gefreut, als Kurfürst Johann ihr die Braugerechtigkeit übertragen hat.
Geld, Geld, Geld. Wovon soll Katharina noch mehr Gesinde ernähren und kleiden? Lorichia hat gut reden. Offenbar ist sie aus reichem Haus. Sie spricht niemals darüber. Katharina fragt auch nicht.
Martinus, der Ende Oktober von der Veste Coburg zurückkehrt, will von Katharina sofort wissen, woher Lorichia kommt und warum. Als Katharina ihm sagt, daß Lorichia keine Auskunft gibt, befragt er sie in seiner direkten Art selber. Und Katharina sieht fassungslos, wie Lorichia es mit ausgesucht höflichen, liebreichen, hin und wieder verzweifelten Worten und Gebärden erreicht, daß Martinus weder weiter fragt noch länger befremdet scheint über ihre Weigerung, auch nur ein wenig preiszugeben.
Bald ist Lorichia der Mittelpunkt an der Lutherschen Tafel. Sie berichtet immerhin, daß sie aus

der Stadt Coelln am Rhein stamme. Und daß es sie erstaune, daß die Bürgersfrauen in Wittenberg offenbar wenig Handel treiben. In Coelln sei es so, daß viele Frauen, Goldspinnerinnen, Seidenmacherinnen oder Garnmacherinnen zum Beispiel in Zünften, zusammengeschlossen sind. Daß sie zum Teil mit ihren Ehemännern, die als Seidenhändler und Ratsherren Import und Export betreiben, zusammenarbeiten und viel Reichtum erwerben. »Coellner Frauen«, sagt Lorichia, »aber auch einige aus Frankfurt und Nürnberg, handeln mit Gewürzen, mit Metall und Stahl.«

So fasziniert Katharina von Lorichias Erzählungen auch ist, so sehr mißfällt ihr, daß Martinus sich immer häufiger mit der Fremden unterhält. Er reicht ihr bei Tisch das Salzfaß, das Brot. Schenkt ihr sogar Wein nach.

Hat Katharina jemals solche Liebenswürdigkeit von ihm erfahren?

In diesen Tagen festigt Katharina ihren Ruf als zungenfertige, hochfahrende Domina, nach deren Worten sich im Hause Luther alles zu richten hat. Sie fegt durchs Haus mit wehenden Röcken, faucht die Magd an, die vom Markt nicht rechtzeitig heimkommt, wirft dem guten Wolf vor, daß sie ihm wohl demnächst Handwerkszeug bestellen müsse, das sich von selber bewegt, da er überm Arbeiten einschlafe.

Als sie sieht, daß bei Tisch das Geselchte vom Schwein und das Zugemüse, das sie mühsam genug aus allen Winkeln des Gartens zusammengesucht hat, daß ihr sorgsam gekochtes Essen überm Parlieren und Disputieren kalt wird, stellt sie ihren Weinbecher so heftig auf den Tisch zurück, das es knallt: »Warum eßt Ihr nicht und redet unaufhörlich? So langsam vergeht mir die Lust, für Euch den Morgen in der Küche zu verbringen.«

Und zu Cordatus, der sein Schreibzeug neben dem Teller liegen hat, damit er sofort alles mitschreiben kann, sagt sie: »So, Cordatus, das könnt ihr jetzt auch aufschreiben. Schreibt Ihr doch ohnehin alles, was keine Seele etwas angeht.«

Wie immer, wenn Katharina allzulaut ihre Gedanken ausspricht, fühlt sie sich nachher unbehaglich. Es sind ja nicht die Tischgenossen allein, die sie wütend machen. (Obwohl es ihr nicht gefällt, daß sie jedes Wort hinausposaunen und oft auch noch verdrehen. Ob sie wohl denken, sie, Katharina, erfahre nichts davon?)

Nein, nicht die Tischgenossen sind es. Es ist vielmehr Lorichia, die Katharina in Wut bringt, obwohl sie eigentlich gar nichts dazu kann. Gerade reibt sie Kohle zu allerfeinstem Staub an, um sich damit mittels eines feinen Pinsels die Lidränder der Augen zu schwärzen. Das sieht zu ihrem hellen Haar sehr schön aus. Katharina erinnert sich plötzlich, daß Benediktas Augen auch auf diese Weise geschwärzt waren. Lorichia mischt auch feinstes Mehl mit ein wenig Erde, drückt es durch

ein Leintuch und pudert damit Stirn und Nase. Sie macht das so geschickt, daß niemand, der es nicht weiß, etwas davon bemerkt. Schon gar nicht die Männer. Sie bewundern allesamt Lorichia. Sogar Melanchthon wirft manchmal einen scheuen Blick auf sie. Auch Martinus. Er schaut Lorichia nach, wenn sie die Stube verläßt. Schaut er sie nicht auch bei Tische heimlich an? Und wann hat er sie, Katharina, das letztemal umarmt?
Katharina vergißt ganz, daß sie sich das in letzter Zeit überhaupt nicht gewünscht hat. Sie ist insgeheim ganz froh gewesen, daß Martinus verreist war. Gegen nächtliche Einsamkeit hat sie sich Hänschen und Lenchen ins Bett geholt.
Katharina redet sich ein, daß Martinus nur noch Augen für Lorichia hat. Und Lorichia hängt auch mit bewundernden Augen an Martins Mund. Immer wieder fragt sie ihn, wie denn die protestantische Sache nun stehe. Und woher er die Kraft nehme, sich jeden Tag neu gegen die Papisten zu behaupten. Daraufhin sagt Martinus so zuversichtlich und heiter, wie er selten genug ist: »Wenn Christus nicht mit uns ist, ich beschwöre Euch, wo ist er dann in der Welt? Wenn *wir* nicht die Kirche oder ein Teil der Kirche sind, wo ist die Kirche dann? Wenn *wir* nicht das Wort Gottes haben, wer soll es dann haben? Wenn *wir* fallen, so fällt Christus mit, das heißt der Regent der Welt. Und seis drum, daß er fällt – ich will lieber mit Christus fallen als mit dem Kaiser stehen!«

Ja, Lorichia pflegt den richtigen Umgangston mit Martinus, das begreift Katharina sehr wohl. Lorichia zollt ihm alle Achtung und allen Respekt, der dem berühmten Reformator gebührt. Katharina dagegen brennt schon wieder die Frage auf den Nägeln, wie sie ihre teuren Muttersauen vor der Schweinepest schützen soll, nachdem schon vier ihrer Schweine daran eingegangen sind.
Trotzdem, auch wenn sie, Katharina, noch so unzulänglich sein mag, Martinus ist ihr Ehegemahl. Und mag er auch wenig liebenswürdig sein, er gehört ihr, Katharina. Und der Teufel mit all seinen Dämonen soll über sie kommen, wenn sie Lorichia auch nur einen einzigen Gedanken Martinus' gönnt.

Katharina beschließt, sich erst einmal ein Bad zu richten und ihr Haar zu waschen. Es hat sich erwiesen, daß sie bei diesen Tätigkeiten am besten nachdenken kann.
Die beiden Mägde haben zum Abendbrot bereits den Tisch gedeckt. Es gibt heute nur Brotfladen, Käse, dazu Obst aus dem Lutherschen Garten. Äpfel, Birnen, Nüsse, Gurken. Die schwarze Kassette ist mal wieder leer. Katharina ist gerade noch mit der Toilette fertiggeworden, wenn man davon absieht, daß ihr Haar nicht ganz trocken ist. Jedenfalls duftet sie nach dem Mandelöl, mit dem sie sich nach dem Bad eingerieben hat, und ihre Augen sind so geschwärzt wie die Lorichias.

Auch den Puder trägt sie auf Stirn und Nase. Und ausgerechnet Lorichia sagt, als sähe sie Katharina zum erstenmal: »Ihr seid wunderschön, Katharina Lutherin.«

Alle schauen auf Katharina, so daß es ihr schon peinlich ist. Aber doch nicht allzu peinlich. Sie wirft ihr Haar zurück und bietet Martinus die Birne an, die sie gerade zerteilt hat.

Überrascht nimmt er das Obst, und ihre Augen begegnen sich. Katharina spürt, wie das Feuer, das sie erloschen glaubte, wieder ihren ganzen Körper erfaßt. Und sie spürt auch, daß es Martinus genauso geht. In Katharina ist ein Summen und Beben von den Zehen bis in den Kopf.

*Ihre Seele* flüstert entzückt: Wir werden einander umarmen...

*Ihr Kopf* antwortet: Na und? Das habt ihr seit eurer Hochzeit doch mindestens fünfhundertmal getan!

*Die Seele:* Aber heute ist es anders.

*Der Kopf:* Wieso?

*Die Seele:* Heute will ich es, heute freue ich mich, heute habe ich Sehnsucht danach.

*Der Kopf:* Du vergißt wohl ganz, was Paulus Römer 7 sagt: ›Mit dem Fleisch diene ich dem Gesetz der Sünde!‹ – Du weißt doch, daß Gott nur deshalb den Eheleuten gegenüber nachsichtig ist, weil sie beim Beschlafen mit Kindern gesegnet werden.

*Die Seele:* Gott. Ich höre immer nur Gott. Hat

er nicht den Menschen gemacht? Also hat er auch mich, die Seele, gemacht. Warum hat er denn gemacht, daß ich bei der Umarmung immer in helle Aufregung gerate?
*Der Kopf:* Das frage ich mich auch jedesmal. Besonders dann, wenn du so laut schreist und seufzt. Mir ist das manchmal peinlich.
*Die Seele:* Begreifst du denn nicht, daß ich nur deshalb so laut bin, weil ich doch weiß, daß es von Gott verboten ist?
*Der Kopf:* Nein, das verstehe ich nicht.
*Die Seele:* Ich verstehe es ja selbst nicht recht, wie sollst du es denn in deine komplizierten Verästelungen hineinbringen? Nochmal: Mir ist plötzlich heiß geworden. Und da habe ich gewußt, daß ich Martinus innig umfangen will um seinetwillen. Um seiner Augen willen, die dann tief sind und feurig. Um seiner Haut willen, die dann wie Gold glänzt und ein wenig feucht ist. Um aller seiner Glieder willen, die mir unendlich guttun in der Umarmung. Die mich auffliegen lassen hoch über unsere Bettstatt, übers Schwarze Kloster, über Wittenberg hinweg in feuergoldene Räume, die ich nicht kenne und denen ich keinen Namen geben kann. In Räume, die man immer wieder betreten will, wenn man einmal darinnen war.
*Der Kopf:* Ich möchte auch mal etwas sagen.
*Die Seele:* Nein. Heute nacht habe ich das Regiment.Morgen früh, da brauche ich dich wieder

dringend. Da mußt du mir einen Brief an den Kanzler Brück, diesen verleumderischen Dukatenzähler, diktieren. Bis dahin hältst du dich zurück. Du versperrst mir viel zu oft die Aussicht. Du bist sehr dick und sehr hart, Kopf. Dafür kannst du nichts, ich weiß, aber du machst es mir schwer. Ich kann deinetwegen oftmals Martinus gar nicht richtig sehen. Immer willst du Recht behalten. Als Martinus in drei Briefen schrieb ›aus Einsamkeit‹ hast du sofort gesagt, daß er von Melanchthon redet und von Hänschen und Lenichen. Du hast mich gar nicht selber lesen lassen. Wann wirst du endlich aufhören, mich zu dominieren?

# VIII

Am Schwarzen Kloster wird gebaut. Aber diesmal ist es nicht Katharina, die dafür verantwortlich ist. Die Türken, die unter ihrem Sultan Suleiman schon tief nach Ungarn eingedrungen sind, werden zur immer größeren Bedrohung. Deshalb läßt der Kurfürst seine Residenz Wittenberg befestigen. Die Wälle der Stadt werden verstärkt und erhöht, denn die vorspringenden Ecken sind einem Sturmangriff am meisten ausgesetzt. Die Südostecke, wo das Schwarze Kloster an die Stadtmauer stößt, soll durch eine mächtige Bastion gedeckt werden, die in einem Halbkreis das neue hintere Haus und den Klostergarten umschließt. Der Kurfürst hat zwar befohlen, Luther nicht zu nahe zu kommen mit den Baulichkeiten, doch der Zeugmeister Friedrich von der Grune läßt trotzdem den Hof des Hauses bis ans Obergeschoß zuschütten.

Darüber ist Martinus zornig. Er verlangt, daß man den Schutt wieder wegfährt. Als das nicht geschieht, schreit er von der Grune an: »Des sollt Ihr gewiß sein, daß ich zu Eurem verfluchten Bau, mit dem Ihr meinem Herrn seinen Beutel ausräumt, nicht ein Haar breit mehr weichen will.«

Alle Schäden am Brautor will Martinus wieder beseitigt haben, die Gartenmauer und das neue Haus will er vor jedem Schaden geschützt wissen. Den kurfürstlichen Zeugmeister kann er gar nicht genug verfluchen: »Der ist Gottes und mein Feind«, sagt er zu Katharina.

Katharina ist froh, daß Martinus sich überhaupt mit dem Hauswesen beschäftigt. Es wird immer umfangreicher. Sie haben inzwischen einen Garten am Eichenpfuhl dazugekauft und einen großen Baumgarten am Saumarkt. Dieser hat noch den Vorzug, daß der faule Bach hindurchfließt und einen kleinen Weiher bildet. Schon im letzten Herbst haben sie gefischt. Katharina kann jetzt Hechte, Schmerlen, Forellen, Kaulbarsche und Karpfen auftischen.

In dem Keller, der letzten Sommer fertiggeworden ist, stehen irdene Töpfe mit Kirschen, Birnen, Äpfeln und Pfirsichen, die Katharina mit den Mägden geerntet und eingekocht hat.

Das alles ist auch dringend notwendig. Katharina und Martin haben inzwischen dreizehn Kinder; neun Pflegekinder und vier eigene. Zu Hans und Magdalena Luther haben sich noch zwei Brüder gesellt. Martinchen ist am 9. November schon zwei Jahre geworden, Paul ist jetzt vier Monate alt. Am 28. Januar ist er auf die Welt gekommen und noch in der Nacht auf dem kurfürstlichen Schlosse getauft worden. Beim Taufessen sagt Martinus, daß er billig alle seine drei Söhne auf

den Namen des Apostels Paulus taufen lassen könne – soviel verdanke er ihm.
Die Paten des jüngsten Sohnes sind Herzog Johann Ernst von Sachsen, der kurfürstliche Erbmarschall Hans Löser, Justus Jonas, Melanchthon und die Frau des kurfürstlichen Leibarztes Kaspar Lindemann.

Wenige Tage nach der Entbindung schreibt Katharina an Ave:

›Gnad und Friede, liebste Ave.
In Marienthron sind sie jetzt in der Komplet, und ich sitze hier am Tisch von meinem Martinus. Nur hier habe ich einigermaßen Ruhe, Dir endlich zu schreiben. Ich weiß, daß Du mir meine Saumseligkeit verzeihst, die Du selbst ein großes Hauswesen und einen hochberühmten Mann hast. Wie ich höre, ist bei Euch wieder die schlimme Seuche, der Englische Schweiß, ausgebrochen, da wirst Du Deinen Mann wohl auch nicht oft zu sehen kriegen. Martinus ist zwar in Wittenberg, aber gerade nicht bei mir. Mit Melanchthon, Jonas und Bugenhagen ist er bei Lucas Cranach. Der beginnt ein großes Altarbild für unsere Kirche. Es soll drei Flügel haben, auf dem wohl Taufe und Abendmahl zu sehen sind und Lucas will alle Reformatoren dort konterfeien.
Barbara hat mir einen Kuß für Dich mitgegeben. Gottlob greift die Melancholia sie nicht

mehr so stark an. Dafür macht sie mir manchmal arg zu schaffen... Nein, liebste Ave, ängstige Dich nicht, Du weißt ja, ich bin mit dem Wort rasch bei der Hand. Das sagt jedenfalls Martinus oft. Das letztemal gestern. Wir haben einen Engländer zu Gast, sein Name ist Robert Varnes, und sie haben ihn aus England verjagt, weil er evangelisch geworden ist. Dieser hochgelehrte Mann versteht die deutsche Sprache nicht. Da sagt doch Martinus zu ihm: Ich will Euch mein Weib zum Präzeptor geben. Sie soll Euch die deutsche Sprache lehren. Denn sie ist sehr beredt und kann sie so fertig, daß sie mich darin bei weitem übertrifft...

Und dann, liebe Ave, hat er mich gleich wieder in Wut gebracht. Er hat nämlich noch hinzugefügt: Freilich, wenn Weiber wohl beredt sind, dann ist es an ihnen nicht zu loben. Es steht ihnen besser an, zu stammeln und nicht gut reden zu können. Das ziert sie viel besser...

Kannst Du verstehen, liebste Ave, daß ich dann auf der Stelle den Suppentopf hinwerfen könnte? Vielleicht denkst Du ja auch im Stillen, daß ich vom Teufel besessen bin (Du hättest aus Klosterzeiten wohl Grund dazu), aber glaub mir, Ave, in diesem Schwarzen Kloster, in dem ich jetzt seit acht Jahren lebe und immer mehr Leute die Betten mache, dieses Schwarze Kloster ist Herberge, Spital, Tollhaus (manchmal mehr Spital, manchmal mehr Tollhaus) meistens alles zusammen. Wenn ich nicht jeden an seinen Platz und an seine Pflichten mahnen würde, Ave, es ginge noch mehr drunter und drüber, als es das ohnehin schon tut. Kannst Du Dir vorstellen, daß ich es mir gar nicht leisten könnte, zu stammeln?

Hätten sie nicht Angst vor mir, Ave, sie würden meinen Martinus noch mehr belügen, betrügen und ausnehmen wie die Gans an Martini. Das will er aber einfach nicht sehen!

Ave, ist es nicht überhaupt ein eigen Ding um das Ehelichsein? (Einzig zu Dir kann ich davon reden, meine Briefe werden ja nicht in die Welt posaunt wie die von Martinus.) Es ist nämlich so, daß ich mich selbst nicht mehr verstehe. In unseren Nächten bin ich manchmal so einig mit Martinus, daß ich mir nicht vorstellen kann, ihm je ein böses Wort zu geben. Und dann solltest Du mich mal am Tag sehen!

Mit den Kindern geht es ebenso. Weißt Du, Ave, daß wir jetzt ihrer dreizehn haben? Allein von der Schwester Kaufmann die sechs Waisen. Andreas und Cyriakus sind in Hänschens Alter. Fabian, Georg, Elschen und Lenchen sind (in dieser Reihenfolge) jedes ein Jahr jünger. Dazu kommen unsere eigenen vier Kinder, von denen Du ja die beiden Jüngsten, Martinchen und Paul, noch nicht kennst. Martinchen ist ein Schalk, und Paulus will sich nicht wickeln lassen. Er wehrt sich mit Händen und Füßen dage-

gen, so daß heut morgen Martinus gesagt hat, er solle sich nur flugs wehren, er habe sich auch immer dagegen gewehrt, daß ihn der Papst gebunden habe...
Daß bei so vielen Kindern nicht selten der Teufel das Regiment hat, muß ich Dir nicht im einzelnen schildern. Eines hat immer Masern, Windpocken, das Wechselfieber oder die Bräune, die uns letzte Woche fast den Fabian genommen hätte. Eines zahnt ständig, so wie jetzt Elschen. Immer hat sich eins gestoßen oder die anderen habens getan. Sie hauen, würgen und beißen sich manchmal, daß man nicht mehr zusehen kann. Aber dann spielen sie auch wieder, und es ist lustig mit ihnen. Vor allem mit meinem Hänsichen. Und Lenichen, meine Magdalena! Sie ist jetzt vier und liebt ihren Bruder so herzlich, wie ich es unter Geschwistern noch nicht gesehen habe. Und Hänsichen ginge wohl auch für sie durchs Fegefeuer. Obwohl ich Gott danke, daß wir gesunde Kinder haben, bin ich oftmals so hart mit ihnen. Das ängstigt mich selber zutiefst, und ich kann es auch niemandem sagen als Dir, von der ich weiß, daß Du mich liebhast. Ob Du mir aber auch durch die Finger sehen kannst, daß ich viel zu häufig schon die ganz Kleinen strafe? Manchmal, wenn mich der Teufel so recht in den Klauen hat, dann kommen mir die Kinder vor wie eine Meute Jagdhunde, die alle auf mich gehetzt

sind. Und ich fürchte mich gerade so vor ihnen – und deshalb tret ich und schlag ich und schrei und tob.
Ach Ave, das Schlimmste ist, daß ich die Waisenkinder nicht so liebe wie meine eigenen. Dabei ist es aber kurios – ich bin gegen meine Pflegekinder viel langmütiger als gegen mein eigen Fleisch und Blut.
Kannst Du begreifen, Ave, warum man immer am härtesten ist gegen die, die man am meisten lieb hat?‹

›Liebste Ave, heute ist schon der 9. Mai, und immer noch liegt mein Brief unvollendet vor mir. Begonnen habe ich ihn am letzten Sonnabend, und nun ist schon wieder Freitag. Im Haus ist es endlich ruhig. Von Zeit zu Zeit muß ich allerdings zu Martinchen springen, er hat seit gestern Ohrweh und weint viel. Ich hab ihm ein Säcklein mit Camillen- und Steinklee heißgemacht und aufs Ohr gebunden. Er leidet es sogar, weil er spürt, daß es guttut. Martinus sitzt auch noch auf. Er schreibt an der Kirchenordnung für Brandenburg-Ansbach und Nürnberg. Wenn nur die übrige Welt auch eine Ordnung hätte. Doch sind überall Händel. Da nützen all die Reichstage nichts und die Augsburger Konfession und der Schmalkaldische Bund.
Sie hören ja auch nicht auf, Spottlieder über uns

zu singen. Sie zeichnen Martinus als feisten Sack, der seinen Bauch auf einer Schubkarre daherfahren muß. (Dabei ist er keineswegs feist, sondern nur etwas stattlicher und kräftiger als früher.) Auf dem Rücken trägt er in einer Kiepe alle Reformatoren und seine Schriften. Mich lassen sie im Chorkleid mit Kindlein und Hündlein hinterhertraben.
Zwei Leipziger Magister, von der Heyden und Hasenberg mit Namen, läuten besonders hart mit der Sauglocke gegen uns. Martinus lassen sie in einem Drama auf dem Scheiterhaufen verbrennen, und mir dichten sie Buhlschaften mit Studenten an.
Ach Ave, ich glaube, wir können noch so alt werden und bis nach dem neuen Land Amerika gehen, das Kloster verfolgt uns und holt uns überall ein.
Doch ich bin nun seit zehn Jahren Zielscheibe und halts leicht aus.
Nur in einem haben sie mich neulich hart angegriffen. Des Kurfürsten Kanzler Brück, kennst Du noch den Namen? Ich wünsche ihm Pest, Cholera und Pocken. Er hat der Pferdefüße gleich zwei, und er hat aus seinem übelriechenden Maul ausgespien, daß ich unserem alten Wolf Sieberger das Geld nehme! Hast Du meinen lieben Wolf noch gekannt? Wo nicht, muß ich ein wenig weiter ausholen. Martinus ist im Frühjahre 1517 mit Vater Staupitz ins Herzog-

tum Baiern gereist und ist dabei auch in die Stadt Munichen gekommen. Martinus hat dort in der Augustinerkirche gepredigt. Doch ist Munichen eine ganz papistische Stadt, und sie sollen dort nachher drei Frauen in einem Fluß mit Namen Isar ertränkt und sechs Männer enthauptet haben wegen ihres protestantischen Glaubens. Da ist der Wolf Sieberger nach Wittenberg zu Martinus geflüchtet und ist sein Famulus geworden.

Und dann bin ich, wie Du ja noch weißt, mit meinem Regiment über das Schwarze Kloster gekommen. Er hat sich schwer an mich gewöhnt, mein Wolf, dann aber um so lieber. Eins ist wahr: beim Arbeiten kannst du ihm schlechterdings nicht zusehen. Martinus hat erst jüngst bei Link in Nürnberg Handwerkszeug für Wolf bestellt, das sich möglichst von allein bewegen soll. Damit hast Du es ganz: mein Wolf träumt gern. Und ich frage mich manchmal, ob er nicht recht daran tut. Wieviel Not und Tränen vom allzu regen Geist, vom hochgelehrten Streben und vom rastlosen Schaffen kommt, haben wir ja gesehen...

Da höre ich lieber meinem Wolf zu. Er spricht immer häufiger von Munichen. Seine Sprache hab ich gern, sie ist voller As und Rs, und die R rollt und grollt er so weich.

Und ihn soll ich berauben? Wolf hat immer, genau wie Martinus, sein Gehalt vom Kurfürsten

in die schwarze Kassette getan, und das tut er noch heute ohne ein Wort von mir oder von Martinus. Und nun sagen sie, ich mit meiner vertunlichen Wirtschaft nähme ihm alles. Wolf selber sagt nur: Solln's sagn was's megn.
(Die Baiern reden auch nicht gern.)
Aber in mir kocht die Galle vor Wut...‹
›Allerliebste Ave, ich habe gehört, daß der Postreiter ohnehin erst am Dienstag wieder vorbeikommt. So ist Gelegenheit, Dir noch von Lorichia zu erzählen, von der ich Dir in meinem letzten Brief schon berichtet habe. Sie hat ja, wie Du weißt, über ihre Sache immer den Mantel des Schweigens gebreitet.
Nun, wir sitzen eines Morgens beim Frühmahl, Hänsichen hat gerade zu Tisch gebetet, da pocht es an die Haustüre. Kaum hat unsere Magd einen Hartmut von Cronberg gemeldet, springt doch unsere Lorichia wie vom Teufel besessen auf und läuft in ihre Kammer. So schnell hat sie noch nie die Röcke gerafft! Nun, und dann haben wir die Wahrheit erfahren. Lorichia ist in Worms (einer Stadt am Rhein) mit dem Edlen Wolf von Dalberg vermählt gewesen. Er ist zu Tode gekommen, und sie hat sich als junge Wittib von einem reichen Juden namens Jakob, den sie sehr liebte, ehelichen und entführen lassen. Erst in Erfurt haben ihre Angehörigen eine Spur von ihr gefunden. Da haben sie Reisige ausgesandt, die sollten sie zu-

rückbringen. Die begegneten auf der Straße zufällig dem Juden Jakob, der hoch zu Roß wie ein Edelmann einherzog. Sie haben ihn niedergestochen. Lorichia ist allein weitergeflüchtet – das andere weißt Du. Mir war sie nicht immer lieb, aber in ihrer Angst hätte ich sie lieber bei uns behalten, als sie dem stolzen Bruder mitzugeben. Es ist Martinus gottlob gelungen, die beiden miteinander zu versöhnen...

Liebste Ave, der Tag ist lang und hell gewesen, doch jetzt will die Nacht ihr Regiment. Mein Martinus hat mir nicht nur einmal Grüße an Dich aufgetragen, er ist Dir, wie Du wohl weißt, immer noch zugetan.

Hiermit Gott befohlen, Montag, 13. Juni 1533

Katharina Lutherin‹

# IX

Ein kalter Februartag im Jahre 1537. Schnee und Eisbrocken bedecken die Straße zwischen Schmalkalden und Tambach. Zwei Kutschen mit dem Wappen des Kurfürsten von Sachsen rumpeln und rollen mühsam genug. Semmelhans, ein Bauernsohn, der Kutscher auf dem ersten Wagen, flucht: »Da soll doch der Teufel mit Karst und Flegel dreinschlagen. Da fahren wir ein schönes Feuer herum und müssen uns doch den Arsch abfrieren.«

Dem ersten Wagen folgt ein kleinerer, auf dem zwei kupferne Pfannen, in denen Kohlenfeuer glimmt, ständig gewartet werden.

Ein Postreiter überholt die Karawane. Er ruft dem Kutscher zu, daß er einen Eilbrief für Luthers Frau nach Wittenberg zu bringen habe. »Morgen soll ich schon in Wittenberg sein«, ruft der Reiter.

»Soll sich der Gaul unterwegs die Beine brechen.« Der Kutscher knallt heftig mit der Peitsche: »Da könnt ich es warm haben auf der Wilhelmsburg zu Schmalkalden, aber nein, da muß ich den großmauligen Doktor kutschieren. Das ist so einer, der lernt lateinisch und griechisch und jüdisch und was weiß ich, und dann verspricht er uns Wahrheit und Gerechtigkeit! Und dann braucht bloß sein kurfürstlicher Gönner zu sterben, und schon verrät er unsereinen an das Schwert. *Wider die räuberischen und mörderischen Rotten der Bauern.* Hat der dahinten geschrieben! Ich hätt nicht übel Lust, die Pfannen vom Wagen zu schmeißen. Dann kriegt der da hinter mir auch einen kalten Arsch. Hüa, Hüa, ihr Mistgäule, daß euch der Teufel zuschanden reite!«

Die Gäule ziehen so kräftig an, daß es den Kranken in der Kutsche höchst unsanft herumwirft. Er schreit auf – und mit einemmal entleert sich seine Blase, wie schon seit Tagen nicht mehr. Dem Kranken ist leichter. Halb im Schlaf flüstert er:

»Katharina, mein Liebchen, so lang ist kein Tröpfchen Wasser von mir gekommen, ich hab nicht geschlafen, nicht Essen noch Trinken bei mir behalten. Summa: Ich bin tot gewest. Dich und die Kindlein hab ich Gott befohlen, besonders die kleine Maruschel. Nun haben aber vieler Leute Tränen wohl vermocht, daß mir Gott auf dem Weg der Blasen Gang geöffnet hat und wohl ein Stübchen Wasser von mir gegangen ist. Mich dünkt, ich sei neugeboren.

Katharina, mein Fürst hat Berittene geschickt, daß Du mir entgegenkommen sollst, für den Fall, daß ich stürbe. Das ist nicht mehr not und Du kannst daheim bleiben. Du weißt, wie gern ich Dich liebhätte, wenn ich es könnte...«

Grimma, 1. März 1537

In der Herberge ›Zum weißen Lamm‹ sitzt Katharina, die kleine Maruschel auf dem Schoß, neben Lucas Cranach auf der Bank am Fenster. Sie warten auf die Kutsche, die Luther bringen muß. Cranach nimmt einen kräftigen Schluck aus seinem Bierkrug und streckt dann die Arme aus nach dem Kind. »Gib mir mal die Maruschel, deine Arme müssen doch lahm sein, Katharina. Außerdem kann ich mich schon mal ein wenig einüben. Ich hoffe doch, daß mein Johannes bald aus Italien zurückkommt und Agneta Hohnfelder heimführt. Barbara und ich warten auf Enkel.«

Cranach läßt Maruschel liebevoll auf seinem Schoß wippen, was die Kleine mit vergnügtem Glucksen und Quietschen honoriert.

Maruschel ist jetzt auch schon wieder gut zwei Jahre, denkt Katharina. Als sie zur Welt gekommen ist, am 17. Dezember 1534, ist es auch so klirrend kalt wie heute gewesen. Der Pate der kleinen Margarete, Fürst Joachim von Anhalt, ist wegen der allzu rauhen Luft nicht selbst zur Taufe gekommen, aber er hat sich durch seinen Hofprediger Nikolaus Hausmann (der ein wahrhaft fürstliches Geschenk mitbrachte) vertreten lassen. Zweiter Pate ist Doktor Jakob Propst, Luthers früherer Klosterbruder in Wittenberg, jetzt Superintendent in Bremen. Ihm hat Martinus seine Maruschel besonders liebevoll ans Herz gelegt. Katharina seufzt: Maruschel hat sehr alte Eltern.

Wie lange werden wir sie noch behüten können?
Maruschel hat ein anderes Anliegen: Sie versucht immer wieder, Lucas sein Barett abzunehmen. Kreischend vor Vergnügen fährt sie Cranach ins Haar. Sie interessiert sich offenbar sehr für seine Nasenlöcher. Und sie will ihm, der die Augen zumacht, immer wieder die Augendeckel aufheben. Katharina hat Maruschel auf die Reise nach Grimma mitgenommen, weil Martinus an der Kleinsten besonders zärtlich hängt. Maruschel zeigt eine so strahlende Lebensfreude, sie kann so stürmisch zärtlich sein, daß Martinus manchmal selbstvergessen mit ihr spielt. Katharina hört noch, wie er sagt: »Maruschel ist wie eine Trunkene. Sie weiß nicht, daß sie lebt. Sie lebt ganz sicher und fröhlich dahin, springt und hüpft. Solche Kinder sind gern in großen weiten Gemächern, wo sie Raum haben.«
Raum. Katharina seufzt unwillkürlich wieder. Sie kann am Schwarzen Kloster gar nicht so schnell anbauen, als daß es nicht schon wieder zu eng würde. Seit dem letzten Jahr lebt Magister Agricola aus Eisleben mit seiner Frau Else und den neun Kindern im Schwarzen Kloster. Als sie nach Wittenberg gekommen sind, wütete gerade die Cholera, und das Schwarze Kloster ist als einziges Haus in Wittenberg davon verschont geblieben. So hat Luther vorgeschlagen, daß Agricola, der in der verseuchten Stadt keine Wohnung fand, ins Schwarze Kloster einziehen solle. Dabei ist es ge-

blieben, und Katharina hat es bislang nicht bereut. Else Agricola ist sanft und dabei doch überaus praktisch und tatkräftig. Katharina ist bald froh, sie bei sich zu haben. So auch jetzt, wo sie Martinus Luther entgegenreisen kann mit der Gewißheit, daß Else im Schwarzen Kloster das Regiment übernimmt... Der Wirt tritt jetzt in die Stube und meldet den Herrschaften, daß die Kutschen des Kurfürsten angekommen seien.

Katharina läuft hinaus, Cranach kommt mit Maruschel nach. Katharina sieht, wie der Kutscher immer wieder die Arme um seinen Körper schlägt. Er ist rot- und blaugefroren und versucht jetzt vergeblich, das vereiste Zaumzeug der Pferde zu lösen. Rasch tritt Katharina auf den Kutscher zu und drückt ihm ihr restliches Reisegeld in die Hand. Mit offenem Mund sieht der Kutscher ihr nach. Er sieht, wie die Frau seinem verhaßten Fahrgast fürsorglich aus dem Wagen hilft, wie sie ihm ein kleines Kind zum Kuß reicht. Der Kutscher spürt jetzt die Kälte noch mehr. Zornig schlägt er seine Arme um den Körper. Immer wieder.

Martinus fühlt sich schwach, aber er hat keine Schmerzen mehr. Die Kupferpfannen können aus der fürstlichen Kutsche auf Cranachs Wagen umgeladen werden, ebenso Luthers Lager. Martinus will unbedingt noch heute heimfahren nach Wittenberg. Katharina ist froh darum. Sie sehnt sich nach den Kindern. Besonders Magdalena wird glücklich sein, wenn die Eltern zurück sind. Sie ist

jetzt acht Jahre alt und sieht aus wie ihr Bruder Hans in Mädchenkleidern. Alle sind erstaunt über die Ähnlichkeit der Geschwister. Magdalena hat ein zartes Gesicht, manchmal denkt Katharina, sie sei aus feinstem Prozellan gemacht mit ihrer hohen gewölbten Stirn, den pinselfeinen hellblonden Brauen, die wie bei Katharina in einer Linie in die Nase überzugehen scheinen. Auch der Mund ist wie der von Katharina, schmal die Oberlippe, voller die untere Hälfte des Mundes. In all dieser feinen Blässe stehen Martinus' dunkle Augen als faszinierender Kontrast.
Wie gern putzt Katharina ihre große Tochter heraus. Wenn sie ihr zum Kirchgang das weiße lange Kleid anzieht mit dem hohen Rüschenkragen, kann sie ihren Stolz auf das wunderschöne Kind kaum vor den anderen verbergen. Katharina weiß, daß auch Martinus stolz und glücklich ist. Als er auf der Veste Coburg gewesen ist, hat sie ihm ein Bild von Magdalena geschickt. Das hat er sofort an die Wand vor seinen Schreibtisch geheftet und immer wieder angeschaut.
Katharina sieht, wie Luthers Blick zärtlich auf der schlafenden Maruschel ruht. Die feinen Härchen der Kleinen sind in Löckchen an ihren Kopf geklebt. Der tiefe Schlaf macht ihr rundes, sonst so fröhliches Kindergesicht ernst und unendlich klug. Der kleine Mund, es ist Martinus' Mund, ist geschlossen. Die Oberlippe zeigt ein deutliches M, die Unterlippe ist voll und weich.

Katharina fängt den Blick von Martinus auf. Lächelnd deutet sie auf Maruschels Mund und sagt: »Siehst Du, daß ihr Mund ein M bildet? M wie Maruschel, Margarete, Martinus.«
Martinus jedoch schaut Katharina an. Leise sagt er: »Ich achte dich teurer als das Königreich Frankreich und der Venediger Herrschaft. Gott hat dich mir geschenkt – und mich dir.«
Da Katharina nicht antwortet, ist nur das gelegentliche Schnarchen Cranachs zu hören, das Rumpeln des Wagens und das Geklapper der Hufe.
Martinus nimmt Katharinas Hand: »Ich hab mich so herzlich nach euch allen gesehnt vorgestern in Schmalkalden, als ich todkrank lag. Ich dachte, ich würde euch nicht mehr wiedersehen. Wie weh mir die Trennung von euch getan hat.«
Katharina drückt die Hand von Martinus und beugt sich näher über ihn, weil er noch leiser, mehr wie zu sich selber, fortfährt: »Ich glaube wohl, daß in sterbenden Leute solche natürliche Neigung und Liebe, die ein Mann zu seiner Frau und seinen Kindern hat, am größten ist.«
Martinus sieht jetzt Katharina wieder in die Augen. Er zieht ihre Hand auf seine Brust, und sie hört sein Herz hämmern, als er sagt: »Es ist ein groß Ding um das Bündnis und die Gemeinschaft zwischen Mann und Weib.«
Katharina richtet sich auf. Sie spürt auf einmal schmerzhaft jeden Rückenmuskel. Ihr ist kalt. Sie zieht die Decke eng um sich.

Es ist ein groß Ding um das Bündnis... Katharina kennt diesen Spruch. Martinus hat zur Jahreswende über die Ehe gepredigt. Zu dieser Predigt hat er eigens ein neues Lied gemacht:

> Ehleut, die leben friedereich/und tragen Liebs und Leides gleich/zu sein *ein* Fleisch, *ein* Herz und Geist/die Gnad, Herr Gott, an ihnen leist.

Jedesmal, wenn Martinus predigt, denkt Katharina, daß er mit der Kirche weitaus stärker vermählt ist, als mit ihr, Katharina. Hier, in der Kirche, hängen die Augen der Menschen an seinen Lippen. Besonders, wenn er über die Ehe redet.

> ›Der Ehestand ist nächst der Religion der vornehmste Stand auf Erden. Aber die Leute, gleich dem Vieh auf dem Felde und der Hefe der Welt, fliehen davor um des persönlichen Unglücks willen. Indem sie aber dem Regen entlaufen wollen, fallen sie ins Wasser. Darum nur getrost heran, im Namen des Herrn, und gebe sich ein jeder unter das Kreuz! Es ist Gottes Ordnung und Befehl, um der Pflicht der Erzeugung von Nachkommenschaft willen. Und wenn dieser Grund nicht wäre, dann sollte man doch bedenken, daß die Ehe eine Arzenei wider die Sünde ist, indem sie die Unkeuschheit wehrt...‹

Im Verlauf der Predigt entflammt immer wieder Martinus Zorn über die Papisten, die nicht aufhören, die Protestanten wegen ihres Ehestands zu schmähen. Katharina weiß, dieser Stachel im Fleisch läßt Martinus nicht ruhen:

›... Sintemalen wir armen Lutherischen Eheweiber genommen haben, laßt Ihr Euch dünken, Ihr könnt uns einmal etwas am Zeuge flicken, weil Ihr sonst nichts finden würdet, was Ihr Euch zunutze machen und uns damit so treffen und drücken wollt, daß damit all Euer schändliches, unzüchtiges Hurenleben, aller Klosterraub samt Eurer Greuel und unbischöflicher Laster, Schanden und Verderben der Christenheit verborgen werden soll. Damit Ihr als die Reinen und Unschuldigen, die nie ein Wässerchen getrübt, alle Gewalt an Euch reißt! Aber fahrt vorsichtig, liebe Herren! Ihr glaubt nicht, wie meisterlich wir Euch Eure Huren und geraubten Eheweiber ausputzen wollen. Ihr müßt Euch von uns als Hurentreiber und Hurenwirte, beides vor Gott und der Welt, nennen und beurteilen lassen... Wir wollen Euch Euer römisches Sodom, Eure welsche Hochzeit, Eure venetianischen und türkischen Bräute und Euren florentinischen Bräutigam Papst Klemens, den Medici, so ausmalen, daß Ihr sehen und greifen könnt, wie sich unsere Ehe an Eurer ehelosen Keuschheit redlich gerächt hat...‹

Dann wird Martinus wieder sanft:

›... die noch nicht im Ehestande sind, denken nur, er sei ein Leben der Wollust, die aber drin sind, denken ganz anders...‹

Es ist Katharina, als seufze die ganze Zuhörerschar um sie herum insgeheim auf.
Martinus sagt:

›... darum leidet Gott auch die Leidenschaft, die er dem Bräutigam und der Braut eingegeben hat. Er denkt, ich muß dem Narren so eine Kappe aufsetzen. Denn wenn das nicht wäre, dann könnte man die Leute nimmermehr zum ehelichen Leben bringen. Und wenn die Leidenschaft und Liebe immerfort bliebe, dann fräße das eine das andere auf vor großer Liebe, wie man im Sprichwort sagt. Darum ist der Teufel dem Ehestand, wie auch sonst allem Wort und allen Werken Gottes, Feind und macht, daß Mann und Weib oft widereinander aufsässig werden, der Liebe vergessen, ungeduldig werden und doch müssen sie beieinander bleiben...‹

Martinus hat dann seine Predigt beschlossen mit dem Satz, daß es ein groß Ding sei um das Bündnis zwischen Mann und Frau.
In der ächzenden und stolpernden Kutsche, die über die Elbbrücke nach Wittenberg einfährt, fühlt Katharina mit einemmal ihre Müdigkeit. Alle ihre Glieder tun weh. Katharina möchte schlafen. Nicht daran denken, daß es nichts gibt, was ihr gehört. Martinus! Worte und Sehnsüchte und Leiden gehören nicht ihr. Sie gehören ihm selbst, der Kirche, dem Kurfürsten. So wie das Schwarze Kloster, in dem Katharina daheim ist, Martinus und dem Kurfürsten gehört (der es sei-

nem Luther inzwischen überschrieben hat). Und die Kinder? Gehören sie ihr oder Martinus oder Gott?
Jetzt fährt die Kutsche in den Klosterhof, und aus dem Schwarzen Kloster quillt es nur so von Kindern. Dann kommen Else Agricola und Katharina Jonas und Walpurga Bugenhagen.
Warum sind alle so sonderbar still? Jetzt sieht Katharina erst Barbara Cranach reglos in der Haustür stehen. Der junge Lucas löst sich aus ihren Armen und rennt schluchzend seinem Vater entgegen: »Unser Johannes, Vater, er kommt nicht mehr. Er ist zu Bologna gestorben!«
Katharina stürzt zu Barbara, umklammert sie in jäher Angst. Unsere Kinder, wem gehören unsere Kinder? Barbara starrt nirgendwohin. Ihre Stimme ist gefährlich ruhig, als sie immer wieder sagt: »Er hat sich so auf Italien gefreut. Er wollte Michelangelo sehen und Raffael... Mein Johannes, mein kleiner Hans...«

# X

5. März 1540. Rothenburg bei Fulda. Der Landgraf Philipp von Hessen heiratet heute das Hoffräulein Margarete von Saale in heimlicher Ehe. Heimlich deshalb, weil der Landgraf verheiratet ist und zehn Kinder hat. Trotzdem kann er von dem Hoffräulein nicht lassen und hat deshalb Martinus und Melanchthon beschworen, ihm zu helfen. Die beiden haben ihm geraten, in Gottes Namen das geliebte Mädchen zu heiraten, aber alles streng geheim zu halten. Welch eine Illusion. Wie eine Flutwelle schwappt jetzt das Gerücht über das Land und droht, die Früchte der Reformation zu vergiften. Melanchthon, der bei der Hochzeit dabeigewesen ist, liegt sterbenskrank vor Reue und Zorn über die falsche Entscheidung, die schließlich auch der entscheidende Wendepunkt in der machtpolitischen Auseinandersetzung des Kaisers mit den Protestanten werden soll.

Katharina fühlt sich müde, nur müde. Sie hat gesehen, daß Martinus und Philippus beeindruckt waren von den Gewissensnöten, die der Landgraf ihnen geschildert hatte. Und jetzt? Gefühle werden dazu benutzt, Politik zu machen. Es gibt keine Regung auf dieser Welt, die sich nicht in Macht und Geld verwandeln ließe. Der heilige Zorn der Bauern, der Hunger nach Gottes Wahrheit, die Leidenschaft zwischen Mann und Frau. Alles ist billig für die Mächtigen.

Am liebsten würde Katharina das Schwarze Kloster verlassen und mit allen Kindern für immer nach Zulsdorf übersiedeln. Martinus hat ihr von seinem elterlichen Erbteil das kleine Gut (das bislang der Familie von Bora gehört hat und von ihren Stiefbrüdern nicht mehr gehalten werden kann) gekauft. Dies Gut, das mehr ein Gütchen ist und nur aus einem Herrenhaus, einem Stall, einer Scheune und drei Drescherhäuschen besteht, ist für Katharina wie eine Fluchtburg. Als letztes Jahr wieder in Wittenberg die Pestglocken läuteten, hat sie Kinder und Gesinde dorthin in Sicherheit gebracht. Wenn Martinus ihr schreibt, nennt er sie nun Katharina von Bora und Zulsdorf. Wegen des Gartens am Saumarkt nennt er sie Saumärkterin, Gärtnerin. Ein andermal schreibt er Predigerin, Doctorin, Brauerin und was sie noch mehr sein kann...

Was sie noch mehr sein kann. Katharina hat wieder öfter (besonders in den Nächten, wenn Martinus verreist ist) Träume, die ihr noch den nächsten Tag über im Nacken sitzen. Sie kann kaum noch einschlafen, so sehr ist sie mit ihren Gedanken auf dem Gut. Die Schweine, Pferde, Rinder,

die inzwischen zum Gut Zulsdorf, und zum Schwarzen Kloster gehören, brauchen Futter und Pflege. Außerdem müssen dringend je 24 Scheffel Korn und Hafer her für die Saat. Doch das Geld fehlt. Wird vielleicht der Nachbar von Zulsdorf es ihr leihen? Das Herrenhaus muß auch dringend repariert werden, am Dach hat es hineingeregnet. Vielleicht kann sie Stämme aus dem Zulsdorfer Wald fällen lassen und verkaufen?
Wenn sie nur nicht ständig müde wäre. Katharina ist wieder schwanger. Trotzdem es schon Mai ist und draußen alles grünt und sich der warmen Sonne entgegenstreckt, friert Katharina ständig. Else Agricola reibt ihr rote und weiße Korallen in Rosenwasser, das sie mit Veilchenzucker gesüßt hat. Jeden Morgen bringt sie Katharina einen Brei ans Bett, damit sie ihn ißt, noch ehe sie aufsteht. Doch es hilft nichts, Katharina erbricht alles wieder, so lange, bis die bittere Galle kommt.
Ich bin zu alt, denkt Katharina, viel zu alt. Im Januar ist sie einundvierzig geworden. Andere Frauen halten schon lange ihre Enkel im Arm. Katharinas Jüngstes, Maruschel-Margarete, ist inzwischen sechs. Katharina hatte gehofft, daß sie nun nicht mehr schwanger würde. Und jetzt ist es doch passiert. Alles ist anders bei dieser Schwangerschaft. Noch jetzt, im vierten Monat, das ständige Erbrechen, die Krämpfe im Unterleib, die schneidenden Schmerzen im Rücken.
Als es plötzlich beginnt zu bluten, ist Katharina si-

cher, daß sie sterben wird. Sie hat das bei Else Cruziger erlebt und bei der Webersfrau. Das Blut schießt nur so heraus, das Lager ist in wenigen Minuten getränkt mit Blut. Katharina sieht das Entsetzen in den Augen von Martinus.

Er holt Doktor Schurf, ruft Else Agricola, Justus und Katharina Jonas. Die Bugenhagens kommen, Lucas und Barbara Cranach. Melanchthon, selber gerade von seiner schweren Krankheit genesen, umklammert verstört Katharinas Schultern. Seine Frau steht stumm an der Tür.

Katharina sieht das alles, und es ist ihr auf wohlige Art gleichgültig. Sie sieht auch ihre weinenden und betenden Kinder. Hans, der seine Faust an den Mund preßt, Magdalena, die ihn umschlingt. Der kleine Martin und Paulus hocken vor dem Bett und starren mit offenem Mund auf die Mutter. Maruschel weint auf Martinus' Arm. Katharina sieht es, und sie empfindet nichts. Sie fällt immer tiefer in feurige Schleier, und sie will auch nichts als fallen, fallen, fallen.

Dann sieht sie wieder Martinus' Gesicht. Es ist, als sei es aus Stein. Ein Stein mit zwei schwarzen Kohlen darin. Warum hat er die andern geholt? Warum bleibt er nicht allein mit Katharina und dem Tod?

Martinus soll gehen, alle sollen sie gehen. Auch Melanchthon. Ja, auch er. Seine Finger umklammern immer noch Katharinas Schulter. Sie hört seine Worte: »Gott, laß sie bei uns.«

O nein, nicht einmal bei Melanchthon will Katharina bleiben. Sie sollen alle gehen, damit sie endlich mit dem Tod tanzen kann. Sie hat ihn bislang immer gehaßt, verflucht und gefürchtet, den Grinsenden mit der Sense. Doch: Er ist ja gar nicht häßlich, er ist ja Hieronymus! Katharina hört Martinus rufen: »Deine Flamme, Amyntas, dein alter Buhl!«

Schöner Hieronymus, du bist gefangen vom Ritter Rosenberg, ich weiß, du liegst in schwerer Haft. Martinus bittet überall für dich, aber ich nicht. Jetzt kann ich es sagen, jetzt, wo ich sterbe. Ich sehe es als richtig an, daß du in Ketten liegst. Daß deine Frau betrübt ist. Wie gerne würde ich darüber weinen, doch ich bin keine gute Seele. Meine Seele ist voll Haß. Ich habe dir nie verziehen und werde es nie tun. Niemandem werde ich verzeihen. Auch nicht auf meinem Totenbett. Hier ist die Wahrheit billig, süßer Hieronymus. Vielleicht stirbst du auch gerade in deinen Ketten, du großer edler Ratsherr von Nürnberg. Dann könnten wir Hochzeit halten. Mein Schleier wäre von roten und grauen Flammen gemacht, und unser Wappen wäre die Sense, die Sense mit dem Totenkopf. Hieronymus... Ich bin müde. Aber niemals zu müde zum Hassen...

Die Schleier um Katharina zerteilen sich, lösen sich auf in übelriechende Schwaden.

Katharina ist verwirrt. Kann das die Hölle sein? Schließlich wird sie völlig wach, und um sie ist ein ekelhafter Geruch. Doktor Schurf, der Federn von Rebhühnern in Brand gesetzt hat, hält ihr das qualmende Büschel unter die Nase. Else und Barbara binden Katharinas Arme und Beine so hart in Leinenbandagen, daß sie schreien könnte. Abwechselnd lassen sie Katharina an Pfeffer riechen oder an Riechäpfeln, die sie aus Wachs, Zitronat, Muskat, Nelken, Borretsch und Ambra gemacht haben. Katharina weiß, daß sie alles tun, um sie nicht wieder der Ohnmacht zu überlassen. Sie hat selbst diese Arznei angewandt, als im letzten Sommer Muhme Lene starb. Sie erlag einem heftigen Fieber, das tagelang nicht weichen wollte und aus dem Muhme Lene schließlich dann in tiefe Ohnmacht fiel. Katharina wechselte sich mit Luther und Doktor Schurf ab. Tagelang kämpften sie um die Muhme. Der Tod war stärker. Mit Katharina trauerte halb Wittenberg. Auch Martinus. Er hatte die Muhme sehr geliebt.

Gemeinsam mit Katherina trauerte er wie um eine Mutter...

Aber Katharinas starke Natur überwindet schließlich die Krankheit.

# XI

Es ist Juli, und noch am Nachmittag liegt die Hitze so schwer und feucht in der Stadt, daß man meint, in unsichtbaren warmen Nebeln zu gehen. Katharina pflückt in ihrem neuen Garten am Elsholz Blumen und Zweige. Wolf Sieberger, der an einem Vogelherd werkelt, unterbricht seine Arbeit und hilft Katharina, die Zweige mit Wasser zu besprengen und auf ein Wägelchen zu legen. Er begleitet Katharina heim. Sie kommen an dem ebenfalls neuerworbenen Hopfengarten an der Specke vorbei.

»Gut, daß Ihr ihn gekauft habt«, sagt Wolf zu Katharina, »der Hopfen wird jeden Tag teurer bei den Bauern.«

Katharina weiß, daß Wolf ihr etwas Liebes sagen will. Er ist mit allem, was Katharina tut, schon vorher einverstanden. Er begleitet sie nach Zulsdorf, rät ihr zur zusätzlichen Pachtung des Gutes Boos. Martinus, der zur Zeit an seinem Testament arbeitet, hat Wolf gefragt, ob er nach seinem, Luthers, Tode lieber allein oder weiterhin mit der Familie leben wolle. Da hat Wolf gesagt, daß er zwar ohne seinen Vater Martinus Luther gar nicht leben wolle. Wenn es aber sein müsse,

dann wolle er unbedingt bei Katharina und bei den Kindern bleiben.
Wolf hat begriffen, daß Katharinas Landkäufe und Pachtungen nichts weiter sind als ein Wettlauf mit dem Alter, das es ihr und Martinus vielleicht schon bald unmöglich machen könnte, für ihre Kinder eine Heimat zu schaffen. Am liebsten hätte Katharina für jedes einzelne Kind eine feste Burg. Auch für die Pflegekinder.

Katharina mahnt zur Eile. Denn morgen heiratet Anna Strauß, eine junge Verwandte, die seit vier Jahren im Hause ist und die Katharina wie ihre eigenen Töchter liebhat. Aus einem golddurchwirkten Stoff, einem Geschenk des Kurfürsten an Katharina zum letzten Weihnachtsfest, wird Annas Hochzeitskleid genäht, es muß heute noch fertig werden.
Durch die alte Eiche am Elstertor zuckt ein Blitz, dem rasch ein heftiger Donner folgt. Katharina und Wolf beeilen sich, die letzten Schritte zum Kloster im Trockenen zurückzulegen, denn große Tropfen künden einen willkommenen Regen an.
Hoffentlich kommen Hänschen und Florian gut durch das Gewitter, überlegt Katharina sorgenvoll. Die beiden Jungen haben bereits im letzten Jahr gemeinsam mit Lippus Melanchthon und Jost Jonas die erste akademische Würde, das Bakkalaureat, erhalten. Seitdem wohnt und studiert Hänschen gemeinsam mit seinem Vetter Florian

von Bora in Torgau in der Lateinschule bei Markus Krodel. Katharina vermißt ihren Erstgeborenen sehr. Und sie weiß auch, daß Magdalena, ihr wunderhübsches zärtlich-sanftes Töchterchen es kaum erwarten kann, bis der Bruder aus Torgau eintrifft.

Am nächsten Morgen hilft Katharina der jungen Anna beim Anlegen des Hochzeitsstaates. Das Kleid ist prächtig, ganz hochgeschlossen, mit zarten Rüschen am Hals und weiten Ärmeln, an deren Saum die Goldstickerei glänzt.

Anna dreht sich wieder und wieder vor dem Spiegel. Plötzlich umhalst sie Katharina: »Danke, Ihr seid die beste aller Mütter!«

O Gott. Katharina weiß, daß das nicht wahr ist. Wie oft hat sie die jetzt Sechzehnjährige (die ihr äußerlich ähnlicher ist als die eigenen Töchter, die Martinus gleichen), wie oft hat sie das Mädchen hart gescholten, obwohl sie vom ersten Tag an für das verwaiste Kind ihrer Kousine große Zuneigung empfunden hat. Anna hat jedoch oft Katharinas stets wachen Zorn gereizt, weil sie den Tag am liebsten vor dem Spiegel mit dem Anprobieren von Kleidern verbringt. Immer wieder ordnet sie ihr Haar anders, flicht sie sich neue Schapel aus Blumen, Bändern und Zweigen. Eine Pustel an Kinn oder Stirn kann sie für Tage in tiefste Depressionen treiben. In der Kirche oder auf dem Markt hat sie die Augen niemals sittsam im Zaum gehalten. Katharina hat gesehen, wie der Chri-

stoffel und der Jakob um Anna herumstrichen. Allen voran der Doktor Kuckuck. (Er heißt eigentlich Schenk, wird aber von Martinus so genannt, weil er hinter Luthers Rücken dessen Lehre verunglimpft, sich nach außen hin aber äußerst devot gibt.) Als er um Annas Hand angehalten hat, konnte Martinus ausnahmsweise einmal seinen Zorn über die Verlogenheit des Magisters zügeln. Er wies ihn in wohlgesetzten Worten ab. Katharina dagegen hatte sich nicht enthalten können, zu sagen: »Einem Lügner wie Euch würde ich meine Tochter niemals zur Frau geben.«
Damit hatte Katharina sich einen weiteren, unverbrüchlichen Feind geschaffen. Was tat es? Katharina hat es inzwischen gelernt, sich gegen bösen Klatsch und Verleumdung abzusetzen. Zu Anfang ihrer Ehe hatte sie immer geschwankt zwischen heißem Zorn und tiefer Verzweiflung, wenn sie entweder dem Haß direkt ins Gesicht sah oder von üblen Gerüchten erfuhr. Besonders schwer war es gewesen, als Katharina ihr erstes Kind erwartete. Von überallher erreichte sie das Geflüster: ›Wenn Mönch und Nonne beieinander schlafen, zeugen sie den Antichrist.‹ Diese Vorstellung hatte sich mit dem Bekanntwerden von Katharinas Schwangerschaft in der Phantasie vieler Menschen festgesetzt. Überall wurde darüber geflüstert, auch die Wohlmeinenden mochten dem nicht widersprechen. Ausgerechnet Erasmus von Rotterdam hat schließlich Katharinas Ängste

und Zweifel, die sich manchmal in Panik gesteigert hatten (die auch Martinus nicht zu zerstreuen verstand), beruhigt. Erasmus spottete öffentlich über den barbarischen Unsinn dieses Gerüchtes: ›Wenn das wahr wäre, würde die Welt von Antichristen nur so wimmeln.‹
Doch, Katharina hat dazugelernt. Manchmal sagt sie sich, daß es vielleicht eine Gnade des sonst so lästigen, fortschreitenden Alters ist, daß man lernt, sich gegen widerliche, schier krankhaft übelmeinende Menschen abzugrenzen. Es gelingt Katharina tatsächlich immer besser, sich an Zuneigung zu freuen und sie auch zu erhalten. Sie weiß, sie hat wenig Freunde. Um so wichtiger sind sie ihr. Wenn Katharina an ihre Freundinnen denkt, wenn sie sie um sich hat, genießt sie immer intensiver das warme Gefühl der Zusammengehörigkeit, des Zueinanderstehens. Für Katharina Jonas, für Walpurga Bugenhagen, für Barbara Cranach, für Else Agricola würde sie ohne zu zögern ihren letzten Pfennig, ihr letztes Körnchen aus der Kammer, selbst ihre Gesundheit hergeben. Besonders das letztere hat Katharina oft unter Beweis stellen können. Sie, die sich ebenso wie Martinus vor keiner Pest oder Cholera fürchtet, die tatsächlich auch nie den Englischen Schweiß oder das Wechselfieber bekommen hat, kann dann rastlos von Haus zu Haus gehen, die Kranken waschen, mit Arznei versorgen, daheim die Hausgäste und die kranken Kinder pflegen

und dabei noch die immer größer werdende Wirtschaft lenken und leiten. Manchmal scheint es Katharina, als wüchsen mit den Anforderungen gleichzeitig Flügel...

Wenn sie dann jedoch Hausgenossen (oder die größeren Kinder) müßig sieht, kann ihr Zorn um so lebendiger werden. Und so hat es eben auch oft Anna getroffen, die selbst dann nur an ihre Schönheit und an ihre Bewerber gedacht hat, wenn um sie herum alles im Chaos zu enden schien.

Heute jedoch empfindet Katharina nur Stolz und Freude über die schöne Nichte, die am frühen Nachmittag von Martinus in der Stadtkirche getraut werden wird. Der Bräutigam, der älteste Sohn des Bürgermeisters Reichenbach, ist so vernarrt in Anna, daß er in der letzten Zeit jede freie Minute im Lutherhaus zugebracht hat. Luther hat die beiden immer liebevoll geneckt. Er verteidigt sie sogar gegen Katharina, die manchmal ungeduldig meint, daß es jetzt aber genug sei des Turtelns...

In diesem Moment bereut Katharina ihre Heftigkeit. Vor allem, weil Anna immer voller Dankbarkeit und Vertrauen ist. Die dunklen Augen des Mädchens strahlen so zuversichtlich und glücklich in den Spiegel, als warte auf sie ein Wunder. Dieser Gedanke tut Katharina weh. Sie hat Anna noch nie so liebgehabt wie in dieser Sekunde.

Katharina schaut hinter Anna in den Spiegel. Sie sieht neben dem schönen jungen, vom Leben noch

völlig unberührten Gesicht plötzlich ihr eigenes. Wie lange hat sie sich nicht angeschaut! Sie ist bestürzt. Ihr immer noch volles dunkles Haar hat an den Seiten starke silberne Strähnen. Auf der Stirn, zwischen Nase und Mundwinkel, unter den Augen – überall sind Schatten und Runen. Falten umziehen den Mund. Für eine Sekunde wünscht Katharina, sie könne die Linien, die ihr dreiundvierzigjähriges Leben in ihr Gesicht eingegraben hat, auslöschen. Die fahle, müde, gegerbte Haut abziehen wie eine Maske, die ihr wahres strahlend junges Gesicht nur verbirgt.
Die Trauer in Katharina verwandelt sich jedoch rasch in eine leise Melancholie, die sie inzwischen sehr gut kennt. Katharina hat sie in den oft unübersichtlichen Wirrwarr ihrer Gefühle sozusagen eingereiht. Sie registriert in einer Art unbewußter Dankbarkeit, daß das Leben ihr offenbar beigebracht hat, sich selbst leise zu verspotten.
Und so denkt sie auch nach diesem kurzen Moment der Trauer, daß sie von den unausweichlichen Anzeichen des Alters gar nicht allzusehr betroffen ist. Martinus sieht doch so schlecht. Erst gestern wieder hat er seine neue Brille mit einem Fluch über den Tisch geschleudert: »Werft sie dem Christian Döring nur an den Kopf! Er macht mir so schlechte Brillen, daß ich ohne sie noch besser sehe!«
Diesem Umstand schreibt Katharina es zu, wenn Martinus ihr sagt (und er sagt es ihr immer häufi-

ger), daß sie schön sei. »Mein schöner Morgenstern«, sagt er. Dann denkt Katharina, daß Kurzsichtigkeit durchaus sinnvoll sein kann. Und das, was Martinus mit seinen Händen sieht, das ist glücklicherweise dem Alter noch nicht zum Opfer gefallen. Katharina liebt ihren Körper wie einen zuverlässigen Freund, der treu ist in allen Zeiten. Sie ist stärker geworden, aber ihre Proportionen sind ausgewogen, die Brust ist voll und schön. Selbst in Tagen des Elends, wenn Krankheit, Tod und Sorgen das Schwarze Kloster zu einer Herberge der Unlust und der Not machen, selbst in der schlimmsten Bedrückung kann Katharina sich daran aufrichten, daß sie sich irgendwann (selbst wenn die Tage nicht absehbar sind), daß sie sich irgendwann ein Bad aus Blütenblättern und Rosenöl bereiten wird.

Und sie weiß auch, warum das so ist. Weil es ihr Lust macht, Haut und Haare zu pflegen. Es macht ihr vor allem Lust auf Martinus. Und er weiß schon lange, daß er auf diese Lust nicht mehr verzichten kann. Wenn er Katharina am Tag seinen eigenen Willen entgegensetzt (und sei es auch nur, um vor den anderen sein Gesicht zu wahren), in den Nächten ist er ihr ausgeliefert. Ihre Bitten, ihr Weinen, ihr Schmeicheln verwandelt sich unweigerlich früher oder später in die vertrauten Laute ihrer beider Lust, die sich mit der gleichen Zuverlässigkeit einstellt wie jeder neue Tag.

So wie Martinus damit lebt, daß der Teufel ihm

seine vielfältigen Gebrechen beschert, so hat er sich darein begeben, daß die Lust der Sinne ihn einiges kostet. Und da er weiß, daß dies niemandem im Haus verborgen bleiben kann, flüchtet er nach vorn, indem er beispielsweise bei Tisch zu Katharina sagt: »Du überredest mich, wozu du willst. Du hast die volle Herrschaft. Im Haushalt gestehe ich Dir auch die Herrschaft zu, unbeschadet meines Rechts...«

Einmal begrüßt er einen neuen Gast: »Nehmt fürlieb mit einem frommen Wirt, denn er ist der Frauen gehorsam.« Und er stellt Katharina vor: »Ich bin der Unterherr, sie ist der Oberherr; ich bin der Aaron, sie ist mein Moses...«

»Mutter, sollen wir das Haar unter dem Schleier knoten oder soll es lang herunterhängen?«

Katharina ist so tief in ihre Gedanken versunken gewesen, daß sie gar nicht bemerkt hat, wie Anna immer wieder ihren Schleier aufsetzt, das Haar hochbindet, wieder auskämmt, neu flicht, wieder löst. Sie beschließen endlich, das Haar unter einem Blütenkranz ganz schlicht herabhängen zu lassen. Katharina hat noch eine Idee. Sie holt ihre goldene Kette, ein Geschenk der Fürstin von Anhalt, die Katharina vor zwei Jahren während der Cholera im Schwarzen Kloster gepflegt hat. Diese Kette legt sie der Braut um. Unbemerkt ist Martinus hinzugetreten: »Früher trug man das Gold in die Kirchen, jetzt hängt man sich offenbar alles um den Hals.«

Martinus ist gut gestimmt. Wie immer, wenn er für andere etwas tun kann. Für das Hochzeitsessen ist ihm nichts zu teuer gewesen. Im Backofen schmort ein fetter Hirsch, und Frankenwein ist reichlich da für die große Schar der Gäste, die Martinus zur Hochzeit geladen hat.
Jeder im Schwarzen Kloster ist festlich gekleidet. Wolf Sieberger hat gemeinsam mit Katharina für die Braut und für die anderen Mädchen bunte Sträuße gebunden. Es ist ein festliches Bild, als der Hochzeitszug zur Kirche schreitet. Hinter dem Brautpaar gehen Hans und Magdalena, die ältesten Lutherkinder. Auch Magdalena in ihrem weißen Kleid und dem bunten Schapel sieht aus wie eine Braut. Und der sechzehnjährige Hans in den engen Beinlingen, dem dunkelgrünen Wams mit Gürtel und Schwert wirkt erwachsen. Katharinas Augen begegnen denen von Martinus, der auch verstohlen seine ältesten Kinder anschaut. Beide, Martinus und Katharina, denken dasselbe: Hänschen und Lenichen – sie sind fast noch schöner als das Brautpaar...
Die Geschwister sind während des ganzen Hochzeitstages unzertrennlich. Sie wissen, daß Hans (und mit ihm sein Vetter Florian) bald wieder zurück nach Torgau muß.

# XII

Januar 1542. Ein eisiger Wind fegt durch die Straßen und Gassen Wittenbergs. Es ist dunkel und still, nur im Schwarzen Kloster brennt Licht. Katharina hantiert leise in der Küche. Sie kocht einen Brusttrank für Martinus, der wieder einmal kaum Luft kriegt. Katharina hat alles, was sie braucht, bei der Hand: Mauerraute, Isop, Datteln, Feigen, Anis und Fenchelsamen. Alles läßt sie in anderthalb Pfund Wasser auf ein Sechstel einkochen. Wenn Martinus davon trinkt, wird ihm besser. Eine Salbe für die Brust hat Katharina ständig bereitstehen. Sie wird aus Mandelöl, ungesalzener Butter, Safran und Wachs gemacht, erhitzt und auf Brust und Rücken aufgetragen.
Als Katharina Martinus behutsam die heiße Salbe aufträgt, stöhnt der Kranke: »Du wirst sehen, ich werde mich bald in den Sarg legen und den Maden einen feisten Doktor zu essen geben.«
Katharina ist es gewohnt, daß Martinus sich als Madensack oder Mäusedreck bezeichnet. Nicht einmal sein ständig eiterndes Bein nimmt er ernst. Als Katharina die schwärende Wunde mit Kamillenwasser abwäscht und mit kühler Salbe be-

deckt, sagt Martinus, daß der Neid in der Welt immer größer werde: »Habe ich ein offenes Bein, muß sich Justus Jonas unbedingt auch eines anschaffen...«
Erleichtert, daß Martinus wieder Luft genug hat zum Spaßen, legt Katharina sich wieder ins Bett. Sie spürt in der Stille, wie ihr Herz pocht. Die Geräusche des Hauses dringen zu ihr, vertraut und tröstlich in der alles umfassenden Dunkelheit. Katharina meint, das Flüstern der Kinder in ihren Träumen zu hören. Und sie denkt daran, daß alles Leben, das empfangen wird, aus dem Dunkel kommt. Warum fürchten wir das Dunkel trotzdem so sehr?
Gerade sagt Martinus: »Katharina, ruf mir morgen Philippus, Kaspar und Johannes, ich will mein Testament machen.«
Für einen Moment stockt Katharina der Atem. Ihr ist, als schleiche der Tod aus den dunklen Ekken des Raumes und setze sich grinsend auf ihre Brust. Katharina schmiegt sich an Martinus. Doch diesmal kann die Wärme seiner Haut sie nicht beruhigen. Angstvoll liegt sie neben ihm, ihre Hand auf seiner Brust. Das Pochen seines Blutes erhöht nur noch das Zittern ihres eigenen Herzens...
Am nächsten Tag ist Martinus immer noch schwach, aber er besteht trotzdem darauf, daß seine drei engsten Freunde kommen, um sein Testament zu unterschreiben. Und sie setzen denn

auch ihren Namen unter seinen letzten Willen, in dem er Katharina das Gut Zulsdorf, alle Becher und Kleinode, Ringe, Ketten und so weiter vermacht.

Martinus begründet das wörtlich:

›... weil sie mich als ein fromm, treu, ehrlich Gemahl allezeit lieb, wert und schön gehalten, und mir durch reichen Gottessegen fünf lebendige Kinder (die noch vorhanden sind, Gott gebe lange) geboren und erzogen hat ...

... weil sie die Schulden, die ich noch habe, sofern ich sie nicht bei Lebzeiten abtrage, auf sich nehmen und bezahlen soll, wovon mir ungefähr 450 Gulden bewußt sind, es mögen sich vielleicht aber auch noch mehr finden...

... weil ich will, sie soll nicht den Kindern, sondern die Kinder ihr in die Hände sehen müssen. Ich meine, sie wird ihren Kindern der beste Vormund sein und ihr Gut und Leibgedinge zum Nutz der Kinder gebrauchen, die sie unter ihrem Herzen getragen hat ...

... und ich bitte auch hiermit meinen Herrn Herzog Johannes Friedrich, Seine Kurfürstliche Gnaden wollen diese meine Schenkung oder Leibgedinge schützen und durchsetzen ...

... auch bitte ich alle meine guten Freunde, sie möchten meiner lieben Katharina Zeugen sein und ihr helfen, wenn etliche unnütze Mäuler sie beschweren oder verunglimpfen sollten ...‹

Katharinas Bedrückung über Martinus offensichtliche Todesfurcht oder -ahnung weicht erst, als sie sieht, wie Martinus sich von Tag zu Tag wieder mehr seinen reformatorischen Bestrebungen und Händeln widmet. Manchmal, wenn sie aus ihren eigenen häuslichen Wirren, Ängsten, Kämpfen und Nöten herausschauen kann, scheint es ihr, als sei die Welt draußen eine noch viel größere Wirrnis als ihre eigene.

Frankreich hat sich mit den Türken verbündet, der Papst beteiligt sich an dem Bündnis ganz in der Stille. Der Kaiser kämpft wiederum gegen den Papst, wobei ihn protestantische Fürsten unterstützen. Gerade ihn, der doch fest entschlossen ist, die Ketzerei endgültig auszurotten. Katharina begreift nichts mehr.

Aus England hört sie, daß König Heinrich VIII., der über Katharinas und Martinus' Ehe so gelästert hat, daß er durch seine Heirat mit Anna Boleyn einen Trennungsstrich zwischen England und Rom gezogen hat. Martinus, der zu dieser Affäre als Gutachter gebeten wird, ist äußerst zornig über die Verstoßung der Königin Katharina und sagt das auch offen, was ihm der englische König natürlich verübelt.

Viel schlimmer noch leiden Martinus und Melanchthon unter der Doppelehe des Landgrafen von Hessen. Der Kaiser erpreßt ihn wegen des Kapitalverbrechens der Bigamie. Im Schmalkaldischen Bund, der die Reformation gestärkt hat, nimmt der Landgraf jetzt, um seinen Hals zu ret-

ten, die Interessen des Kaisers wahr. Die reformatorischen Strömungen, die nach Schweden, Dänemark und Frankreich hinübergeflossen sind, werden gewaltsam zum Versiegen gebracht. Der Kaiser hat die Protestanten in der Hand. Daher stehen sie auch dem Herzog von Kleve nicht bei, als er mit dem Kaiser in Krieg gerät.
Wieder einmal Blut und Gewalt. Krieg. Wird er auch nach Wittenberg kommen? Die Stadt wird immer mehr befestigt und vermauert. Viel fremdes Volk strömt mit den Bauleuten herein.
Auch Huren haben sich angesiedelt, über die Martinus von der Kanzel aus seinen Zorn ergießt, der sich aber gegen das ganze Treiben (vor allem der Studenten) in Wittenberg allgemein richtet: »Unser gnädiger Herr hat diese Universität nicht gestiftet für Hurenlager oder Hurenhäuser. Denn es ist nicht auszurechnen, welchen Schaden solch unflätige Huren tun bei dem jungen Volk. Eine einzige französische Hure kann 10, 20, 30, 100 Kinder guter Leute vergiften, ehe sie rechte Menschen geworden sind. Die jungen Herren meinen, sobald sie eine Brunst fühlen, soll eine Hure da sein.«
Katharina kann es kaum erwarten, bis die Predigt zu Ende ist. Zum einen interessiert sie sich nicht sonderlich für das Treiben der Huren. Viel mehr macht sie sich Sorgen um Magdalena. Ihre große Tochter liegt seit ein paar Tagen müde und matt daheim. Katharina hat zunächst gedacht, daß

Magdalena zum erstenmal ihren Mond bekäme. Doch sie hat keinerlei Beschwerden, die darauf deuten. Schließlich hat Katharina Doktor Schurf gerufen. Er hat Magdalena abgetastet und abgehorcht. Er sagt, daß er Magdalenas Gebrechen nicht so recht erkennen könne. Auf jeden Fall solle man der Kranken Eselsmilch von einer säugenden Eselin geben oder frisch gemolkene Geißenmilch. Beides will aber Magdalena, die sonst gehorsam in allem ist, nicht trinken. Auch dann nicht, als Katharina auf den Rat von Doktor Schurf hin Rosenzucker in die Milch gibt.
Als Magdalena eines abends Blut spuckt, wissen alle, daß es die Lunge ist.

Für Katharina ist es, als läge jetzt dichter Dunst über jedem Tag. Je näher sie den Tod auf Magdalena zugehen sieht, desto fieberhafter klammert sich Katharina an die Rituale des Lebens. Immer wieder reibt sie Rücken und Brust ihrer Tochter mit süßem Mandelöl ein. Sie kocht ihr Sirup aus Süßholzsaft, Isop, Gummi arabicum und Gerstenwasser. Sie versucht, Magdalena mit den feinsten Kapaunen, mit geschälter Gerste, Mandelmilch, Eidottern, mit Kalb- oder Zickleinfleisch zum Essen zu bewegen. Obwohl sie weiß, daß die Stunden ihres Kindes gezählt sind, kocht und braut sie, als könne sie auf diese Weise den Tod vom Lager Magdalenas fernhalten.
Dann wieder sitzt sie bei dem Kind, versucht, sich

jede Minute, jeden Atemzug, jeden Laut der Stimme fest einzuprägen, als könne sie so das Leben festhalten. Einmal sagt Magdalena: »Es ist so schön, Mutter, krank zu sein.«
»Warum ist es schön, Lenichen?«
»Weil Ihr, Mutter, so viel bei mir seid.«
Das trifft Katharina wie ein Schlag. Wann, ja, wann hat sie zuletzt ihre Zeit mit Magdalena zugebracht? Was, außer Stolz auf ihre Schönheit, hat sie für ihre Tochter gefühlt? Wann hat sie zuletzt über Magdalenas Träume nachgedacht? Was hat sie von ihrem Kind gewußt? Was weiß sie von Hans, von Martin, von Paul, was weiß sie von der kleinen Maruschel und von den Pflegekindern? Nur, daß sie alle satt werden müssen, gekleidet sein, folgsam und strebsam beim Lernen. In ihrem Schuldbewußtsein hat Katharina nur einen Wunsch: Könnte sie doch hinter der täglich blasser werdenden Stirn ihres Kindes lesen. Ist Magdalena in ihrem Leben fröhlich gewesen? Was hat sie froh gemacht, wovor hat sie Angst gehabt?
Magdalena. Verzweifelt umschlingt Katharina ihre Tochter. Da bittet das Mädchen plötzlich:
»Ich möchte Hänsichen noch einmal sehen.«
Martinus, der bislang nicht an eine ernste Gefahr geglaubt hat, schreibt sofort an Markus Krodel in Torgau:
›Magdalena sehnt sich so sehr, den Bruder zu sehen, daß ich den Wagen schicken muß. Sie haben

einander so lieb. Vielleicht, daß sie durch sein Kommen wieder zu Kräften kommen könnte.‹

Am gleichen Tag, als Hans aus Torgau in Wittenberg eintrifft, träumt Katharina in der Nacht, daß zwei bildschöne Edelleute um Magdalenas Hand anhalten. Der, den Magdalena sich erwählt, solle sie zur Hochzeit führen.

Katharina ist froh aus diesem Traum erwacht. Als Melanchthon in aller Frühe kommt, nach Magdalena zu sehen, erzählt sie ihm den Traum. Sie sieht, daß Melanchthon erblaßt, und tief erschreckt eilt sie an das Bett Magdalenas. Sie weiß plötzlich, was ihr Traum bedeutet: Zwei Engel holen Magdalena heim.

Am Abend dieses Tages, des 20. September 1542, stirbt Magdalena. Ihr Bruder Hans hält sie fest im Arm. Martinus hat den Kopf in die Hände vergraben und weint laut.

Katharina fühlt nichts. Sie hört und sieht wie durch Nebel, daß sich die Stube füllt mit den Menschen, die ihr nahestehen. Alle sind da, doch Katharina ist so spürbar versteinert, daß niemand, nicht einmal Barbara, Walpurga oder Melanchthon, sich ihr zu nähern wagen.

Sie hört, wie Martinus beginnt, zu reden: »Ach du liebes Lenchen, du wirst wieder auferstehen und wie ein Stern, ja wie die Sonne leuchten. Meine Tochter ist nun wohl aufgehoben. Wir wissen ja, daß es so sein muß. Wir Christen sind ja des ewigen Lebens gewiß. Zwei Heilige hat der Herrgott aus meinem Fleisch genommen. Elisabeth und Magdalena...«

Aufhören! Denkt es Katharina, oder schreit sie es laut heraus? Aufhören! Aufhören!

Obschon sie weiß, daß Martinus um sein Leben redet, daß er redet und redet, um seinen Verstand zu retten, obschon sie um seine hilflose Verzweiflung weiß, möchte sie ihn schütteln und schreien, daß er endlich aufhören soll mit dem Geschwätz. Gott, Gott, Gott! Ist denn da ein Gott?

Regungslos sieht Katharina, daß sie den Sarg bringen. Weiß ist er und viel zu kurz für Lenichen. Als das tote Kind mit angezogenen Beinen im Sarg liegt, schweigt auch Martinus.

Alle gehen hinaus, bis auf Hans. Er zündet um den Sarg seiner Schwester herum dreizehn Kerzen an. Dann geht auch er.

Martinus und Katharina stehen allein in der Kammer. Stumm und weit voneinander entfernt. Wie zwei Säulen, denkt Katharina. Wie zwei Säulen im Gewölbe des Todes.

# XIII

Wittenberg. 3. Fastensonntag Okuli 1545.
Am Morgen ist es sonnig, wenn auch die Bäume noch kahl und grau sind. Katharina hat Zweige ins Wasser gestellt, die in der warmen Stube bereits ausgeschlagen haben und sanftgrüne Spitzen zeigen.
Es ist Zeit für den Kirchgang. Die Glocken läuten schon. Katharina hüllt Maruschel-Margarete in ein warmes Tuch, denn in der Kirche ist es kalt. Auch Paulus und Martin sollen die warmen Wämser nehmen. Die strahlende Sonne täuscht.
Barbara sitzt schon in der Bank, Walpurga mit ihren Kindern auch. Für einen Moment drückt Katharina ihre Tochter Margarete, die nicht mehr Maruschel gerufen werden will, an sich. In der Kirche hat man endlich mal Zeit, seine Kinder in Ruhe zu betrachten. Es heißt allenthalben, daß Margarete-Maruschel, Katharinas einzige verbliebene Tochter, der Mutter von Tag zu Tag ähnlicher wird. Zwölf ist sie jetzt. Sie hat dunkles, kräftiges Haar (Martinus' Haar), das sich in üppigen Wellen und Locken aus der Stirn ringelt. Margarete ist groß gewachsen, ihr Gesicht mit der hellen Haut, den dunklen feinen Brauen und den

leicht schrägen Augen hat einen ungewöhnlichen Reiz. Paulus, der auf der anderen Seite bei den Knaben steht und ziemlich gelangweilt die Augen herumgehen läßt, ähnelt seiner jüngeren Schwester am meisten. Martin dagegen ist aus ganz anderem Holz. Blond ist er, mit hellen Augen und recht ausgeprägter Nase, in der er trotz seiner fünfzehnjährigen Männlichkeit allzu gern bohrt. Auch jetzt wieder.

Die Gemeinde singt die zweite Strophe des Liedes von Elisabeth Cruziger:

> Für uns ein Mensch geboren / im letzten Teil der Zeit / daß wir nicht wärn verloren / vor Gott in Ewigkeit / den Tod für uns zerbrochen / den Himmel aufgeschlossen / das Leben wiederbracht.

Seit Lenichens Tod denkt Katharina öfter an Elisabeth Cruziger, die vor zehn Jahren gestorben ist. Noch nicht einmal dreißig ist sie geworden. Wie glücklich war sie gewesen, endlich schwanger zu sein. Und dann hat sie die Fehlgeburt mit dem Leben bezahlt. Elisabeth, liebe, begabte Freundin. Der Schmerz um sie hatte sich noch verstärkt, als Muhme Lene bald darauf ebenfalls vom Krankenlager nicht mehr aufstand.

Katharina hat inzwischen viele Gräber auf dem Friedhof am Elstertor. Lenichen. Jeder Zug ihres Gesichtes, jedes Wort von ihr, jede Bewegung hat sich so tief in Katharina eingeprägt, daß sie es niemals vergessen kann.

Gestern noch hat Martinus an Nikolaus Amsdorf geschrieben: ›... wie mich der Tod meiner Magdalena quält. Ich kann sie nicht vergessen.‹
Auf ihrem Grabstein steht:

Hier schlaf ich, Lenichen, Doktor Luthers Töchterlein,
Ruh mit alln Heilign in mein Bettlein
Die ich in Sünden war geborn
Hätt ewig müssen seyn verlorn
Aber ich leb nun und habs gut
Herr Christe, erlöst mit Deinem Blut

Martinus betritt jetzt die Kanzel, blättert in der Bibel, singt noch den Schluß der Strophe mit:

... das Herz uns zu Dir wende / und kehr uns ab unsere Sinne / daß sie nicht irrn von Dir.

Martinus liest die Epistel aus dem Brief an die Epheser im 5. Kapitel. »Liebe Brüder / seid Gottes Nachfolger / als die lieben Kinder ...«
Katharinas Gedanken schweifen schon wieder ab. Sie kann sich oftmals auf die Liturgie nicht konzentrieren. Trotzdem findet sie gerade hier immer wieder eine gewisse Erleichterung in der Mühsal mancher Tage. Sie kann sich Kraft holen, obschon sie manchmal glaubt, daß sie nur deshalb zur Kirche geht, weil sie den Gottesdienst erfüllen muß.
Gerade liest Martinus: »... Denn das sollt ihr wissen / daß kein Hurer oder Unreiner oder Habgieriger – welcher ist ein Götzendiener – Erbe hat an dem Reich Christi und Gottes. Lasset Euch von

niemand verführen mit eitlen Worten: denn um dieser Dinge willen kommt der Zorn Gottes über die Kinder des Ungehorsams... Darum seid nicht ihre Mitgenossen... Wandelt wie die Kinder des Lichtes / denn die Frucht des Lichtes ist lauter Glückseligkeit und Gerechtigkeit und Wahrheit.«
Kinder des Ungehorsams. Warum hat Katharina in letzer Zeit immer öfter das Gefühl der Friedlosigkeit, der ständigen rastlosen Veränderung? Nichts bleibt. Geliebte Menschen werden weggerissen. Immer neue Todesnachrichten erreichen das Schwarze Kloster. Katharina Jonas, deren Wegzug nach Halle Katharina mühsam verschmerzt hat, ist in den vergangenen Weihnachtstagen verstorben. Barbara Cranach wird immer stiller und in sich gekehrter. Einzig Walpurga und Ave im fernen Berlin sind Katharina aus ihrem Freundinnenkreis geblieben. Die sanfte, liebe Else Agricola hat sie verloren, weil Agricola mit Martinus wegen Glaubensstreitigkeiten unrettbar verfeindet ist.

Martinus ist nicht zuletzt deshalb so mißtrauisch geworden, so düster, oftmals gereizt. Aus Mitleid hat er vor einigen Wochen wie schon so oft vorher ein flüchtendes Paar aufgenommen. Sie seien die Geschwister von Truchseß aus Münnerstadt in Franken, hat es geheißen. Verfolgt und verfemt wegen ihres protestantischen Glaubens. Der Doktor Martin Luther möge sie doch in seine Dienste nehmen. Es wäre ihnen keine Arbeit zu gering.

Die beiden haben im Schwarzen Kloster bereits nach wenigen Tagen falscher Frömmigkeit gestohlen, was nur mitzunehmen war. Alles Geld, Münzen, Becher, Schmuck, sie haben alles ausspioniert und bei Nacht mitgenommen. Martinus hat sofort Reisige der Stadt auf ihre Spuren gesetzt. Bisher vergeblich.

Überhaupt Wittenberg. Die Stadt ist Martinus völlig verleidet. Als er vor vier Wochen in Leipzig war, hat er ihr geschrieben:

›... ich wollts gern so einrichten, daß ich nicht mehr nach Wittenberg zurückzukehren brauchte. Mein Herz ist erkaltet, daß ich nicht mehr gern dort bin, ich wollte auch, daß Du verkauftest Garten und Hufe, Haus und Hof. Ich meinerseits möchte meinem Gnädigsten Herrn das Schwarze Kloster wieder zurückschenken. Für Dich wäre es das Beste, wenn Du Dich noch zu meinen Lebzeiten in Zulsdorf niederließest. Ich könnte Dir mit meinem Gehalt wohl noch helfen, das Gut noch besser instandzusetzen. Nach meinem Tode werden Dich die vier Elemente in Wittenberg ja doch wohl nicht leiden. Darum wäre es besser bei meinen Lebzeiten getan, was dann zu tun sein will. Vielleicht wird Wittenberg, wie es mit seinem Regiment den Anschein hat, nicht den Veitstanz, sondern den Bettlertanz oder Teufelstanz kriegen, wie sie angefangen haben, Frauen und

Jungfrauen vorn und hinten zu entblößen und niemand da ist, der das straft und wehrt. Dazu wird noch dem Wort Gottes gespottet. Nur fort aus diesem Sodom. Ich hab auf dem Lande mehr gehört, als ich in Wittenberg je erfahre. Darum bin ich der Stadt müde und mag nicht wiederkommen...‹

Was, wenn Martinus tatsächlich nicht mehr zurückkehrt nach Wittenberg? Zulsdorf? Das ist zwar gut und schön, um die Familie und die Bursa zu ernähren, aber ansonsten ist dort Tag und Nacht einerlei.

Katharina ist sofort zu Melanchthon gegangen und hat ihm den Brief gezeigt. Der wiederum hat sich mit Bugenhagen beraten. Die Universität hat sich dann offiziell an den Kurfürsten gewandt, der sofort Doktor Ratzeberger mit einem Brief an Martinus losgeschickt hat. Ebenso ist vom Rat der Stadt Wittenberg Bürgermeister Gregor Mathes und der Stadtrichter und Buchdrucker Hans Lufft nach Leipzig zu Luther abgereist. Gemeinsam mit Melanchthon, Bugenhagen und Cruziger haben sie Martinus zur Rückkehr nach Wittenberg überreden können.

Katharina schaut Martinus an, wie er auf der Kanzel steht und das Evangelium predigt. Sie hat sich immer noch nicht daran gewöhnt, daß der Mann, der sie in der Nacht heftig umarmt hat, jetzt dort oben steht und das Wort Gottes verkündet. Er liest aus Lukas im 11. Kapitel: »Jesus trieb einen Teufel aus, der war stumm. Und es geschah, da der Teufel ausfuhr, da redete der Stumme und das Volk verwunderte sich... Jesus aber sprach zu ihnen: ein jeglich Reich, so es mit sich selbst uneins wird, wird Wüste und ein Haus fällt über das andere ...«

Beides, Epistel und Evangelium, ist noch lange in Katharinas Gedanken.

... die Kinder des Ungehorsams. ... ein Haus fällt über das andere ...

In der Nacht träumt Katharina von einer großen Stadt. Sie liegt vor sanften blauen Hügeln im Nebel, doch ihre Dächer und Zinnen glänzen in Rot, Lila oder Blau. Über allem aber liegt ein feiner goldener Schimmer. Eine schöne, eine prächtige Stadt. Nur ein Haus (ist es das Schwarze Kloster?) ist halb abgedeckt. Doch die Ruinen, mit Efeu bewachsen, glänzen im selben goldenen Licht wie die anderen Häuser. Da, eine große prächtige Prozession! Zisterziensermönche tragen die Banner, schwenken die Weihrauchkessel. Hinter ihnen geht die Ehrwürdige Mutter mit dem Abt Peter von der Pforte. Katharina weiß auch im Traum, daß beide bereits seit zehn Jahren tot sind. Hinter ihnen tanzt der Schriftsteller Sebastian Franck, er schreit höhnisch: ›Wir sind alle Gelächter, Fabel und Fastnachtsspiel vor Gott!‹ Ihm folgen altgläubige Priester in vollem Ornat, sie tragen unter dem Baldachin das Allerheiligste. Dann kommen

Truppen des Bischofs, es müssen Münsteraner sein. Sie tragen die drei Eisenkörbe mit den Wiedertäufern, die doch am Lambertiturm zu Münster hängen. Neben Jan von Leiden, Krechting und Knipperdolling, die schrecklich verstümmelt in ihren Käfigen hängen, werden auch Martinus, Philippus, Bugenhagen und Cruziger gefesselt und entmannt in Eisenkäfigen geführt. Die Soldaten greifen mit glühenden Zangen in die Käfige. Immer wieder. Dahinter geht der Papst im Purpurmantel mit der goldenen Tiara, umgeben von sechs Kardinälen. Neben dem Papst der Herzog von Braunschweig. Katharina denkt in heißer Angst, daß Martinus ihn erst kürzlich einen groben Filz, Rulz und Tölpel, den Esel aller Esel zu Wolfenbüttel genannt hat. Den Papst nennt er ohnehin nur Papstesel und die römische Kirche Hurenhaus oder Teufelskirche.
Katharina sucht sich mit den Kindern hinter all dem Volk zu verstecken, das dem Zug zuschaut, aber der Papst hat sie gesehen. Er deutet auf sie, der Herzog ebenfalls: *Die Kinder des Ungehorsams, die Kinder des Ungehorsams!*
Katharina erwacht schließlich mit einem Schrei. Sie ist schweißnaß und wie betäubt. Es ist erst drei Uhr in der Nacht, doch Katharina will unter keinen Umständen wieder einschlafen und nochmal träumen. Sie steht auf und macht Feuer im Badeofen.

# XIV

Wittenberg, 10. Januar 1546. Es ist wieder Winter und ein eher milder Tag. Schneeflocken tanzen dick und dicht. Sie bedecken die ohnehin weißen Häuser und Straßen in gnadenloser Stummheit und Entschiedenheit.
Im Hof des Schwarzen Klosters wartet ein Pferdeschlitten. Von den vier Zugpferden geht der Atem in Wolken weg. Die Tiere scharren mit den Hufen, werfen die Köpfe.
Martinus fährt in seine Heimat nach Mansfeld. Die Grafen von Mansfeld haben ihn in einem Erbstreit als Schlichter angerufen.
Katharina denkt, daß Martinus gut aussieht in seinem schwarzen Rock, der mit Fuchspelz ausgefüttert ist und darunter ein Wams aus dunklem Kamelott sehen läßt, dessen Aufschläge aus Atlasseide gemacht sind.
Auch Hans, Martin und Paul haben pelzgefütterte Mäntel. Sie freuen sich auf die Reise. Margarete dagegen schmiegt sich fröstelnd an die Mutter.
Martinus steigt mit den Söhnen in den Schlitten. Katharina steckt sorgfältig die Schafspelze um sie fest. In einem zweiten Schlitten sitzen Aurifaber

und Johann Rudtfeld, der Hauslehrer. In Halle wird sich Justus Jonas anschließen.
Katharina trägt keine Grüße an ihn auf. Sie kann es nicht verwinden, daß Justus drei Monate nach dem Tod seiner Frau Katharina bereits wieder geheiratet hat...
Katharina bittet Martinus, auf sich achtzugeben: »Ich mache mir Sorgen, Martinus.«
Er lacht. »Du willst Dich sorgen statt deines Gottes? Gerade, als wäre er nicht allmächtig, daß er zehn Doctor Martinusse schaffen könnte, wo der eine alte ersöffe in der Saale oder meinetwegen im Ofenloch... oder auf Wolfs Vogelherd... Laß mich zufrieden mit Deiner Sorge ...«
Er beugt sich hinunter zu einem flüchtigen Kuß. Die Söhne rufen »Hüa! Hüa!« Die Pferde werfen die Köpfe und ziehen den Schlitten rasch aus dem Hof.
Katharina steht im Tor, Margareta an der Hand. Sie schaut dem Schlitten nach, bis Margareta sagt: »Mir ist so kalt, Mutter.«

Wittenberg, Nacht vom 21. zum 22. Februar 1546.
Katharina sitzt an Martinus' Schreibtisch. Ohne Trost schreibt sie Seite um Seite.

›Gnade und Friede in Christo, liebste Ave,
in der Stille dieser Nacht schreibe ich an Dich. Martinus ist tot. Er ist in seine Heimat gereist, um dort zu sterben. Nicht in Wittenberg wollte

er das tun. Und nicht bei mir. Er hat mich verlassen, Ave.
Mein Hans, mein Martin und mein Paulus sind bei ihm gewesen in der letzten Stunde. Justus Jonas ist dagewesen, von ihm habe ich die Kunde. Magister Cölius und Johannes Aurifaber haben seinen letzten Atemzug erlebt. Der Wirt Johann Albrecht, zwei Mediziner der Stadt, Graf Albrecht mit seiner Gemahlin, Graf Heinrich von Schwarzenberg ebenfalls mit Gemahlin. Außerdem haben sie den Maler Furtennagel gerufen. Alle sind bei ihm gewesen. Nur ich nicht.
Ich habe noch Briefe von ihm, Ave. Vom 1. Februar, vom 6., vom 7., vom 10., vom 14. ... Ach, Ave. Er nennt mich seine herzliebe Hausfrauen, Doctorin, Zulsdörferin, Saumärkterin, Selbstmärtyrin (weil ich mir Sorgen gemacht habe seinetwegen). Meine gnädige Frau zu Händen und zu Füßen schreibt er ...
An die tiefgelehrte Frau Katherin Lutherin, der heiligen, sorgfältigen Frauen, Eurer Heiligkeit willfähriger Diener – das alles hat er mir geschrieben, Ave. Und Du darfst mir glauben, ich bin das alles für ihn gewesen.
Dein altes Liebchen – auch das schreibt er und er ist mein Liebchen gewesen, so wahr es einen Gott gibt.
Und nun, Ave?
Wir sind Bettler, das ist wahr. Martinus hat es

vor seinem Tod geschrieben. Ich weiß es von Justus Jonas.
Glaub mir Ave, bislang ist mir jeder Tag, so dunkel, so schmerzlich er gewesen sein mag (Du allein weißt, welche Zeiten ich besonders meine), jeder dieser Tage ist mir trotz allem ein Versprechen für den nächsten Tag gewesen.
Jetzt, wo Martinus mich verlassen hat, habe ich nichts vom Morgen zu erwarten. Ich hatte ihn lieb, Ave. Doch unsere Gefühle blieben immer verborgen hinter unseren alltäglichen Worten, unserem Arbeiten, unserem Streiten.
Aber jetzt, Ave, jetzt möchte ich es ihm sagen.
Ich möchte ihn wissen lassen, wie ich in jedem Streicheln, mit dem ich die Köpfe unserer Kinder berührt habe, in Wahrheit seinen Kopf, sein Gesicht gestreichelt habe. In jedem harten Wort, das ich ihm gab, lag meine Bitte: komm zu mir, sprich mit mir, nimm mich so ernst wie deine Freunde und Feinde.
In jedes Brot, das ich gebacken hab, Ave, hab ich meine Liebe zu ihm eingeknetet.
Und wenn ich Bier gebraut hab, dachte ich daran, daß es ihm schmecken soll.
Und hab ich am Kloster angebaut, immer mehr und immer größer, dann hab ich es getan, weil Martinus' Gäste darin wohnen sollten.
Und wenn ich Korn gesät und Weizen gedroschen hab, dann doch, weil Martinus davon Brot und Brei essen sollte.

Du fragst mich, Ave, warum ich es ihm nicht gesagt habe?
Ich hab es nicht gewußt bis zur jetzigen Stunde, Ave.
Jetzt ist es Morgen, Ave, noch nicht hell, aber schon Morgen. Die Kerzen brennen noch. War ich ein wenig eingeschlafen?
Ich will den Brief zu Ende bringen, Ave.
Der Maler Furtennagel hat Tonbrei auf Martinus Gesicht geworfen. Er macht von ihm eine Totenmaske. Das hat Justus Jonas auch berichtet. Der Graf von Mansfeld schickt hundertdreizehn Reiter zu Martinus' Geleit von Eisleben nach Wittenberg.
Ave, jetzt höre ich die Glocken der Schloßkirche. Und jetzt auch die der Stadtkirche.
Ave, jetzt bringen sie ihn.
*Ave, ich habe Angst ...‹*